NIAN SHI

念时

冯杏婵/著

花山文艺出版社

图书在版编目（CIP）数据

念时 / 冯杏婵著. -- 石家庄 : 花山文艺出版社,
2019.10

ISBN 978-7-5511-4993-8

Ⅰ. ①念… Ⅱ. ①冯… Ⅲ. ①长篇小说—中国—
当代Ⅳ. ①I247.5

中国版本图书馆CIP数据核字(2019)第236071号

书　　名：念时
著　　者：冯杏婵

责任编辑：杨丽英
责任校对：李　伟
封面设计：邢海燕
美术编辑：胡彤亮
出版发行：花山文艺出版社（邮政编码：050061）
（河北省石家庄市友谊北大街 330号）
销售热线：0311-88643221/29/31/32/26
传　　真：0311-88643225
印　　刷：河北盛世彩捷印刷有限公司
经　　销：新华书店
开　　本：710mm × 1000mm　1/16
印　　张：16.25
字　　数：250千字
版　　次：2019年10月第1版
2019年10月第1次印刷
书　　号：ISBN 978-7-5511-4993-8
定　　价：45.00元

我却无比怀念那段留学时光。

以前你不曾明白，往后或许你也记不起来。

我和你一起看过的风景，一些陈旧镂空的细枝末节。

序

青春是一场悟道的修行，我们都在这场修行中品尝着酸甜苦辣努力前行，而记忆中当初那些陪你听风观星的人，现在都是你的谁?

不忘初心的留学路上，梦想与现实，悲欢与离合，绝望与期盼，这看似遥远却又真切的故事，一点一滴，里面分明有你有我。打开记忆的大门，谁不是笑中带泪?

品读一本好书，似品味一种人生。翻开《念时》，一幅折射留学百态的青春画卷跃然纸上。作者文字清新隽永，善用怀旧细腻的笔触，将故事娓娓道来，仅用寥寥几笔就将人物形象栩栩如生地展现在面前。我看着他们一路走来，忍不住想要与之对话。

神秘莫测的马特和满腔热枕的森妮，是我最为牵肠的男女主角。从他们希腊重逢便开始牵绵，女主本以为早已淡然的心忽而长出纠缠的曲线，男主冷酷潇洒的外表下汹涌着刻骨的相思。好奇地翻开下一章，呈现眼前的一如那片他们久别重逢的爱琴海，蓝色的涟漪铺展着一段唯美的回忆。从前到现在到未来，怕是从来不敢忘怀吧？只是前行中，那个深埋多年的重大秘密被层层揭开，他带着谜一样的故事消失又是为什么？看下去柔肠百结，结局让我意外又感动，修行路上你们还能走多远?

独立又干练的洪恩，带着一抹张扬自信的中国红，闯入了迪拜土豪丹哥的世界。一个是不愿意在国人扎堆并最终考上名校读博的新时代女性，一个是将成为庞大家族企业继承人的异国高富帅。为珍惜来之不易的缘分，你们都在努力为对方做出改变，每天都有惊喜，可爱情的世界又那么爱憎分明。

李乔治，一个来自香港的英籍华人，带着他独特的“雅痞”潇洒和中西交融的气息，让身边的中国留学生不由自主地靠近，同时吸引着洋气又自在的美国妞爱丽莎的目光。我以为你永远都是个谈笑风生的家伙，却在另一层面上发现了你的深藏不露。我相信在某个电光火石的瞬间，其实你爱过那个人。在你的世界里，爱情既是选择，也是成全。

香蕉治百病的K小姐，家里什么都不缺，就缺一个奇洛李维斯式的F先生吧。老天爷确实把F先生送进K小姐的少女时代，一张从中国遥寄到英国的“喜临门”床垫足以说明一切。可是，爱情只是生命的一部分，那其余的养分，你要如何吸取？在饱受分手折磨后，你找人代写作弊、在机场被误认携带毒品、被送往医院抢救的种种磨炼和考验前，迅速成长起来的你让我眼前一亮。

曾经以为，学霸的世界就是一场跟自己无敌的较量，没想到自理能力极差的陈小芳却因火烧微波炉引发火灾警鸣而名噪英国校内。这个娇弱可爱的女生，在安静中前行，一声不响就俘获了音乐才子高泰盛。更令我惊讶的是，在面临人生重大抉择前，你却坚强得如同一个披荆斩棘的战士。

此外，友谊万岁的“一黑一白”、挑战普通人神经的印度“佛教徒”、让学生去解决世界饥荒问题的“熊教授”、暖心的联合国志愿者“大白”、傲气凛然内心却柔软的BBC主编、慈爱善良的维多利亚和鸭舌帽先生、打工苦读又充满悲情的穷学生牛鹏、热情奔放的柯奕琳等人物的出现，以及联合国义工旅程、英国脱欧等故事的发生，为这场青春修行增添了更多精彩元素。

《念时》不止于游学纪实，它不同于虚构小说，生动地描写了留学的点点滴滴。作者成功塑造了来自不同阶层的中国留学生的不同形象，还原了留学生光环背后鲜为人知的苦恼和现状。从“富二代”“官二代”、穷学生乃至当地家庭的描写，到成绩逆天的学霸、论文找代写的学渣、勤工俭学的打工族、跑断腿磨破嘴的代购党、不分日夜玩“LOL”（网络游戏：英雄联盟）的宅男、胸怀大志的创业者等人物形象的刻画，指出各种留学生常见的心理问题，直击留学热点，真实反映了现代留学热潮中的人生百态。

一群赴英求学的中国留学生，在曲折中体味着善与悲、喜与乐、聚与离。在成长过程中，他们的爱情、友情都在经历着蜕变，他们的心在向彼此靠拢中聚散，在现实的拷问下坚强。

嵌进时光里的青春回忆，总是让人怀念这段弥足珍贵的留学时光。这不仅仅是一本唯美的青春留学小说，更是一本关于爱和勇气、磨炼和成长的经典留学故事……

借用书中一句话："Life is about the people you meet, and the things you create with them."（人生就是关于你所遇见的人，以及你们所共同创造的事物。）我们有权拒绝所有，但唯一拒绝不来的是这场注定的修行。希望看到这本书的所有读者，都可感受到作者的深意，同时在宽容与爱中，努力前行。

黑句本

目录

CONTENTS

Chapter

01

希腊·重逢

这世上，有许多感动，

因与缘，善与悲，简单抑或复杂，

其间透着的凄美拖沓直至我旅途的终点。

我想说的就是这么一个故事。

1

圣托里尼，爱琴海基克拉泽斯群岛中最南边的一座岛。

蓝色的屋顶，白色的墙壁，枕着艺术气息的伊亚小镇，可眺望世界上最美日落的圣岛。蓝白相间的异国风情，这是来自书里对圣托里尼的映象，然而我对圣岛最初的记忆却跟这样的浪漫沾不上一点儿边。

2018年，5月5日立夏，飞机从英国伦敦飞往希腊圣岛，抵达时分天色已黑。

机场入境时查阅我申根签证的是位憨厚的大叔，末了露出雪白的牙齿。

“Are you traveling alone?”一个人旅行?

“Yes!”我确实是一个人。

“Are you lonely?”大叔大手一挥咔嚓一声盖了章，乐呵呵地把护照递给我。

“No!”我摇头，笑着接过护照。

Alone跟Lonely没半点关系。

独处并不代表寂寞。

“你确定今晚留在机场?”

我把护照塞回背包，抬头就看见刚坐我旁边的伦敦小伙子。

“Are you sure?（你确定?）”他一口英式发音，又重复了一遍问我今晚是否真的就在机场过夜。我看他一脸疑惑的样子，便狠狠地对他点了点头。

小伙子今年18岁，成人礼后的第一趟旅行选择了和朋友一起来到希腊这座圣岛。

“Take care! Bye，Sunny!”他挥了挥手便又跑着追上他的小伙伴。

我看着小伙子远去的身影，略有点歉疚，人都走了名字都没记住。刚在飞机上被拍醒，我蒙蒙眬眬睁开眼睛就看到他，他腼腆地问：“Hi，I am ×××，我可以去洗手间吗?”我愣了一下，立马站起，腾出位置让他出来。

他回来后跟我道了谢，便开始攀谈了起来。我在半睡半醒的状态，压根就不想听，可又不好意思。直到他问："Do you think I am a gentleman?"

这小伙子在问我觉得他是绅士吗？！

孩子在英国满16岁就被认为"已经成年"，成人礼的形式五花八门，小伙子说他16岁那年暑假特地到伦敦成人协会报名参加了测试，开启了一段惊险旅程，地点在冰岛。通过这种特殊成人礼测试的孩子，才具有做"绅士"的资格。

在冰岛首都雷克雅未克一连五天的强力训练后，他开始独自出海捕鱼，夜里被流放在荒原独自寻找出路，在蓝湖帮老人清洗浴坑累到心余力绌……

"你知道，在冰岛，有一个习俗，男人向女人求婚前都要这么勇敢，这样才能证明你可以带给她幸福。"

如此熟悉的话从小伙子口中说出，懒散的神经突然被触动，全无睡意。我这才认真看起小伙子的模样，他磁性的声线混着飞机航行的嘈杂，逆光中看到小伙子的脸孔，眉目成书。

我突然想起了马特，一个我曾经爱过恨过的人，他也曾跟我说过冰岛这个求婚习俗。

"那你出海捕鱼成功了？"在冰岛，男人求婚前，会只身跃进海底深处，亲自用鱼叉去捕鱼。

"我当时下潜到海里，恐惧开始泛滥，越往下心里就越慌。"小伙子耸了耸肩，"最后在我体力消耗殆尽时，冰岛的渔夫抢过我的鱼叉，快速准确地叉中一条大鱼，又把它塞回我手中。"

"你犯规了……"我微笑。

"评判人却对我竖起了拇指，他不知道有渔夫帮我。"小伙子大笑了起来，"当然最后我还是跟他说了真相。"小伙子笑声爽朗，"幸好我说了实话，这原来也是考核的一部分。"

一个刚成年的小伙子不经过一段时间的训练，想在海底捕到鱼是不可能的。他在测试中诚实并坚持最久，所以他通过了。

"当然如果是求婚，我可早败了，虽成了绅士，可成不了美女的丈夫。哈哈。"

傍晚时分的舷窗外，四周苍穹压过来的云霞，烈焰般红，像着了火的天堂。

"你来希腊是……"小伙子见我朝窗外看得出神。

“度假，给自己一个旅行！”我看向小伙子，耸了耸肩膀。

2

圣岛的机场小得可怜，整个机场大堂就一个高中课室大，仅有一个领取行李的转盘。行李箱稀疏散落等着被拾起，熙熙攘攘的人群逐渐消失。说走就走的旅行，我就一个背包，找了张凳子坐了下来。

放眼望去，这才发现空荡荡的机场空无一人。我把包揣在怀里，戴上耳机，闭起了眼。耳朵里传来了Adele的*Someone Like You*。

……

That for me，it isn’t over.

……

Never mind，I’ll find someone like you.

I wish nothing but the best，for you too.

……

我肩膀被拍了拍，睁开眼睛见一清洁阿姨向我用力指着门口，说了几句我没听懂的希腊语，又快步走进了洗手间。

阿姨提着水桶拧着拖把出来，又见我便皱起了眉。她一手大字拖着地，一手指向门口，嘴不停地又说起了我听不懂的希腊语。

说什么？我听不懂！是让我到门口看看？可阿姨你在拖地，我怎好意思踩下去。我抬起脚，用英文问阿姨什么事，可她没有理会我了，把拖把往墙边一扔，就往门口走了出去。

我跟着跑上去，还没到门口，阿姨就领着位保安大叔过来了。

“你现在必须马上离开这里，机场要关门了。”保安大叔说着英文，夹着很重的希腊口音。我有那么一刻怀疑自己是否听错，机场会关门的吗？

五月的希腊，深夜起了风，还是很冷。我沿着门外石阶席地而坐，隔我三尺之远是一张小桌子，两位上了年纪的大叔在喝着酒聊天。

“你一个人旅行吗？”一清瘦的大叔看向我，他英文还不错。

“没有，我男朋友明天最早的航班到这。”我撒谎了，出门在外得万事小心，撒下谎也在情理之中，“我本打算在机场等他，可没想到机场会关门。”太不可思议了，机场会关门！

“很多人不知道，这小岛的机场，并非所有季节都24小时开放，六月开始就全天候营业。现在是五月，只能说你太‘幸运’了！”大叔大笑了起来，“你男朋友从哪过来呀？”

“……”说了一个谎，还要说更多的谎，“他从西班牙过来。”我胡诌。

“他是西班牙人吗？”

“……他跟我一样，中国人。”大叔你咋这么好奇我“男朋友”了！

“Oh！我还以为你是韩国人。中国人！你是从中国来的？”大叔把酒倒进两个子弹杯，另一略胖的大叔往其上加了点看似水的液体，子弹杯里的酒瞬间变成了乳白色。

“Long distance love?”略胖的大叔把酒杯举起，他笑着问我是不是在谈远距离恋爱。

“我从英国来的。”我笑了笑，两位大叔可真逗。

“你们在喝Ouzo（乌佐酒）？”我指了指酒杯，故意岔开话题。乌佐酒是希腊特产的一种茴香酒，加入水或冰块便可变成乳白色。

“哟！你知道呀！”大叔夸道。

五年前马特曾兴致勃勃地跟我说，乌佐酒在兑水混合后酒水不仅仅只呈现白色，酒里微小的悬浮颗粒会对光产生散射，运气好的时候会呈现淡淡的蓝色，就像希腊的蓝天白云，水天一色。

“你想喝吗？”清瘦大叔向我扬了扬酒瓶。

“不了，谢谢。”大叔，乌佐酒也算是一种烈酒，虽然酒精浓度不算特别高。

“机场早上六点才开。”另一略胖的大叔叉起一颗橄榄，往嘴里塞进去后又喝了一口酒，“你还要在这等他好几个小时！”

桌上放着一小碟腌渍的蔬菜、橄榄和干酪。大叔告诉我这是希腊的“Mezedes”（莓兹），他们在机场工作，下班了就爱吃着莓兹，喝着兑上水和冰的乌佐酒，浅斟慢酌。

希腊人对乌佐酒的热爱不亚于北京人对二锅头的喜爱，一日三餐，杯不离手。

3

凌晨时分，两位大叔骑着摩托车回家，临走前还不忘叮嘱我，“放心！这小岛很安全，但你改天去雅典就要小心了。”

两辆摩托车往不同方向离我远去，所有的声响慢慢沉寂下来。岛上一个人也没有，很安静。我从冰凉的石阶上站起，四处转了转，整个机场就是一个迷你巴士站，小得可爱。我笑了，穷游这么多年从没想过会被赶出机场。

远处似有车驶来，伴着刺眼的车灯，竟传来我无比熟悉的粤语。一个女人从车里下来，看了看灯光熄灭的机场，透过车窗跟车里的人说：“你快下来看看，好像机场关门了。”车里的男人回应：“傻的！机场怎么可能会关门!”

一对来自岭南的年轻新婚夫妇，刚到希腊度蜜月。行李在飞圣岛转机时被人错拿了，里面装着明天拍婚纱照的衣服，想尽快拿回行李。

似乎谁都没料到机场会关门。

我按响了24小时紧急电话，那头传来一个低沉的女声。我跟她说了个大概，女人带着很重的希腊口音，她说“Tomorrow！Tomorrow!”然后嘟一声就断线了。

电话是挂了，可是我仍然听到“Come Tomorrow！Come Tomorrow！Tomorrow......”。

岛上夜里很安静，这样低沉的女声显得无比诡异。

我们循声望去，所见之处全不见人影。

突然耳后传来响亮的“咯吱”一声。

“原来有人在值班!”新娘子舒了口气。

“太晚了，你们明天再来！”我转过头，见一高挑女子从门里出来。

“怎么这么晚还在机场?”新郎问，“你一个人旅行?”

“是呀！”似乎谁都爱问我是不是自己一个人旅行，“说走就走的旅行，也没订旅店，想着今晚在机场过夜，可没想着它会关门。”

“你跟我们回酒店睡吧。”他俩异口同声。

“不用！很快就天亮了。”我连连摆手，“这里面还有人值班，很安全。”

挥手道别后，新娘子又从车里下来，一手把我拉上了车。

“我们英文不好，希腊口音重，听不懂他们说什么，明天一早还得请你帮我们拿回行李。”新郎开车向前驶去。

“你就不要跟我们客气了哈！我们公寓大得很！”新娘子春风满面。

“都凌晨了，饿了吧?”新郎温柔地问，“要不去市中心吃点东西?”

“不吃，吃了会胖。”新娘笑意浅浅，“明天还要拍婚纱照呢！”

“盖一下，夜深别冷着！”新郎递给新娘一件披肩。

“好，有没觉得希腊这边海风特别咸……”

……

我静静地坐在后面，听着新婚夫妇唠叨的无非是鸡毛蒜皮的日常，伴随着窗外一晃而过的夜景在细小的空间里显得格外动听。我倚上车窗，已经有些想不起我是否和马特曾有这样絮叨的场景。车子是他们在Herz（赫兹）出租车公司租来的，多昂贵的车或许都可以租到，可是这样的温情却不常能随车而至。

酒店在小镇易莫洛林，他们住在一栋独立的海边公寓，客厅里有张沙发床，我接过新娘递来的小被子，睡下时已是凌晨三点。我六点被闹钟叫醒，发现日出已在半山上。我所在的易莫洛林，是离首府费拉很近的一个悬崖小镇。酒店在高处，车子一路往下，沿着海岸线前行，海风徐徐。车窗外，见日光洒满海面。

这是我第一次看爱琴海。

刚到机场，新郎已经在一堆行李中看到了自己的箱子，喜出望外。我跟工作人员说明了情况，她点了点头，看向新郎说：“Please come and sign！”

新郎蒙了，“她说什么?”

“过去签名，她确实口音很重。”

新郎又问："签中文还是英文啊？"

我们拿着行李往停车场方向走，刚出了门口，新郎停下了脚步。

"我都忘了我要去洗手间。"新郎又跑进机场，"很快！等我一下！"

新郎从酒店出发那会儿就说要去趟洗手间，我笑着把行李往边上靠。

机场里陆陆续续地有人出来，估计是最早的航班，游客刚下机。门外有举着牌接机的，有招揽一日游游客的。视线顺着人群踅摸过去，恍惚看到了一个我曾无比熟悉的身影，马特！

我连忙拍了拍额头，我想我肯定是睡糊涂了，还没醒。

新郎在市中心停下车，着急地帮我打开车门，"那以后电话联系咯！我撤了！去拍婚纱照！"

我看着车子在面前飞奔而去，远远还可听见新郎爽朗的笑声。

4

希腊岛屿众多，岛屿间相隔近。

翌日徒步完火山岛，便坐上了小船前往毗邻的提拉西亚岛。刚在火山岛还阳光灿烂，上船不久，乌云就来了。

船虽小，可造型别树一帜。我走上了二层露天的甲板平台，人并不多。我四处拍了些照，发现船尾甲板上，有个女孩子。我还没走近，就听到了她在哭泣，看身影，像是亚洲人。女孩子一转头，我目光刚好碰上了她的脸。

是新娘子，竟然是她！这是在干吗？！

刚开始新娘还羞涩腼腆，后来越跟我数落起新郎越是哭得稀里哗啦。

"我早就跟他说了我很想去坐命运号！他根本没上心！"

"命运号？Destiny？"我诧异了，知道"命运号"的人不多，"你们要去米克诺斯？为了Destiny？"

"Destiny！"新娘苦笑，倒吸了口气，认真地看向我，"你相信命运吗？"

“……”“命运号”这艘船位于米岛（米克诺斯岛），离圣岛还有一段距离，并不在我的行程内。

“你相信命运吗？”新娘又问，她脸上泪花未干，“你相信吧？”

“……”我不知如何回答，只觉得乌云都朝头顶压了过来。新娘突然大笑。“你不觉得有时候命运把两个恋人拉到一起，只是为了把他们分开。”

我私下给新郎打了电话，告诉他我和新娘在船上即将抵达提拉西亚岛，他连声道谢说马上赶来。挂电话前还不忘嘱咐我带新娘去吃好吃的。

上岸时我特地留意了一下船身，上面印着我看不懂的希腊语。

在希腊，每艘船的主人都会给自己的船命名。新娘朝思暮想的命运号，实际上跟爱情的命运毫不相关。它是船长在1997年雅典申办2004年奥运会时命名的，寓意在于寄望奥林匹克运动在一百年之后回归到发源地，最初并没被赋予其他过多的情怀。

我带新娘子去了穷游上推荐的一家当地餐厅，窗外海景赏心悦目，只是海风太大，刚上菜，天就暗了下来。新娘真的饿坏了，张嘴就吃。吃到一半新娘子想回圣岛。我手一挥说不行，来了都还没逛逛。我不能在她老公赶来之前让她跑了，新娘显然没逛的心思，呆呆地眺望着码头。

外头风大，我拉她走进一家书店。书籍种类繁多，可我没找着《小王子》，我问老板是否有希腊文版。老板一脸乐呵呵，“你也喜欢《小王子》？刚有一个中国男孩买走了一本，现在只剩最后一本了。”

我接过书付了钱，新娘子就着急地拉着我往外走。出来后，乌云满布，狂风大作，户外餐馆和特色小店一片狼藉，明信片漫天飞，各类纪念品被风刮得满地都是。不远处海浪拍打着石头，波涛汹涌。

“这是海啸前的预兆吗？”新娘子喃喃自语。我建议先到室内，很快就下暴雨了。可新娘子拉着我直往码头方向走，“快走吧，不走我们就回不去了！”

我被新娘子扯着走，突然发现她力气好大，可迎面就是四处奔走的人群，往码头赶船的人越发的多。新娘子走得太快，迎面扑来了个壮汉，我没刹住直接撞了上去。一个踉跄往后倒，跌跌撞撞的，我不知被谁拉了一把，站起来后，头发直往脸上吹，我看不清扶我的人是谁。我伸手捋顺刘海儿，这才看见新娘子在前方着急地向我招手。

刚踏上了船，大雨就疯狂地从天而降，黑沉沉的天就像要崩塌下来。我拨打了新郎的电话，却无法接通。新娘子呆呆地坐着，神情木讷呆板就像此刻希腊乌黑的天。她声音沙哑，埋怨着自己不该无理取闹电话都不带直接跑出来。我拍了拍她肩膀说没事的。新娘子似信非信地点点头，她头埋得越来越低。突然传来一阵呕吐声，我急忙地从背包里掏出纸巾给她。

我这才发现，我买的《小王子》，不知道哪去了。难道是跌倒时丢了？我叹了口气。

返程是艘大船，行驶得还算平稳，可放眼望去，海上风雨连绵，波浪翻滚。

船上有人弹起了吉他，有人在看书，有人喝起了酒，有人欢笑，也有人惆怅。

船抵达圣岛时，天开始放晴，小两口顺利在港口会合。新郎执意要开车送我一程，我挥了挥手，独自沿着驿道徒步而上。天晴后的圣岛微风拂面，镇里的人儿打开了凉廊的大门，有人推开了楼上窗户探出了头。希腊人出门爱骑毛驴，沿路有驴车经过，车轮发出辚辚的微响，悠悠的铃声萦绕去了远方。

那晚是我在圣岛的最后一晚，翌日特地去了市中心，逛了几家书店，都没找到《小王子》。新娘子打来电话着急地说他们下一站是意大利，想要我帮他们预订意大利城际间的火车票。于是我坐上公车返回伊亚与他们会合。

伊亚，圣岛最美的一个小镇，用尽了世上的白和蓝，白色房子蓝顶教堂随处可见，这里拥有全世界最美的日落。我前天就住在这镇上的一家民宿，房东是个文艺的中年女子，她说来到伊亚，一定要看日落，“You will know what is love here！（在这里你会知道什么是爱！）”

我笑了笑。她又说：“现在是夏季，游客很多，你要提前一两个小时到眺望台等。”

“夕阳日落爱琴海”对很多人来说是不可错过的景致。可我不太向往在熙攘的人群里挤着一尺之地只为共同完成一个所谓的完美落幕。可新娘子在电话里说：“你看了伊亚的日落没有？要不我们在眺望台等！”

到达眺望台时已快日头西沉，人头攒动，万人空巷为看这爱琴海上最美的日落。有情侣在相拥，亲吻。

我四处看了看，没有找到新郎新娘的身影。我似乎看到了马特，他戴着墨镜，棱角分明的面部轮廓依旧透着我曾无比熟悉的气息。心弦像被什么猛地拨了一下，我以为早就平静的内心激起了最深的一阵沉响。

在离我三米之远，他举起双手和人群一起鼓掌欢呼。

我轻笑了一声，看着远处的太阳沉入地平线，霞光浮照水面，波光粼粼。

美得那么不真实。

5

帮新郎新娘订好火车票后，我坐上了快线前往码头，准备坐凌晨的轮渡到希腊首都雅典。

上了船，已困到不行，想着一找到座位倒头就睡。可是刚踏进船舱，向我逐渐靠近的那个明晃晃的身影让我停了下来。

熟悉，而又陌生。

我有些不敢相信，可慵懒沉困的神经迅速紧绷了起来。我握了握拳头告诉自己不是他。

绝对不是他。曾经疯了般到处寻找都不见他踪影，现在怎么可能是他。

我想挪动脚步，可双脚不听使唤就钉在原地。

“这么巧，你也来希腊旅行?”马特走到我面前。

我看了他一眼，直接越过他，找了个位置坐了下来，闭上了眼。

所有的困意一瞬间全部散去，我从没想过会在希腊遇见他。洪恩曾问我如果再见到马特我会怎么做。我说不可能再见他。洪恩追问，真遇到了呢？我大笑，我会给他一个耳光。

我坐的是艘慢船，行驶到雅典时将是天明。海面泛起浪涛，拍打着礁石，潺潺的击水声。我开始觉得冷，便越发没有睡意。一件衣裳披上了我肩头，我睁开眼，马特清晰的脸就在我眼前。我一手推开，看向他，“我不需要。”

“我可以坐下来吗?”他拿过衣服，指了指我旁边的座位。

我闭上了双眼没有说话，旁边的椅子“哗”的一声被拉开了。

“你一个人？”耳边是他该死的低沉嗓音，“前天我在机场看到你和一个男人在一起。”

他看见的是那位新郎。原来那天在机场看到他，不是我的错觉。

“我是说你们一起，是一起旅行吗？”他语气有些刻意的轻松。

我缄默不语。曾经的我们无话不谈，如影随形地一起旅行，看同样的风景，谈论同一个话题，分享同一份独有而甜蜜的心情。

现在你问我是否和另一个男人旅行？

是又怎样？你凭什么问我这些？

我抓起了背包，走到了船舱的另一头，找了个两旁都坐着人的位子坐了下来。经济舱便宜是因为不分配固定座位可任意坐，可能会面临没位可坐的风险，现在看来反倒是个好处。

我不知道什么时候睡着的，醒来的时候，身上披着一件灰白色的外套。

我心火一下旺了起来，人没来招惹我，衣服倒先来招惹！

四周并不见马特身影，我抓起衣服往船头走去。

天还没亮，我一眼就看到那熟悉的背影，他站在甲板上。

前方的海，天很近，云很厚，光影于漆黑中迷离。

我走了过去，拍了下他肩膀，把衣服塞回给他，转身就走。

他回身一把拉住了我。

“你什么时候变得这么倔强？”

“……”什么时候？你不知道什么时候吗？我瞪了他一眼，甩开了他的手便往里走。可没走几步，他又把我拉住。

“这衣服不是我的。”他重新又把衣服塞进我手里，“你若不想看见我，我走便是。”

他快步越过我，往船里走了进去。

我一个人站在原地，轮渡航行在海上，茫茫无边，突然觉得有点慌乱不知所措。

我在甲板上站了很久，直到广播说船即将抵达雅典Pireas码头。红日不知何时已在海面升起，船只过处激起的浪涛逐渐扩散，又迅速归于平静。

我叹息，唯有大海才拥有这样的浩瀚和包容。

而我怎可能不恨。

6

如今的雅典，哪里还能见奥运会那时电视机里看到的雅典。转眼之间，2008年金融危机后，繁荣已不复存在。作为一个首都，雅典确实很破，沿路小巷摆满了路边摊，1欧元的冰咖啡满街都是。

从山门到雅典娜胜利神庙、帕特农神庙、伊瑞克提翁神庙，再回到山门看了狄俄尼索斯剧场。一路走来，历史的沧桑与厚重铺在了这片土地上，或许我也仅仅是看到了表面，支离破碎的一摊废墟。

宪法广场虽作为雅典重要的地标，其实真的很小。卫兵换岗仪式在正点举行，一小时一次。卫兵们长得都非常帅气，他们的穿着既传统又可爱。红色的军帽两侧吊着长辫子黑色流苏，白色的紧身裤套上了卡其色的百褶连衣短裙，脚穿红黑相间的翘头皮鞋，难怪海明威曾戏称他们为“穿着芭蕾舞裙子打仗的男人”。

我用单反把整个换岗仪式录下来，当摄像机扫到人群时，马特的脸出现在镜头里。

“你还是和以前一样那么喜欢拍东西。”他笑。

“衣服怎么还你?”我把他的衣服放在旅馆了。

马特扬起嘴角摇了摇头。旁边有人叫他，他对他们打了个手势，说了几句西班牙语。

“衣服你不要的话，我就扔了。”

“我有事先走了。”他笑着扬了扬手，没走几步便转过头来，“你一个人旅行，注意安全。”

他与同伴聊着西班牙语，慢慢消失在眼前。我转身径直走回旅馆，取了行李便坐上公车前往雅典城南的苏尼翁。

我找了个靠窗的位子刚坐下，抬头就看到马特。

他走了过来，直接坐在了我旁边。

“又这么巧！”他似笑非笑。

“你跟踪我？”

“你想太多了！”他微笑，轻拍了下我的头。

我皱眉下意识地躲闪，我已经不适应他像以前一样拍我的头。

“你管我想得多不多，你只要知道我不想见到你。你不笑还好，你越笑我就越反感。”我站起来想换个位子，可车已满载。

“我欠你一句对不起。”马特把我拉住，阳光刚好照在他的脸。“我为曾经的不辞而别向你道歉。我从不想伤害你。”

“这几年你去哪了？”费尽心思找你却全然不见踪影，现在却出现在我面前。

“……”马特沉默地看向我，许久不见的他清瘦了不少。

“……”我咬了咬嘴唇，望着那双曾经清澈得足以融化我生命的眸子，而现在似乎只有茫然，在声色之间敷衍搁浅。我别过脸看向窗外，觉得心底幽咽。

我和马特相识于2012年9月9日，那年我们作为国内学校的大四交换生赴英国交流学习，眼前的他曾带给我不少甜蜜与欢乐，让我对婚姻有了憧憬，可却在那个让我魂牵梦萦的夏天带着谜一样的故事彻底消失了……

车窗外，海水湛蓝，白帆点点。

从雅典去苏尼翁，先到比雷埃夫斯港，左转沿着爱琴海，直达天涯海角苏尼翁。

过了良久，马特从包里取出两本书，递给我，是《小王子》，一本全新干净，一本封面有被踩踏过的痕迹。

路灯亮起，光芒沿着海岸线一路延伸开去，宁静而美丽。

不知道什么时候睡意来袭，所有声音消退。滴答滴答，记忆像跳帧的画面，一帧一帧地滴答下来。

我看到了无数张我熟悉的脸，李乔治、爱丽莎、洪恩、丹哥、莎拉、K小姐……

Chapter

02

英国 · 初遇

我一直觉得Destiny，
命运这个词强大而微妙，
它跨越了所有的时间和空间来判定着，
我和你的遇或不遇。

1

2012年9月9日，伦敦希思罗机场。

我与洪恩同行，我俩来自国内同一所大学，刚上大四。

不同的是，我是以交换生身份赴英学习，而洪恩是“三加一留学”。

我让洪恩帮忙照看下行李，便往商场方向走去。

刚走进shopping mall，就听到不远处的角落里传来歇斯底里的呐喊声。

“你去美国干什么？你一句英文都不会说！”

我突然好奇，因为对方说的是中文。顺着声音望去，只见一高大魁梧的男生背影，他左手拿着手机，右手垂下却紧握拳头。

“你这样做，值得吗？”高个子在努力压制住激动，但看似没效，“为了他，值得吗？压根就不值！你别做梦了！”

他身体略略发抖，微侧那刻我看到他冷峻的脸庞，剑眉星眸，五官轮廓分明而深邃。

我深知偷听非正大光明的作为，便在还未被他发现前快速离开。

我闲逛了几圈，在一家WHSmith商店前停下了脚步，店前架子上挂着Lyca、Lebara、Giffgaff等各种电话卡。我半懂不懂地挑了一张，往柜台走去想问问这卡是否可以打回中国，刚想开口询问，突然肩膀被拍了一下。

我转头便看见一高高的男生，是刚刚的高个子。

我看着他，有些愕然。

一秒，两秒，三秒。沉默。

“Hey，May I help you?”倒是柜台的小伙子说话了。

我刚想回应，那高个子就扬了扬手，嘴角弯起露出雪白的牙齿。

“谢了，我想我可以帮到她。”他说着一口纯正的英语。

还没想明白怎么一回事，我就被他拉到一边。

“想给家人报平安是吧?”他把他的手机递给我。

“拿着打吧!”他笑容清爽,“我刚买了一张打回去给我妈报平安了。”

我脑海突然闪现出他刚刚歇斯底里的神情,刚电话那端是你妈?

是谁又与我何干?我甩了甩脑袋。“不用了,我买一张就好。”

“用不着,到了学校报到后,学校一般会发卡给我们。同学之间最好用相同电话公司的卡,互打免费。”他神采奕奕,笑容迷人,跟刚刚的歇斯底里仿若两人。

“前面加0086!”他开始按键,“电话多少?”他顿了顿,把手机放在我手上,“你自己来吧!”

我有些不好意思,拨了家里电话三言两语报了平安,把手机递回给他,道了谢。他扬了扬手就走了。

我买了水和面包回到休息厅,洪恩跑了过来。

“你手机应该也连不上WiFi,你可以用他的手机打回家报平安。”洪恩指了指坐在人群里的男生。他低着头在看地图,我一眼就认出是刚刚那高个子。

“我刚用他的手机打了。”我打量着坐在离我三米远的高个子,“他是谁?”

“不知道,他的手机被传来传去打国内电话,我刚也拿过打回家了。”洪恩拉我坐下,“估计也是到北安普顿读书的吧。要不怎还不走?学校的车要人齐才回校。”

机场有五个Terminal,Terminal 4的这休息厅不大。学校分时间段在机场接送学生,我们这个时间段中国留学生居多,大伙似乎都很兴奋,男生大大咧咧说着话,女生高举着手机各种自拍。零零散散过来的几个黑人,坐在了高个子旁边。

“这家伙真奇怪。”我见高个子眉开眼笑地与几个黑人聊得甚好。

“奇怪?我倒觉得他人挺好的。”洪恩连声夸道,“乐于助人!人缘好又善于交流!我也想多交几个外国朋友,而不是困在狭小的圈子里发霉。”

“知道了,你已经说了好几百遍了。”我戏谑起洪恩,视线却未从高个子身上离开,此刻的他正低头看手机,眉心紧锁。

“我说奇怪的人是你吧!”洪恩双手把我的头扭了过来,“你干吗老盯着他看!”

“喝你的水吧!”我把一瓶水塞住洪恩的口,“这是我生平买得最贵的一瓶水了。”

“渴死我了！”洪恩抬头，咕噜咕噜把水喝下，用纸巾擦拭嘴唇，掏出口红熟稔地涂了起来，英气剑眉，红唇烈焰。

来英国前特地剪了短发的洪恩，英气与妩媚并存，身材高挑，精明干练。

“你不能再像在国内那样朴素了！”洪恩扬了扬我后脑勺的马尾，“民国风就该舍去了！要与时俱进！其实你长得还不错，就是不爱打扮！”洪恩踢了踢我的脚，摇头叹气，“白布鞋也该丢了！太朴素了！”

“我喜欢简单点！”我笑着摆弄了下刚在飞机上为了方便看书随意扎起的马尾。

九月的伦敦，从晚夏到初秋，渐渐变冷。

北安普顿位于伦敦以北，伦敦以南也有个南安普顿。学校名字以地方名命名，叫“北安普顿大学”，离伦敦不过一小时车程，交通很方便。

我们坐上学校大巴，沿途风景很美。正值傍晚时分，晚霞绚烂，七点过后夕光隐退，渐次暗淡。

学校分两个校区，Park Campus（公园校区）和Avenue Campus（林荫校区），前者是商科校区，后者是艺术校区。洪恩的专业是国际管理，住在公园校区的单人间。我宿舍在林荫艺术校区，当初想着省钱申请了双人间。恰好舍友也是中国人，叫陈小芳，长得玲珑可爱，小家碧玉的。

在英国的第一个晚上，时差还没倒过来，睡得很沉。在往后很多个夜晚，都格外贪婪于来到这里的第一个对一切新鲜事情充满好奇却又不恐慌、睡得那么踏实的晚上。

2

第一周是迎新周，英国当地的学生还没开学，在校的都是国际学生。简单互相介绍后，入乡随俗大家开始彬彬有礼，夹杂着各国口音谈论天气。至于谈了些什么，我已经没有什么印象，我难以期待自己对英国的天气能有什么深刻的见解。谈论英国的天气就像讨论英国的食物一样，英国人研究了几百年，终于研究出了国产Fish & Chips！说来说去就是个炸鱼和薯条。

认识丹尼尔和莎拉纯属是意外。洪恩说，要不是那瓶滚落一地的酒和那声意味深长的尖叫，我们或许依然还是擦肩而过的陌路人。

认识丹尼尔和莎拉是因为Z，Z来自印度，是洪恩在英国认识的第一个外国朋友。洪恩搬进宿舍的第一个晚上，就开了一个小型Party，准确地说是印度人的聚会。印度人的英语夹着很重的印度口音，雅思听力8分的洪恩也不能完全听懂他们在说什么。

“我听他们闲扯了一个晚上，Z的口音最重，他叽里呱啦地说了一大段。我很认真在听，可听到最后真的不知道他在说啥，只能一直点头微笑。”洪恩皱了皱眉头。

“然后，他们都问我在笑什么?”洪恩一本正经地补充道。

鉴于那天洪恩“特别爱笑”，Z就把她给记住了。当然这种“记住了”的程度常人不可理解。Z会每隔半小时敲开洪恩的房门，像认识了洪恩好几百年一样大摇大摆地走进她的房间。短信也一直轰炸骚扰不停，“你有男朋友吗?”“你觉得我怎样?”洪恩压根就不敢相信一到英国烂桃花就来了。Z又开始了一轮电话攻击，不到两天，就来了六个电话约洪恩去酒吧去夜店。洪恩实在对他没什么好印象，能推就推，能避就避。

可冤家路窄的事儿时常有，洪恩怎么避也避不了校学生会举办的迎新晚会。

身高一米七五的洪恩，一身大红色旗袍特别显眼，Z一眼就看到洪恩了。我见不远处一位肤色黝黑的小伙向我们咧开嘴笑。洪恩急了，扯着我的衣袖转身就走。可是他并没向我们走来。我笑着打趣，“镇定点，他又不会吃了你，你看他都走了!”

洪恩定了定神，看着离我们远去的Z，舒了口气。

然而，我错了，Z往那走只不过是去买酒！当他提着两瓶酒出现在我们面前时，我觉得特对不起洪恩！于是我接过递在洪恩面前的那瓶酒，一声Cheers就喝了起来。可那酒一下喉咙我就呛了一口，我平常滴酒不沾的。估计洪恩被我吓到了，吓得脑子也坏了，她抢过Z手中的那瓶酒，跟Z点了点头就干了起来。洪恩咕噜咕噜地半瓶喝下，跟Z道了谢，拉起我就走！

走得太急，结果一转身便撞进了丹尼尔怀里。洪恩条件反射往回退，Z迎了上来，洪恩慌了，手里的酒瓶哐当一声掉到了地上。酒顺势流了出来，剩下的酒其实不多，倒是旁边裹着深蓝色头纱的美女“Oh，my god!”一声大叫了起来。这是莎拉，第一次见面，觉得她大惊小怪的样子很是可爱。

丹尼尔把洪恩拉到身后，指着Z说：“Don’t get close to us!（别靠近我们！）”

我有些茫然地看着这戏剧性的一幕，可丹尼尔这么一说，Z真的走了。

“他是个疯子，听说在这已经两年了，一定不要靠近他！”丹尼尔拍了拍洪恩的肩膀。

“我前段时间也被他骚扰，这家伙变态！”莎拉补充道。

丹尼尔，一迪拜土豪，鹰钩鼻，眼睛深邃，标准型的外国帅哥，身高一米八八，后来我们叫他丹哥。中国留学生圈子里总爱给外国人起代号，一来容易记，二来说他坏话也方便。

莎拉，混血美女，她裹着头纱，秀雅绝俗，越发神秘动人。父亲是沙特阿拉伯人，母亲来自菲律宾。她母亲也一同过来陪读，因此她们住在校外。

丹哥学设计，莎拉读医学护理。那天晚会散了后，洪恩说要谢他们，便一起到北安市中心去了。

“我们也是新来，听说有一家Pizza还不错，Buy one get one free（买一送一），好吃又经济。”丹哥和莎拉提议。

深夜，四个人，两个大Pizza！

丹哥一手抓着Pizza，一手熟稔地把一小半Pizza撕开，中东国家那带都习惯用手抓着食物吃。

夜深的北安很安静。

“Are you falling in love or single?（你是坠入爱河还是单身？）”丹哥打破了沉默。

我刚咀嚼着口中的Pizza，洪恩颇有热情，“你猜？”

丹哥看向洪恩，笑容非常迷人，眼神带有挑逗意味。

“单身。”洪恩笑道。

“我跟你一样。”果然单身的居多，我跟丹哥一同脱口而出。

“我啊，你们不用猜，我恋爱中！我们曾异国恋多年，现在终于在一起了，我是因为他才来英国的。”莎拉笑脸盈盈，“那你们前一次恋爱，在什么时候？为什么会分手？”

“我和前女友交往了五年，我很爱她。在我们决定结婚的前一个月，一天早晨我醒来发现自己身上出现了很多伤痕。我因此去问了神婆，她叫我把我女朋友照片给她看看。神婆一看照片就愣住了，说是我女朋友对我施了‘黑魔法’，一直用‘黑魔法’控制我。所以我就把她给甩了！”丹哥笑得特别夸张，他的双手不经意地跟着比画了起来，很激动。

丹哥的故事听着有些耸人听闻，可我们都没有怀疑他在说谎，他是一个虔诚的穆斯林。虽然是夸张幽默的动作语言，我却能感觉到，丹哥并没有忘记那个他口中说着给他施了“黑魔法”的她。

丹哥说，所有的相遇和别离都是命定的，离她近了痛苦就近了，但离她远了幸福也跟着远了。

3

中国交换生会议。

那年共有五所国内学校派出交换生赴英交流学习，北方三所，南方两所。前往会议途中，认识了也是从南方学校来的交换生柯奕琳。

柯奕琳是个热情的妞，拉着我就给大伙介绍。我这才发现，机场借电话给我的高个子也是柯奕琳学校的。

“那天谢谢你。”我看向他。

“你认识马特！”柯奕琳惊讶了。

“马特？”我好奇。

“对，他姓马，叫马特。我们学校还有人姓牛，单字一个鹏，牛鹏！牛棚！”柯奕琳捂嘴哈哈大笑。

高个子一个眼神朝她杀过去，柯奕琳这才收敛了笑声，“他英文名叫Matt，马特，跟你一样，Sunny，森妮。”

马特双手搭在柯奕琳肩膀，似笑非笑，“我已经帮你打电话到机场了，工作人员说尽快查一下。这么昂贵的鞋，是否能找回，我就不知道了，祝你好运！Stupid！”

柯奕琳一手推开马特，“你说谁傻！懒得理你！”随即拉起我的手就往后排座位走。

“呀！你就不能说点好听的吗？人家马特可是一大早就帮你打电话到机场问这问那，你可真把人家良心当狗肺。”坐在柯奕琳旁边的美女是K小姐，披着一头棕色的大波浪长鬈发，齐齐的刘海儿下长着浓眉大眼，炯炯有神，性格直爽。K小姐虽跟柯奕琳同在一所南方学校读书，可她一开口就一溜嘴的京腔。“你若真的心疼你那名牌鞋，当初呀就该心肝宝贝地把它揣在怀里，就不该让牛鹏帮你带！”

原来真有人叫牛鹏啊！

“你又不是不知道我就爱跟他唱反调！”柯奕琳笑着往K小姐身上贴过去。K小姐显然不喜欢柯奕琳这般黏人，一手把柯奕琳推开。可柯奕琳更乐了，反手掐着K小姐圆乎乎的脸哈哈大笑。马特走了过来，往柯奕琳头上一敲，“你就不能安静点！老师快来了。”他拉开我旁边的座位坐了下来。

飘进来的风轻轻掀起了窗帘，光线忽明忽暗间，勾勒出他的侧脸，英气逼人，剑眉星眸，这高个子确实长得好看。

Party！Happy Party！在英国的第一个派对，出乎意料的疯狂派对。

“快快快！动起来！我们一起跳舞！”

学生会筹备的欢迎国际学生的迎新派对，热闹非凡，耳边响起让人疯狂的动感摇滚乐。

丹哥和莎拉早已随音乐起舞，我还像个木乃伊似的左右摇摆着手，极其不和谐地晃着身体。丹哥看不下去了，一把拉起我的手。“来，学我这样扭动！”

我是没有丝毫舞蹈天赋的，丹哥和莎拉却是舞蹈奇才。洪恩跳得也不赖，她说大学三年来和舍友整天唱歌劲舞，没想到今天真派上用场了！

我们跟着人群相互搭着后背，环绕整个音乐厅跑了起来。有人吹起口哨，有人在狂歌，无处不欢乐。

音乐厅旁有个休息室，我本想歇歇，却看见了柯奕琳，她穿着当季的吊带晚裙，纤腰曼妙，长发飘飘。

这热情的美妞把我拉到小屋子里坐，我看到高个子马特也在。

我随意找话题聊，便问起柯奕琳鞋子丢失的事。

“原来没有落在伦敦机场，是在广州机场落下了。当时我让牛鹏带，过安检后他忘了放回登机箱。”

“广州机场！那怎么拿回来？”

“我叫我妈去拿了。”柯奕琳嗟叹不已，“只是特地买的限量版鞋子在英国就不能穿了！”

“谁叫你没脑子！七千多块的鞋子自己不拿，让别人帮你带。”马特突然冷不丁地冒出一句，“也不谢谢帮你找回的人，K小姐说得对，好心没好报。”

“行了！不就想让我谢你！”柯奕琳妩媚一笑，“请你喝酒，把你灌醉！”

“森妮，你先待着我去拿酒。”柯奕琳踩着十厘米的高跟鞋往吧台走去，我看着都脚疼，想着过去帮忙，马特却把我拉住。

“你别理她，若过去帮忙提个好几瓶回来，喝个烂醉，破财又伤身。”

“嗯。”我又坐了下来。

“你不能喝就不要逞能。”马特玩着手机漫不经心道。

“呃？”

“前天看你和Z喝酒，喝不到两口就呛出了眼泪。”马特抬头看了我一眼。

“你也认识Z？”我诧异了。

“你还是少靠近他为妙。”马特直直地看着我。

“威士忌与伏特加，”柯奕琳手里捧着两杯酒兴高采烈地回来，“你们挑吧！”

“柯奕琳，你要做老鸟还是菜鸟？”马特挑眉轻笑，“真会挑酒！”

“什么嘛！你还没喝就醉了？”柯奕琳把威士忌与伏特加放桌上，又往吧台那边跑，“你们先喝！”

“Whiskey with Vodka?”《威士忌与伏特加》是一部德国的电影。译名也叫《老鸟与菜鸟》。一线明星与新进演员，同一角色一镜两拍。嗜酒大牌的大明星一下清醒了，只是菜鸟也不是省油的灯。

“噢，你也看过？”马特挑挑眉，拿起左边那杯威士忌喝了一口。

“看过2009年德国版的。1965年法国西班牙版的太旧了，没看。”

“觉得怎样?”马特又喝了一口威士忌，饶有兴趣地问我。

“缓缓的镜头，人们喜欢现实，更喜欢说谎。”一部不是喜剧的喜剧。

“那是因为人们喜欢听谎言。”马特又把右边的这杯伏特加端了起来，神色忽而黯淡，“谎言确实能让人不那么痛苦。”

“那是我的!”我一手挡住马特手臂。若两种酒混着喝，很容易醉，何况都是烈酒。

“你能喝吗?”马特坏笑，两道浓浓的眉毛却泛起了柔柔的涟漪。

“可我想尝尝!”我突然起了坏心思，就是不想让他喝。

柯奕琳踩着高跟鞋又缓缓走来，身边多了浓眉大眼的K小姐。我夺过马特手中的那杯伏特加，向K小姐走去，往她手里的酒杯一碰，“来，为中国好室友，干杯!”

K小姐乐了，拨了拨她那亮丽的大波浪长鬈发，“好好好，我都还没谢谢你的帮忙呢!”

我端起手中的酒喝了下去，除了苦涩、灼热，还有青柠的味道，应该是伏特加类鸡尾酒。

我刚喝了几口，马特就把它夺了过来，往桌上一放。

“走，我们去跳舞。”

我被马特拉起往外走，K小姐向我吼了一句：“嘿，我明儿就搬到你那儿去!”

或许是喝了几口酒，感觉脸都滚烫了起来。

音乐响起，马特牵引着我在舞池旋转。那一刻，也许是那一点点酒精，也许是这扣人心弦的音乐，恍惚地觉得，舞池只剩下我和他。

我感到晕眩，慢慢地头靠在马特肩膀上，闭起眼睛。

“我的肩膀舒服吗?”头顶传来马特温柔的戏谑声。

“不会太糟糕。”

“噢，是吗?”他刻意把尾调拉长，“那你觉得我怎么样?”

他这话是什么意思?

“我认识你时间太短，恐怕不能做出客观的评价。”我谨慎地回答。

“聪明的女孩……”他顿了一下，手掌移到我耳后，让我的脸向上朝向他。

“记住，我们不合适。千万别爱上我。”他突然冷冷地道。

我诧异地看着他。

“哈哈哈，看把你吓的！我学得像不像？电影里的经典台词！”他大笑道。

他不是个神经病就是个疯子！

我靠在他宽敞的肩膀上，也哈哈大笑了起来。

被洪恩一手拍醒的时候，我还没止住笑声。看着洪恩发紫的脸，我极度懊恼怎么会梦到他！

“疼死了！你老是把头往我肩膀上靠！”洪恩嘟起嘴，抚摸她的肩膀，“笑得这么开心！你捡到钱啦？”

我一手扯过被子，把脸盖住。这梦真的太不像话了！

“看你把我吵醒，我又得失眠了！对了，我还没问你！你刚怎么会跟马特在舞池里跳舞了？”洪恩把被子掀开，直直地看着我，“你俩什么时候混熟了？前几天你还说那家伙很奇怪。”

“嗯，他确实很奇怪。”奇怪地拉着我去跳舞，又奇奇怪怪地走进我的梦里。

“奇怪？真不懂你老说他奇怪！我倒觉得他挺绅士的，他刚还亲自送你到我宿舍。”

“这还不是因为你和丹哥早走了！对了，你们干吗去了？”

“就……就到外面喝了两杯！”

“酒鬼！离我远点！”

“这是我的床！再说，是你一直靠过来！你是不是做春梦了？”

“瞎说什么！”

翌日清晨，我早早起来准备回宿舍冲个澡再和洪恩去市中心。昨晚玩得太嗨，又做了个不像话的梦，我模模糊糊地坐上19号公车回到了林荫校区。打开宿舍房门的瞬间，被吓了一跳，两个大男人坐在我的床上。

4

“Oh！这床的主人回来了！”一男说。

“昨天见你玩得挺晚的，咋这么早就回来了？”另一男说。

我孱弱地提起我的右手，使劲拍了拍头，这才清醒过来，长长地舒了口气。

“回来冲个澡就出去了，怎样，昨晚你们都睡得香吗？”

“你的床比外面五星级酒店的都舒服。”高泰盛拍了拍床笑得乐呵呵，“对了，都忘了给你介绍，牛鹏，展翅高飞的鹏。”

我看向高泰盛身旁长得并不高的清瘦小伙子，皮肤黝黑，高鼻阔口，原来他就是牛鹏。

“哈哈，对了，给你和陈小芳带了巧克力。太甜了！你帮我解决了它。”高泰盛递给我一大盒巧克力。

“滚吧你，不吃了才给我们！”英国的巧克力可不是一般的甜。

“没有啊！陈小芳告诉我你特喜欢吃巧克力，我这才特地拿给你的！”

“喜欢吃的是小芳！”我打开衣柜找衣服，“她啊，她昨晚也玩得很疯，估计现在在朋友那还没起床呢！你就慢……慢……等吧！”我戏谑起高泰盛。

高泰盛，我想我这一辈子都不会忘记这个名字。

认识高泰盛是在迎新周的Pizza大食会上，说来也气，因为那晚他递给我一块Pizza，对我说的第一句话就是“Are you Japanese?”。哇塞，老娘长得有那么像日本人吗？第一次在异国被自己的同胞误认为是日本人，感觉很不爽。

高泰盛，身材高大略胖，五官立体，显得极有威势。来自上海，是个超级摇滚乐迷，整天戴着Beats耳机摇头晃脑。可这样看似豪迈奔放的摇滚乐迷，却也能起劲地说莎士比亚，说狄更斯。我心里在呐喊“Oh，my god！”能不这么文艺吗？

又例如，我们的首次伦敦之行，在泰晤士河边，大本钟旁的威斯敏斯特桥上，隔江相望就是伦敦眼。他很文艺地蹦出一句：

“你想不想和你男朋友坐上伦敦眼，一起俯瞰整个伦敦，然后世界就在你的脚下，多美!”

我当场石化了。

“想啊想啊！所以我们这次就不上了吧，因为我还没有……男朋友。”唯有陈小芳傻乎乎地回答。

高泰盛已经在忙不迭地帮陈小芳收拾起东西来。我想着待会儿再帮他一起收拾，就拿着衣服洗澡去了。哗啦啦的水声中，头脑才慢慢清醒过来。

我记得昨晚在音乐喧哗的派对上，陈小芳在我耳边扯大嗓子跟我说，高泰盛和牛鹏会带上自己的床单在我们宿舍睡。牛鹏虽在校外租了房子，但现在他的房东因为无良从商要被英国政府驱逐出境，学校怕牛鹏被牵连要求他立刻搬出来。这么一来，牛鹏一时半会儿也找不到房子，便在我们宿舍借宿一晚。而高泰盛明显是借机过来帮陈小芳搬行李的。

我洗完澡出来，正用干毛巾搓着头发，突然觉得高泰盛看我的眼神有些古怪。我本能反应地看了看自己，很规矩的衣服啊，又不是什么镂空性感睡衣。

末了，高泰盛按捺不住了。他尴尬地摇了摇他手里衣架上晾着的陈小芳的粉红色内衣，“这个我真不懂怎么收拾，你快帮我!”

“交给我吧。”我哭笑不得。

收拾完后，我想做个早饭。等陈小芳回来，也好让他们帮忙搬行李。

高泰盛自告奋勇说他先去洗锅，因为他根本不会做饭，末了还添了一句“我还可以先帮你洗米”。我说行，就从柜子里拿出米，直接连同袋子朝高泰盛身上扔了过去。也不知道是我抛得不准，还是高泰盛反应慢了半拍，结果“啪”一声，米袋掉落到地上！袋子破了！米全部撒在了地面上，哗啦啦地落了一地。

“妈的，你们俩在干吗?”牛鹏好像真的受惊了，“做个饭做成这样!”

英国室内基本都铺了地毯，很难捡起这么细小的米粒，结果我们三个就蹲在地上捡米捡了半天。

“外面好像有个吸尘器。”

“吸尘器吸起的米你吃吗?”

“妈的，你就不能听我把话说完吗你!”

“……”

“剩下最底层的米肯定不能吃了，等下拿吸尘器把它吸干净，待会儿还有新舍友来，你过意得去吗你?”

“你怎么就这么浪费粮食啊，这是她妈特地让她从国内带过来的米。这里能买得到吗？！”

我做着饭听着两个大男人一来一回地斗着嘴，觉得温馨。

冰箱里没什么食材，饭做得很一般，但他们吃得特捧场。

小芳读商科在公园校区上课，却被分配到林荫艺术校区的宿舍，而K小姐刚好相反。K小姐说是我在她们中牵了线，让她们互换了宿舍，各自上课都方便。

如果，我是说如果，如果当时陈小芳没跟K小姐互换宿舍，那么接下来或许就不是我和马特的故事。

W.Szymboroska（辛波丝卡）曾经在*We're extremely fortunate*里说过：“We're extremely fortunate not to know precisely the kind of world we live in.”

我们何其幸运，无法确知，自己生活在什么样的世界。

因为未知，所以会揣有希望，会欣喜，当然也会难过，甚至疼痛。

5

清澈的月光漫洒在每个角落，秋韵的天籁打着悠扬节拍。

我们在英国度过了第一个异国中秋节，北安的中国学联举办了一系列迎中秋活动。

“没想到在国外过的中秋节比我在国内过得还要隆重！”可怜的K小姐在广州读大学，中秋节都不回北京。

晚上大伙约在马特宿舍聚会，共赏明月。

我提早到了马特宿舍帮忙，菜洗到一半就接到洪恩电话。

洪恩不识路，我让她在H&M等我。我刚下楼梯，马特就喊着我的名字追过来。

“我正好要去接高泰盛。”

“高泰盛?”

“你也认识高泰盛?”

我对高泰盛的印象还停留在他对我说的那句“Are you Japanese?”

他今晚也来！我在心里嘀咕。

我们刚下到门口，高泰盛就到了。

第一次遇到的高泰盛，他热情地对我说：“Are you Japanese?”

第二次遇到的高泰盛，他问：“你想不想和你男朋友坐上伦敦眼，一起俯瞰整个伦敦，然后世界就在你的脚下。多美!”

第三次遇到的高泰盛，他坐在我宿舍床上嬉皮笑脸。

这次遇到的高泰盛，他站在我面前，悠然地抽着烟。

“别抽烟了!”马特拍了拍高泰盛肩膀，“你陪森妮去接一下她朋友，我上面还烧着菜。”

“不用了，我自已去。”我扬了扬手，往H&M方向走去，高泰盛追了上来。

“你认识他?”高泰盛深深吸了一口烟，嘴巴张成O形。烟雾在空中呈圆圈状，瞬间又被风吹散，呛人的味道直冲我的鼻子。

“……”我闭紧着嘴，点了点头。

“那他叫什么名字?”高泰盛把烟放下。

“咳咳咳咳咳!”也许喉咙真被烟呛到，也或许是被他的问题震惊了，“你不知道他叫什么名字，你不是认识他吗?”我怎么遇到的都是些这么怪异的人啊。

“我不知道他叫什么，我平常都叫他底裤仔!”高泰盛又吸了口烟。

“底裤仔?”我倒是好奇了。

“对啊，忘了怎么认识他的，总之我们有一天聊起洗衣服的事情，你也知道英国洗衣服贵，又没阳台晾衣服。他告诉我，这边学生都是把衣服积起来，积一星期才拿到学校洗衣房洗。”高泰盛把烟熄了，“我当时就说，哇靠，你连底裤都积起来啊！他说，底裤会天天洗，就洗底裤，就这样我叫他底裤仔了。”高泰盛解释完又哈哈大笑。

还没到H&M，洪恩看见我便快步走了过来。

“你怎么也在?”

“原来是接你啊？”

这世界真小，既然他们都认识，那我也省得介绍了。

我们仨往回走。

“今晚都有哪些人聚餐啊？”洪恩问。

“都是中国留学生？”高泰盛也问道。

“K小姐、陈小芳、柯奕琳……牛鹏和马特跟你同一个班的，你认识啦！”

“牛鹏，当然认识！”洪恩纠结了，“这世上真有人叫牛鹏？”

“他父母确实真有才！”高泰盛又一口烟喷了过来。

“你父母也有才，高泰盛简直就一韩国人名字。”我笑了。

“喂！你是不是还记着我叫你Japanese的仇！”

晚餐吃得很尽兴，“大厨”牛鹏又做菜又做汤，功不可没。

我们围成一桌，喝了广东靓汤，吃了汤圆，尝了月饼。（汤圆和月饼都是在中国超市买的。）

聚餐当然少不了酒，这酒可来之不易，在英国买酒一定得是成年人，未成年不能喝酒也不能买酒。所以当我和马特在ASDA超市挑了酒准备结账时，收银员要我们出示护照，马特带了可我没带。我说我已经21岁了，收银员盯了我一眼使劲摇头死活不让我们买。

“这服务员估计瞎了，你怎么看都像个二十多岁的姐姐！”马特笑着拉我走。“换个超市买，去M&S好了！”马特又笑，“待会儿挑好酒，哥去买单，小妹妹你靠边站着等我！”

这个称我姐又称我妹的高个子现在和大伙喝了起来，见人就碰杯，看起来很能喝。

高泰盛坐在我旁边，侧头跟我说陈小芳很像他表妹。我看了看坐在斜对面的陈小芳，她和牛鹏聊得正乐。高泰盛继续笑道：“我表妹很可爱，可爱到我每次去她家看她都忍不住捻她脸蛋掐她脖子！”他一口上海腔，话落，又哈哈大笑起来。

柯奕琳喝了很多，剩下的酒她都一杯杯干了。她和马特打打闹闹，可谓欢喜冤家。牛鹏戏说，这样打打闹闹的，终会结成一对！大伙都起哄了！

马特笑着摇头。柯奕琳直接拿起酒，声音无比响亮。“好！我干了！”

这回大伙起哄得更厉害!

马特一手把柯奕琳手中的酒抢了过来。“你傻吗？你真没听懂他们在说什么？你喝醉了！什么都乱干!”

“你才醉了！我没醉!”柯奕琳苗条纤秀，或许真的喝高了，肤色红润，唇角扬起一缕妖娆笑意。

大伙的起哄声越来越大，拍桌子声、欢笑声、吆喝声……

洪恩也喝起了酒，在我耳边絮絮叨叨了起来。

“我跟你说，我看人最准了!”她指了指婀娜多姿的柯奕琳，“热情大方，自由洒脱！数开放程度，非她莫属。你等着瞧!”

“数穷学生，非牛鹏莫属。”洪恩指向正从厨房端了盘水果出来的牛鹏，“可他成绩好，动手能力强，我猜他一直是勤工俭学，来了英国也会打工。”

“你确定他穷?”我好奇。

“初来英国不住又近又安全又易结人缘的学生宿舍，偏要到外租房，不是为了省钱是为啥？校外的房子比学校的便宜多了!”洪恩又喝了一口酒，“你看看他泛黄又褶皱的衣领，洗得发白的牛仔裤!”

“官二代和富二代都聚齐了。”洪恩嬉笑，“陈小芳看着像可爱又文静的女孩，声音娇柔婉转，从小被严教，刚跟她聊天觉得她文学修养还行，肯定是官二代！但生活不能自理，另外在这边终于没了父母的约束，越是文静的人越会干出惊人的事情，哈哈！她旁边的高泰盛，出手阔绰，酷爱摇滚，一个耳机就是我们好几个月伙食费，就一富二代。”

“看来你真的喝醉了。”我轻轻拍了拍洪恩如醉如梦的脸。

“才没醉呢！老实说，你的新室友K小姐，也是富二代!”洪恩叹了口气，“在温室里长大，生活自理能力差，依赖性强，公主病重，你以后要成她的保姆了!”洪恩向我使了个眼色，“还有你看，她整晚都对着手机，肯定囿在恋爱中，而且是异地恋。”

“不懂你觉得自己很会看人的自信从何而来?”我看向也喝了不少的马特，“那他呢?”

“谁啊？马特?”洪恩突然大笑，“哈哈，他啊！是一个很有故事的人。你呀，招惹不起!”

Chapter

03

丘比特要开工

叶子变黄，英国的秋天来了。
越年长越觉得，
季节颜色的深浅和月份终还是有关联的，
感情也是，越年少越疯狂。

1

国际学生欢迎周后，当地学生也返校了，整个学校热闹了很多。欢迎周的很多活动都集中在公园校区，但开始了专业学习后大家则是返回各自的校区了。我和新室友K小姐在林荫艺术校区上课，洪恩、马特他们都在公园商科校区。

洪恩戏说："林荫是精英的聚集之地，天才都在林荫，像你这样的精英才能在林荫长成万年青！"

万年青？！我揶揄洪恩："你这话说得真溜！放心，你的丹哥也是万年青，万年长青照着你这朵红花！"

自从上次晚会洪恩穿了一身红色旗袍后，丹哥就开始叫她"Red flower"。马特也举手赞成，这名字顺口，洪恩，红花。可洪恩觉得这实在跟干练的她很不搭，红花，又土又矫情。

"你什么时候开始跟马特一样，竟然学会了耍流氓！"洪恩一掌朝我头上拍过来。

跟马特熟络起来，是因为K小姐。

K小姐，北京人，热情大方。

K小姐搬进来的第二天，就把马特给领过来了。

"这小子住在市中心，跟哈萨克斯坦人住一起，做饭不方便。他以后就来我们这儿蹭饭，你看怎样？"马特住在市中心的学校宿舍，每天从公园校区下课后回家都得经过林荫校区。在K小姐看来，过来蹭饭也是顺路。

"行！"你K小姐金口都开了，我还能说不么。

说是过来蹭吃，其实马特还挺能帮忙的，每天下课都先去ASDA超市买些新鲜肉菜过来，他第一次来吃饭那天傍晚两手提满了食材，还买了水果。

"K小姐特喜欢吃香蕉，以前他男友惹K小姐不开心了，就剥根香蕉给她，她什么气都会消。"马特扯下一根香蕉朝我抛了过来，"我建议你以后宿舍多备点香蕉。K小姐比较有脾气！”

“一根香蕉就搞定，也挺容易相处的。”我剥开香蕉，一口吃了起来。

“你知道什么人特别喜欢吃香蕉？”马特拿起电饭锅开始洗米。

我摇了摇头，香蕉味道不错！英国的水果非常好吃，比它的正餐强多了。

“精神病人和抑郁症患者。”马特插上电源，按下了煮饭键，“K小姐大大咧咧，哪会有抑郁症，神经病还差不多！”

K小姐回来一见马特，扬嘴就说：“你这小子，哪有蹭饭这么便宜的事，你总得买根葱提些菜过来吧！”

马特一根香蕉朝K小姐扔了过去。

果然香蕉万能。

马特跟洪恩同一个班，学管理学经济的祖国花朵可真多，说实话我很羡慕。我第一次上专业课时，还真有点惶恐，整个传媒专业就只有我一个中国人。

“我才羡慕你，你们班有美女吗？”马特说。

“有，跟我一样，都是交换生，美国人，金发碧眼的美女。班里就我和她两个交换生，我跟她最熟。”

“呀！美国来的美妞！”K小姐把背包往桌上一扔，“马特，适合你哟！”

“懂我者，非K小姐莫属！”马特喜笑颜开，“有空我去你那旁听！”

我耸了耸肩，洗起菜来。哗啦啦的水声中，薛凯琪的《奇洛李维斯的回信》响起：

顽强地进攻

争取你认同

才年年月月晚晚朝朝密密寄信

明知我们隔着个太空

仍然将爱慕天天入进信封

我转身就看见K小姐箭一样朝她的背包奔去，急忙掏出手机。

“我接个电话，反正我也不会做饭，我先撤了，洗碗归我！”“啪”的一声关上门，K小姐人已不见了。

“F先生从中国打来的。”马特握起刀开始切肉。

“F先生？K小姐男友？”洪恩果然独具慧眼，一猜便猜对了K小姐异地恋。

“嗯。”马特哼了哼，“F先生是我们同届同学。”

“为什么叫F先生？还有K小姐？北方女孩不是不喜欢自己被称为小姐的吗？”

“你知道刚刚那铃声是什么歌？”马特问。

“薛凯琪的《奇洛李维斯的回信》。”

“然后呢？”马特看向我。

“啊？这歌唱的就是一个女孩喜欢一个男明星，每天都给他写信。写了十年，终于等到他的回复。”

“歌里面唱的是谁？”

“F小姐是薛凯琪自己Fiona，K先生是Keanu Reeves，奇洛李维斯，一位很出名的美国电影明星，薛凯琪很喜欢他。”

“And then？”

“所以说我们的K小姐和F先生也是写信认识的？”

“聪明！”马特拍了拍我的头。

“跟你说话不累。”马特微笑，“K小姐和F先生的爱情就是从《奇洛李维斯的回信》这歌开始的。K和F都是他们英文名简称。”

“这年头，真还有人写信吗？！”

“那是他们还在高中的时候。”

“好浪漫……好老套！”

“你们女生不都喜欢这样吗？”

“……”

“但这套不能用在外国妞身上。”马特把我切好的姜蒜往锅里一撒，把鸡肉倒进锅里炒了起来，“你什么时候介绍爱丽莎给我认识？”

我看着马特似笑非笑，心里突然有种说不出的滋味。

“你在想什么呢？”马特一手敲了敲我的头。

“没想什么。你挺会做饭的吧？”他炒菜的动作不像是第一次做饭。

“嗯，我以前在家常做给我妈吃。”他的声音瞬间低沉下来。

我突然想起在机场第一次遇见马特，他那歇斯底里的呐喊，电话那端是他妈妈？

2

K小姐说，初来英国最安心的是有一大群中国留学生陪在身边，去哪儿干啥都不怕。到学校注册、去银行办卡、参加各种迎新派对……直至她预约到警察局注册的时间跟同行的交换生时间不一致，独自一人到达警察局时看到一个中国人也没有，突然就觉得慌了，于是给我打电话。我刚好蹲在图书馆找导师列的一大串Reading List里的书，电话那端是K小姐焦虑的声音。

“就你接了我电话，来陪陪我，我第一次到警察局，在国内都没去过警察局！”

我打车赶到警察局时，看到也刚抵达的马特。马特看了看我，转向K小姐，“多大的事阿，你别心急乱投医！谁都没义务陪你来，是来报到而已，他们不会对你怎样！你就填份资料，警察局的人跟你核对下信息，你最后签个字，如此而已！这是单独一对一的，我们也不能陪在你身边！”

K小姐低着头没说话。马特拍了拍K小姐肩膀，声音柔和了些，“没事的，我们在外面等你，你有事就给我打电话。”

K小姐点了点头便走进警察局，我和马特坐在门外石板凳上。

“你预约到什么时候?”

我和马特异口同声，于是笑了。

所有来英国读书的留学生（年龄超过16岁），只要将在英国居住超过六个月，都被要求在抵达英国后7天内去当地警察局注册报到。当然赴英留学生太多，不可能在7天内都报到完，而我和马特都被安排在两周后。

之后气氛变得安静，我看着不远处的街道和路人发呆，马特轻挑眉毛，“你有事忙的话就先走吧，我等她就好。”

“刚好来了Town，我想到书店逛逛。”我点了点头。

“买Reading List的书?”马特问。

“……”我惊讶了，他怎么会知道，“嗯，有些书在图书馆没有库存，全被人借走了。”

“建议你不要买，英国的书太贵了，你回头把书单给我一下，我帮你下载电子版。”

K小姐出来后舒了口气，原来这么简单！

我们在Town随便吃了个汉堡就回学校了。虽说开学初不忙，但是导师推荐这学期要看的书却是一大堆。一星期专业课下来，突然觉得压力山大，跨专业学习挑战确实很大。K小姐叹气，“我是压根就听不懂！教授上课都一口英式发音，他们一溜嘴就说完了，我还蒙在鼓里，感觉在听外星语似的。”

这星期专业知识听得半懂不懂没学到多少，倒是结交了三位“损友”。

英国教育很注重人文关怀，特别是在林荫校区的小班教育模式。第一节专业课，教授让我给大家做个自我介绍。

我站在台上没说两句就被下面一位白白瘦瘦的家伙打断了，他问：“你为什么要叫‘Sunny’?”

他这么突然一问，我草草地说自己性格乐观，喜欢阳光才取了这个英文名。那白白瘦瘦的男生旁边另一个皮肤黝黑的男生又正经八百地问我既然喜欢阳光，为什么不叫‘Sunshine’？这时全班都笑了。

我微笑着镇定地把自我介绍说完，看着面前的这一黑一白两个家伙，我觉得怎么也不能丢中国人的脸。

随后上台做自我介绍的是来自美国的美女，爱丽莎。我们是班上仅有的两个交换生。

金黄色的自然鬈发直披到肩头，鹅蛋脸的爱丽莎眼珠碧绿灵动，美丽的容貌下却有着一脸精灵顽皮的神气。

没想到那一黑一白两个家伙，照旧开起了爱丽莎的玩笑，白人说：“你会小提琴啊，要来一曲么?”黑人随手摸出一把小提琴，“我这刚好有一把。”

“我不喜欢木质的，太Out了，我只玩电子的！”爱丽莎果然是美国来的，身姿曼妙，素手一挥，对一黑一白抛了个媚眼，大伙都哈哈大笑，不得不被她的魅力和气场征服。

一黑一白的自我介绍彻底让爱丽莎笑得捧腹。因为他们的名字叫“Tom and

Jerry”，猫和老鼠。

白的家伙是汤姆猫“Tom”，白白瘦瘦的，擅长街舞。他还真的就在讲台上跳了几段，大伙都拍手叫好。黑的家伙是杰利鼠“Jerry”，个子在全班最高。

课下，爱丽莎拉我去咖啡厅。她点了杯浓咖啡Expresso，我点了杯茶。她帮我加糖又加奶的，又一个劲聊起了一黑一白。我似乎突然明白马特为什么想泡美国女孩，热情奔放，让人感觉自在。

“你很喜欢小提琴?”我问爱丽莎，“我初中时也学过。”

“我小时候亲爸爸教的，我一拉琴整个人都很放松，特别喜欢电子的，拉起来够时髦!”她细腰一扭，双手摆出拉琴姿势，“To be honest，我可不喜欢二胡，我继父想教我，我打死都不学!”

“继父?”我好奇。

“对，是个中国人，我妈很爱他。”

我们聊得正起劲，杰利和汤姆这两个一黑一白的家伙走了过来，主动提起刚刚那事并希望我们别介意。我和爱丽莎跟他俩寒暄了几番后，他们还不走。汤姆径直地坐了下来，开始长篇大论说起了他和杰利。他们是从北安普顿学院直接升学上来的，早已经混得很熟了。

熟到哪种程度?

汤姆笑着说：“我都已经帮他洗过好几次底裤了，就差女朋友没借给他了。”

“我很难想象一只猫可以忍住不吃老鼠，还可以帮老鼠洗底裤!”爱丽莎一口美式发音，我听得溜口，忍不住笑了起来。反倒一黑一白没话可说了。

“开玩笑啦!”爱丽莎双手搭在一黑一白肩上，眨了眨她那水汪汪的碧绿大眼睛，“我从小在美国看着*Tom and Jerry*长大的，你们别介意！OK?”

爱丽莎哈哈大笑。

后来我和马特提起这事，马特说我没“Get”到爱丽莎的笑点。

“……”我吐了吐舌头。

“这也不怪你，你脑子太单纯!”

“……”我无奈地向他瞪了瞪眼。

“什么时候带我见爱丽莎？有没有照片?”

听着马特要见爱丽莎，我总觉得有些不自在，可又说不上哪不自在。

“后天上午我们有个小组讨论，我、爱丽莎还有一黑一白四人一组。你来吗?”

马特摇了摇头，“不行，后天是周五。什么时候都行，就周五上午不行。”

“你不是没课吗?”我纳闷。

“反正有比这更重要的事。”

踩了大半天的落叶，橙黄而脆响。

从洪恩宿舍出来，不知哪来的兴致，马特竟然问：“你累不累？不累的话，我们走回去。”

“可以啊!”我耸了耸肩，倒觉得没什么，沿路风景很美。

“那走吧。”

途中经过ASDA超市，买了晚上做饭的食材。

走在金灿灿的大道上，抬头便见天空瓦蓝。路边树木已迫不及待地换上了秋天的新装，鸟儿在枝头上叽喳叽喳地歌唱。秋风送爽，树叶飘零散落在我们头上。马特两手拎着东西，便抖擞了一下身子，头上的树叶顺势滑落在地。我看他抖擞的样子忍不住笑，他露出白色的牙齿，也笑了起来。

我伸手轻轻将他后背上残留的落叶拂去。

就这样，我们踩着路上的落叶，慢慢地走回宿舍。

三个小时前，我们一起在上西班牙语课。

马特说的比泡妞更重要的事儿，就是旁听西语课。

我们在公园校区碰见对方时，都很惊讶。

“你也在?”

“你来干吗?”

“来旁听西班牙语。”

“你不是要小组讨论?”

“爱丽莎她肚子痛，我们把小组讨论推到下周一。”

“女生每个月都总有那么几天。”

“你要雪中送炭吗？爱丽莎就住在公园校区。”

“别！我现在满脑子都是西班牙语。”

“Hola!（西语：你好!）”

“准确点，现在应该说‘Buenos días!（西语：早上好!）’。”

“走，快去找位子。”

上完西语课后，我们到洪恩那里蹭饭吃。

“好饱好满足！谢了红花！”马特吃完双手合十。

“你叫得真乐啊！”洪恩气得无语。

马特嘴一瘪，“红花你多下碗面，丹哥待会儿就来了！”这下可真把洪恩给惹了。

“Lo siento！（西语：对不起！）Lo siento ！”马特跟洪恩道歉，别过头靠近我耳边，“Iros pronto！（西语：快点走！）”

我筷子还没放下，马特就拉我走了。

3

洪恩说每次丹哥来找她，她都不敢在客厅里多待一会儿，而是急忙地拉他回房间坐。

我取笑她，果然是丹哥厉害！人家Z想来你屋你恨不得一扫把赶他走，丹哥一来，你就把人家领进房！

洪恩红了脸，她气急败坏地把书往我身上一扔。

“瞎说什么！你又不是不知道丹哥总是傍晚下了课才到我那！舍友都在做饭，都喜欢吃猪肉，我能让他看到吗？”

我对洪恩狠狠地点了点头，表示我已非常明白。

“那Z还骚扰你吗？”

“估计不会了，可上次发生了点事，我也不知道好还是不好。”

“什么？”我翻起了洪恩的书，首页密密麻麻的笔记。

“前天Z来找我，刚来没多久，丹哥也来了。他进屋一见Z，就走过来拉起我的手，对Z说：‘Don’t get close to my girlfriend！’然后Z就走了。”

洪恩三言两语说完了这事，可我激动了，丹哥一下子成了洪恩的男友？

“丹哥说：‘这招肯定很管用，放心吧，他不会再来找你的。’随即丹哥就回他宿舍去了，说要赶作业。”

后来连续三天，丹哥都没来找洪恩。洪恩心里开始觉得有点别扭，但又说不出个所以然来。

直到周末在莎拉家做客，她莫名地释然了。

在莎拉家，吃着莎拉妈妈做的沙特阿拉伯特色晚餐以及菲律宾炒饭，比起英国国产Fish & Chips，这简直是天上美食。

丹哥也在，我看他跟洪恩聊得甚欢。

我倒和维多利亚聊得起劲。维多利亚，当地人，是个作家。认识她是在学校的Chaplaincy多文化信仰中心，她曾是北安学生，毕业后一直坚持每周抽空回校做义工。

那晚我们谈了很多，几个国家的人聚在一起无话不聊。我们从莎拉母亲家乡菲律宾的教育，说到中国的教育，从沙特的特产水果椰枣，说到中国岭南的荔枝。伯母是位很可爱的女士，她把自己包裹得密密实实。莎拉说，在沙特，妈妈要穿三层衣服，而在英国，她真的要穿十层。

丹哥、莎拉和伯母都是穆斯林，跟他们待久了多少能体会到伊斯兰及中东文化。而初次感受到英国当地家庭的文化氛围，是一周后到维多利亚家做客，参加她的生日派对。

维多利亚家在郊外，一栋两层的独立别墅，设计以木制为主，优雅大方却又不失西式风情。生日派对开在了阁楼，我们抵达时，已经来了客人，热闹得很。维多利亚五岁的女儿Faith（费思）对我们眨眼睛，非常可爱。

我和洪恩走在前，莎拉和丹哥走在后。刚上完楼梯到达阁楼，就碰到了一个穿纯白色休闲毛衣、头戴一顶英伦鸭舌帽的男子，笑容迷人。维多利亚介绍了起来：“这是我的丈夫。”鸭舌帽男子主动向我和洪恩握手问好。

第一次参加当地家庭的生日派对，简单却温馨。我们席地而坐，三十多人围了个圈，维多利亚吉他弹得很棒，歌也唱得很好。

来访的朋友多才多艺，他们轮流上台演奏、歌唱，简单真诚地传达着祝福。莎拉用手机查了下歌词，准备唱一首阿拉伯语歌。

“要不，我们也唱一首中文歌？”洪恩向我建议。

“可以，反正唱不好，他们也听不懂。”我耸耸肩。

而大多数时间，都是一个秃头的男子和维多利亚一起合奏。

莎拉说这就是她的丈夫，两个人看起来挺配的，很有默契。丹哥点了点头表示赞同。

我和洪恩诧异了，这个秃头的是她的丈夫？不对啊！明明那个穿纯白色休闲毛衣，戴英伦鸭舌帽的男子才是她的丈夫！

丹哥和莎拉仍然坚持，因为刚刚维多利亚跟他们说，那秃头的就是她的丈夫。

一头雾水！到底谁才是维多利亚的丈夫？

后来大伙一起唱起了圣歌，我们跟着节拍哼了起来。灯光柔和，歌声动听。

我还沉醉在圣歌里，丹哥扯了扯我衣袖，小声嘀咕：“我肚子很饿！怎么一直都没吃的！”

我们肚子也很饿，来的时候才傍晚六点没吃东西，现在都八点半了。

唱完圣歌后，分小圈子活动，我们四人成了一组。

丹哥还是老样子，口头禅一成不变，“Hey，Sunny! Help me take a picture!”丹哥是我见过的最喜欢拍照的外国人，也是我见过的最喜欢拍照的男人，没有之一。

我看他精灵古怪地摆了好多姿势，我心里嘀咕，你不是很饿吗，怎还有力气摆那么多Pose？！你不饿，我可很饿！

在饿得感觉快要虚脱时，小费思走了过来。我以为她是想和我们玩，她却拿出一个本子问：“你们要吃点什么？”

终于……终于……有吃的了！

我们顿时精神了，大伙眼睛一亮。很难想象一个五岁的小女孩被四个二十几岁的大人围着，然后在她的小本子上圈圈点点。怎一个“饿”字了得！

丹哥首选无糖咖啡，而我们都点了奶茶。过了一会儿，小费思端着曲奇饼走来。丹哥先拿了一块给洪恩，那个动作迅速！他狠狠瞪了洪恩一眼，感觉在下命令，快，快拿好！我看他那神情就想喷笑。

热饮端过来了，三杯奶茶一杯咖啡。丹哥手长拿得快，他拿了一杯奶茶递到洪恩面前。洪恩笑意浅浅，伸手去接，可丹哥手一收把奶茶放到了嘴边喝了两口，舔了舔嘴巴说“Yummy Yummy”。洪恩瞪了他一眼，拿起咖啡就喝，脸立刻苦了起来。丹哥乐呵呵地把他刚喝过的奶茶递回给洪恩，接过那杯苦咖啡又喝了起来。

我刚咽下一口奶茶就碰上了莎拉意味深长的眼神，她看了我一眼立马心领神会，大笑着抓起一块曲奇往嘴里塞。

派对里的人慢慢散去，维多利亚送我们下了楼。在门口旁的花园里，我们这才把礼物和卡片给她，刚才一直不方便，况且一直没有人给她礼物或贺卡。

当我们把贺卡和礼物都递给维多利亚并说生日快乐时，她旁边的朋友诧异了，问维多利亚："今天是你生日？"维多利亚点了点头，那位朋友提出了一起为维多利亚唱生日歌，我们就站在门口把生日歌唱完。

维多利亚拥抱着我们，在脸颊上亲吻。小费思各给了我们一个飞吻，便赤着脚跑去洗澡了。

在我和洪恩看来，或许是维多利亚想要低调，这也是她选择的生活方式。可丹哥却不是这样看，一直在我们耳边嘀咕，这生日派对很奇怪，很奇怪！一进屋就开始觉得奇怪了！

开车送我们走的是维多利亚的一位朋友，很热情。莎拉都跟他说了，把我们送到市中心就好。他还非常担心我们坐不到公车，坚持要一个个送我们回家，我们客气了好一番他才放心。我突然觉得，英国人有时候太绅士也很麻烦。

好不容易到市中心，下了车，我们便往熟悉的Pizza店奔去。

依然是“Buy one get one free”，买一送一味道还不错的Pizza似乎成了我们外出的必点餐。

丹哥一手抓起来便往嘴里塞，“Shit！饿死我了。”

“怎么都不给我们东西吃？”

“就一杯咖啡，一小块曲奇。”

“真的饿了！难道是东西方文化差异？”

“很奇怪，究竟今天是不是她的生日啊？”

“怎么派对上都没人说，唱圣歌前也没说。”

“究竟谁才是她的丈夫啊？”

“是穿纯白色休闲毛衣，戴着英伦鸭舌帽的男子？”

“应该是那位秃头！如果不是，怎么一直都是他坐在维多利亚身边和她一起演奏。”

“这有逻辑吗？一起唱歌就是啦？如果改天我和你一起唱歌跳舞，你就是我的丈夫了吗？”

“如果你乐意，我当然想做你的丈夫！”丹哥向洪恩挑眉。

“Shut up！不管谁是维多利亚的丈夫，反正你不是！”

我们啃着Pizza将今晚的生日派对琢磨了一番，最后洪恩一句话让丹哥闭了嘴，我和莎拉都笑了。

吃完Pizza夜已很深，莎拉呼叫了的士直接回家。剩下我们仨在冷风中，等着19号学校专线公车回校。我一直在打喷嚏。

“Shit！真的感冒了。”丹哥幸灾乐祸地想要远离我。

4

我一直习惯了自己简单自然的装扮，翌日当我看到镜子里的自己：猴子屁股般的腮红，像被人打了几拳后的浓妆大眼睛，假睫毛，红嘴唇，被盘起来的头发，越发显得尖的脸。

妈呀，我真不敢相信这就是我，估计连我妈也认不出我来。

“很特别，谢谢你！”我只能想到这么一句来回应丹哥帮我弄了两个小时的妆容。

“来了英国，就该尝试新的风格！”帮我化浓妆是丹哥、莎拉和洪恩一致的决定。“看！现在精神多了！完全看不出你有感冒迹象！”

我就这样浓妆艳抹地被他们领着去看电影了，在英国第一次看电影。

在英国看电影，都是没有字幕的！除非是英文以外的外文电影。可以说，用学生证打了折，花六七英镑换来了一个很好的练听力的机会。而且，在英国看电影，电影正式开始前二十分钟，是漂漂亮亮的广告时间，因此，你可以迟到个二三十分钟，然后电影才刚刚开始！

我们就是迟到的众数中聪明的那几位。刚坐下来不久，电影就开始了。

《安娜·卡列尼娜》是俄国著名作家列夫·托尔斯泰的代表作品。乔·怀特把它拍成了电影，整个电影片长130分钟，没有字幕，莎拉坐在我旁边，看得出神。

电影落幕，人群散去。

“看得懂么？知道它的含义吗？”莎拉问。我第一次发现莎拉声音如此低沉，神情也不如往日盎然。

“懂，特别是电影的最后，用两个截然不同的结局，两个人不同的命运烘托整个故事。”安娜的死和列文的幸福，电影和小说一样，对比手法特别突出。

莎拉忽而黯然神伤。

“我怕我的遭遇跟她一样，我怕我会成为另一个安娜。”

我听见莎拉的声音越发哽咽，可我的视线却游离在外。

在离我不到十米之远，我看见笑得特别灿烂的马特，以及站在他身边美丽动人的爱丽莎。

马特捧着可乐和爆米花，身边的爱丽莎身姿曼妙，踩着高跟，步步生莲，裙摆摇曳。

我愣了一下，便拉着莎拉往大门走。

可我没走几步，爱丽莎就把我叫住了。

Chapter

04

信任危机

在爱情的世界里，似乎，每个人都很容易，对号入座。

1

莎拉怕自己以后会变成电影里的安娜，因为她现在爱着的穆罕默德，是一个比她年长11岁的男子。她因电影中安娜追求爱情的悲剧而产生矛盾与恐慌，异地的距离和年龄的差距消磨着彼此间的信任。

原来爱情，真的会令人患得患失。

那晚，我们在莎拉家过了夜，莎拉情绪低落直到夜深才入睡。

我到洗手间里卸妆，看着镜子里的自己愣了一会儿神。我按了几滴卸妆乳便往脸上涂，白色乳液与脸上的妆相溶变得浑浊，我的思绪也开始蔓延，记忆回放。

在电影院门口，爱丽莎把我叫住后，马特也走了过来。

爱丽莎看到浓妆艳抹的我特别兴奋，一手把我拥进怀。我头靠在爱丽莎肩膀上，刚好与站在爱丽莎身后的马特四目相对。

他别过头，跟丹哥聊了起来。

“Beautiful girl！Sunny，you look so special today！（美丽的女孩！森妮，你今天看起来很特别！）”爱丽莎捧起我的脸直夸漂亮，这妞真热情！可我的脸就这么被她捧着觉得别扭。

我想轻轻推开爱丽莎给她介绍丹哥他们。

马特倒是先拉下爱丽莎的手，给她介绍起丹哥、莎拉和洪恩。爱丽莎热情洋溢地和他们打招呼。

然后就和马特往7号放映厅走去了。

丹哥把马特叫住，朝他竖起了大拇指，“Enjoy your time！（享受你的时光！）”

洪恩看着丹哥笑容可掬的脸，疑惑了，“你跟马特很熟吗？”

丹哥嘿嘿了两声，“还行！跟他聊过几回，这小子跟别的中国小子很不一样！还不错！怎样，你还光着，你要不要考虑下他？”

洪恩大手一挥，“你也还光着！你要不要考虑下他？”

丹哥听洪恩突然冒出如此犀利的一句，哟了一声又大笑了起来，拍了拍洪恩脑袋，“算了！我看你也没戏了，马特现在有爱丽莎了！”

“我才不稀罕。”洪恩回头看了看我。

“马特从小在美国长大，当然喜欢美国的女孩，哪会喜欢‘Red flower’！”丹哥大笑着往前跑。

“你说什么！”洪恩听到“Red flower”就气，追着丹哥打。

我和莎拉跟在后面，我拉起莎拉的手，我们都没说话。

马特他怎么认识爱丽莎的？前天还吼着要给他介绍，现在他们就已经认识了？他们在一起了？原来马特从小就在美国长大……

脑海里突然又闪现出那天在机场，马特歇斯底里的呐喊。

“你去美国干什么？你一句英文都不会说！”

“你这样做，值得吗？”

“为了他，值得吗？压根就不值！你别做梦了！”

我摇了摇头，别做梦的该是我，马特的事又与我何干？我急忙卸了妆，冲了澡。可躺在莎拉的床上，翻了好几个身才睡着。

翌日清晨醒来，回到学校就泡图书馆去了。毕竟自己是跨专业，理应多放心思在学习上。

学校有两个图书馆，林荫校区的图书馆很有艺术特色。刚开学不久，又是周日早晨，图书馆基本没人。我想在传媒板块找些专业书，刚走到Media Section看到好几十本书掉到了地上。我弯腰一本本地捡起，捡到一半，旁边就来个人，说了声“Thank you”就蹲下身和我一起捡。

“The early bird catches the worms！你这么早就来图书馆！好勤奋！”那人一口英式英文。我猜一定是个英国人，可我抬头却看到一张中国人的脸。他虽身穿简便的图书馆工作服，却一头时尚的潮人发型，潇洒飘逸的外表下，长着一双颇有神采的眸子。

在林荫校区除了K小姐，我从未看到任何一张亚洲脸孔，我顿时兴奋了起来。

你是中国人吗？这话都到嘴边了又被我吞了回去，万一他不是中国人。我突然想起高泰盛那天误以为我是日本人，我到现在依然觉得不爽。

"Where are you from?"问这句总不会错。

"Are you Chinese?"他反倒直接问我是不是中国人。

"China!"他回答。

"你真的是中国人!"我兴奋了，直接来了句汉语。

"Sorry!"对方挠了下头，"我在学普通话，但还不太会说，我会说广东话。我叫George，乔治，姓李，George Lee!"果然名字都起得这么英式。

李乔治祖籍中国香港，从小在英国长大，能说一口英式口音的流利英文，粤语说得不错，但也只是会说不会写，汉语只懂皮毛。知道我会汉语又会粤语，倒是很兴奋。

"以后就有人教我中文了!"他伸出右手想要和我握手，"我看你扎着一个马尾，长得清秀，气质优雅，肯定是中国人。"

这人第一次见面就直夸，我尴尬地笑了笑，便低头继续捡书。他那手腾空半会儿，哈哈一笑，愣愣地放了下来。

把书都捡起放好后，我开始找专业书。

"你学Media（媒体）?"李乔治颇有兴趣，"这么巧啊？为什么以前没见过你？新生吗?"

"你也曾学过Media?"

"现在还在学，我是新闻专业，Journalism!"李乔治推着一辆装满书的手推车。

"你是这里的工作人员?"

"兼职。"李乔治把车里的书拿起放书架上，"你新来的？学Media?"

"我是半路出家。"

"……"李乔治愣了一下，"出家？你是尼姑吗？还半路？一半是尼姑?"

我突然被李乔治逗乐了，看来他的中文有待加强。

"我大学主修专业是国际经济，前三年就提前修满学分了。我一直对传媒很感兴趣，来北安交换前，特地向学校申请传媒学，北安后来对我进行了一个面试，面试通过了，就跨专业学传媒了。"我敲了敲书架上标着的"Media"标签。

"Oh! I see! 这叫半路出家!"李乔治点了点头，"你是哪个分支的?"

"其实我也喜欢Journalism，后来觉得 Media Production（媒体制作）会更有趣!"

“那你认识爱丽莎吗？她也是学Media Production！”

“我跟她一个班。你认识她？”

“说来话长，她特别热情。”李乔治无奈地摇了摇头。

“出家的人……”李乔治在手推车上拿起一本书递给我，“一定要看看这本书！”他越过我，敏锐地从书架上取下另一本书，“出家为尼……喜欢新闻也可以看看这本书！”

“你是突然间遇到个可以说中文说粤语的，就开始出口成章了！”我抱着他扔过来的两本厚厚的书，“我是半路出家，不是出家为尼。”

“No worries！你喜欢新闻可以来旁听啊，我带你！”李乔治拍胸口说。

“Good！不是周五上午就好！”

李乔治中午有一小时的休息时间，硬要邀我到餐厅吃午餐，他点了一份炸鱼和薯条，一杯可乐。

“你们英国人真可怜，整天都是Fish & Chips！”

“所以我特别想念香港的美食，丝袜奶茶、车仔面、炒牛河、鸡蛋仔、咖喱鱼蛋……”李乔治咽了咽口水，无比深情。

“唐人街不是有吗？”我吃起三明治来，“再说北安有三家中餐馆，还有好几家中餐外卖店！”

“这不一样，这里的中餐都调和了英国本地人的口味，又贵又不正宗！”李乔治抓起薯条蘸着番茄酱，一口吃了起来，“这里的中餐完全不能和香港的比，种类也少！”

“物以稀为贵！吃多了就不会觉得好吃了。”我没来英国前，没觉得中餐有多好吃反倒常抱怨。可我想如果现在我能吃到哪怕是一根油条、喝一杯豆浆，我一定感激涕零的。

“我超过五年没回去了，我家人和亲戚全都在这边！”李乔治竖起五根手指，在我面前晃了晃，“五年没吃过正宗中餐了！五年！”

“自己煮。”我低头啃着冷冰冰的三明治，又贵又难吃！若不是你拉我在学校吃，我早就回宿舍自己做饭了。

“中餐特难做，我不会做，也不能做。我跟四个Local住一个Flat，他们都是用烤箱啊微波炉啊，根本受不了中国人的油锅！开着抽油烟机，火灾警报还会嗡嗡响，我可不想祸害他人！”

“有那么夸张吗？火灾警报都响了！”我啃完最后一口三明治，“估计你是不会做饭的，才会烧了厨房！”

“错！”李乔治取出插在可乐瓶的吸管对着我吹了起来，“我是不会做中餐，可我会做西餐！”

午餐后，我安静地待在角落里看起书来。忽而抬头，发现窗外天色已暗了下来，我收拾好准备回宿舍，本想跟李乔治说声再见，可四周看了看，半个影子也没有。

2

图书馆离宿舍不远，我还没到宿舍楼，就听到巨大的警笛声，越靠近宿舍，声音就越发响亮和急促。

到达宿舍区域时，我愣住了，这警笛是从自己那栋宿舍楼传出的。楼下站满了人，我从没见过如此多的人。我纳闷着该不会这么倒霉遇上火灾吧，中午才说李乔治夸张，做饭烧了厨房。

我看到人群堆里的K小姐，她穿着睡衣，趿拉着拖鞋，握着手机来回转着。我走过去拍了拍她，她一转头看见我就哭了起来。

“你手机怎么关机了？我真不知道怎么办！”K小姐紧紧地拽着我手臂。

“发生什么事？我手机没电了。”

“火灾警报是我弄响的！”K小姐两眼通红，“都怪我嘴馋，我就想吃点辣椒嘛！多放了点油爆炒了一下，谁知火警就响了。”K小姐脸红耳热，身子颤抖。“我一听到警报声被吓坏了，手一歪，锅就倒在灶台上，油就着火了！我更急了，就一盆水泼了过去！怎么办啊？我英文不好，你待会儿多帮我解释下，我不是故意的！”

“你有没有伤着？”我拉起K小姐的手，看到手腕几处被灼伤。

“我没事!”K小姐一手甩开。

“别怕，不用担心。英国的火警感应器特别敏感而已，没事的!”我拉起K小姐的手，“你出来时火都灭了吧，这警报响了多久了?”

“有10分钟了。火灭了，我急了就一盘水往灶台泼了过去。”

夹杂着抱怨声和叹息声，被警报赶下楼的同学在身边蹭来蹭去。他们大多跟K小姐一样穿着睡衣，有美女还只穿着吊带，这么冷的天，真难为她了。

K小姐心乱如麻，“森妮，你说会不会有事啊？！整栋楼的火警都响了，全部人都下来了，都是我害的！怎么会整栋楼都响呢？！”

我按着K小姐肩膀，“别怕，没事的！你先在台阶上坐一会儿，我去问一下工作人员。别担心！你先坐着，我很快回来!”

我跑去临近的一个Reception（接待处），估计是下班了没人。我四周转了转，遇到了一个保安，我简单说明了情况。保安是个老头，他竟然大笑了起来，“你们中国人啊就特别喜欢烹饪，Cooking，Cooking！不过中国美食确实很棒!”他竖起大拇指又哈哈大笑。

我丈二和尚摸不着头脑。末了，他说：“没事的，这事常发生！你再等会儿，等工作人员检查完确保安全了，关了火警警笛，你们就可以回宿舍了。以后做饭除了把抽油烟机打开外，还要记得把窗户打开，厨房的暖气也不要开得太高。”

老头噼里啪啦地说了一大堆火灾报警原理及注意事项，我听了个大概就打断老头了。K小姐还等着我回去!

我气喘吁吁地跑回宿舍楼下时，看见不远处，在K小姐身边多了两个人。

马特和爱丽莎，他俩都穿着运动服。

K小姐没有了刚才的狼狈和慌张，跟马特和爱丽莎有说有笑的。

警笛停了，身边的人都陆陆续续回各自宿舍。

“你终于回来啦!”K小姐大笑道，“是我们想太多了！根本不会有事!”

“你们两个瞎担心什么!”马特看了我一眼。

“不用担心的!”爱丽莎盈盈一笑。

“原来警报响真的是平常事。爱丽莎说如果我们洗澡没关紧门，雾气漏到房子里，或者是在房间里抽烟也会引发警报。”K小姐拍了拍心口，“你说得对，英国的火警感应真的太敏感了。”

“话是这么说，可你以后还是要注意点！不要丢中国人的脸！”马特指着K小姐骂，“不会做饭就不要随便下厨！嘴馋到中国超市买瓶老干妈不就行了吗？”

“可那吃得不爽！”K小姐不屑。

“你还嘴贫！爽！现在够爽了吧！整栋楼的人都陪你喝西北风陪你爽！”

马特压低声音苦笑着把K小姐骂完，便又与爱丽莎谈笑风生。我不知怎的觉得浑身不自在。

“K小姐，我们先上去吧，我帮你搽些烫伤药。”我话音刚落，就听到身后有人叫我的名字“Sunny，Sunny！”。

“出家为尼！你跑那么快干吗？！”李乔治气喘追来。

“你怎么来了？”我满脸疑惑。

“George！”马特和爱丽莎异口同声。

爱丽莎认识李乔治我知道，可马特也认识李乔治？我纳闷了，马特似乎谁都认识。

李乔治对他们挥了挥手后，就盯着我，“出家为尼！你走都不跟我打声招呼！”

“……”我真没心情跟他扯。

“你把学生卡落图书馆了。”

李乔治递给我一张卡，我接过，看到卡上是我的头像。

我还没来得及说谢谢，他就快步走到了爱丽莎面前。

“天黑了，我开车送你回去吧！”

爱丽莎腼腆地点了点头，李乔治就牵着爱丽莎潇洒地走了。

我张大了口，愣了一下，下意识地看了看马特，他一副面无表情的脸。

李乔治没走几步，就转过头来。

“出家为尼，刚刚的警笛你听到了吧？”李乔治龇牙邪笑，“你猜猜是谁家不会做饭烧了厨房？”

听着他邪魅的笑声，我瞬间无语。

“丫的！他说粤语是吧？在笑什么呢？”K小姐问。

“笑你！还不快回宿舍！”马特说。

宿舍电梯还没恢复正常，只好走楼梯。马特也跟着上来。

“你来干吗?”K小姐落井下石，“小心爱丽莎被人家泡走!”

“上去帮你收拾残局！免得你说我没良心!”

“去！你刚才真没良心！打你电话这么久才接，我屋都着火了，你却跟爱丽莎打网球!”

“你安静点行不行!”

“好好好!”K小姐走在前。

我和马特几乎并排走着，他没说话，我也没作声。

3

我拿出药箱，帮K小姐搽了烫伤药。

“你真万能，什么都有!”

“对啊！什么都有，除了辣椒!”我卷起K小姐衣袖，见她手上好几处都被烫红了。“对不起啊，这个月来做的菜都比较清淡，可你又不说！我以为你在广州待了几年已经习惯广东口味了。”

“没事！我自己不会做饭，都是你们做，我还能说什么!”

“我待会儿百度下，做辣的给你吃!”桌上放着K小姐在中国超市扫回来的货，老干妈、青辣椒、干辣椒……我从没有做过辣的菜，不过怎么炒怎么翻也绝不会弄到着火的自信还是有的。

搽完药后，我让K小姐躺床上歇歇，这一天她也够折腾的了。

我到厨房时，马特已在清理。估计是K小姐第一次下厨，整个厨房还是一片狼藉，未熟的辣椒炒鸡散落一地。桌上的iPad，还在放着歌，依然是薛凯琪的《奇洛李维斯的回信》，这丫头估计是边听歌，边看食谱来做饭。

“这边的警报比较敏感，只要发现火光、烟气重或温度异常就会响，还把暖气开得这么大！窗口也没打开！不响才怪!”

马特用抹布擦着灶台上的油，他说的这些保安老头刚也跟我唠叨过。

“幸好学校宿舍灶台是用电发热的，若真的是明火燃气灶，K小姐一盆水泼下来，这灶台也废了！”

“她估计真的嘴馋了，待会儿做顿辣的给她！”

“你能吃辣吗？洪恩说你一丁点儿辣都吃不了！我这才一个月都不做辣的！”

“……”我突然心里一酸。这是怪我不吃辣？

“你跟K小姐以后要好好沟通，免得她又再烧一次厨房！”

“你们怎么都不跟我说呢！”意思是我害了你们吃不成辣了！

“反正以后多做点辣的！”

“我怎么知道你也那么爱吃辣！”我不知道怎的，一下子火了。

“不是我，是K小姐！你弄清楚点儿好不好！”

“是我对不起K小姐了，行不！”

“要道歉自己对K小姐说，不要对我说！我最讨厌别人跟我说对不起！”

……

争吵来得猝不及防。

“怎么了啊？你们干吗呢？”K小姐被我们吵醒了，披头散发地跑出来。

“没事！借你们浴室冲个澡，刚打完球，一身臭汗就赶过来！”马特拿起背包就往浴室走去。

我第一次碰见马特发脾气，估计李乔治把爱丽莎带走了，真的伤了他的心。

马特洗澡洗了很久，出来时我已经做好饭了，干辣椒炒鸡丁，青椒炒鸡蛋，还有蒜蓉菜心。

青辣椒是细长尖尖的，我切的时候都觉得辣。好！辣死你！我连蒜蓉菜心最后也放了一把干辣椒。我对马特确实有股莫名其妙的怨气，我曾以为我和他之间已建立了默契和信任。

刚洗完澡的马特，穿了件短袖，头发未干，身上也还有水珠。

“辣味够呛！”马特把脏衣服放边上，光着脚走过来，靠近嗅了嗅。

“呛……”我本想说呛死你，可是当我看到马特有些红肿的眼睛，就完全说不出话来。

“你先擦干头发吧。”我拿了条干毛巾递给他，“我去叫K小姐起来吃饭。”

K小姐睡得迷迷糊糊的，我叫她吃饭她反倒转过身去，我气了，“去！你还要不要吃辣椒！”

这招果然管用！

K小姐不仅见蕉眼开，更是见辣眼开！K小姐吃得津津有味的。我当真吃不惯，特别是吃到尖椒上的白色籽时，那辣味辣得跟喉咙着了火没两样。看K小姐吃得这么爽，我只好猛往嘴里扒饭。

马特倒是很快吃完了，他放下筷子，去倒了杯水，放在我面前，也没说话。

我没接他杯子，也没说谢谢。

整顿饭，出奇地安静，K小姐估计想打圆场，扒了一口饭说：“来了英国我才发现自己英语特差劲！你们知道吗？”K小姐大笑，“班上同学跟我打招呼问：‘How are you？’那天早上我没睡醒，直接回了他一句：‘How are you too！’他瞬间惊呆了！”K小姐又夹了一口辣椒鸡丁，“我是蒙了才以为他是说‘Nice to meet you！’，我要回‘Nice to meet you too！’，才会回他‘How are you too’吧！”

“还有一次在工作室，一个牛高马大的男生一不小心撞了我一下。他跟我道歉‘I'm Sorry！’，我觉得小事一桩立马回了句‘You are welcome！’，然后他瞬间惊呆了。”

我真被K小姐逗笑了，“‘You are welcome！’这是回谢的用语！”

“我知道，可我口一快就说错了！”K小姐低头小声道，“说到底还是我笨！”

“我班里同学知道我没Facebook，满脸疑惑，我心里在想，惊讶个屁！你们也没QQ呀！对！说起QQ，填表格填写邮箱时，惯性写了QQ邮箱，那些人都翻白眼了，问我：‘Are you kidding me？（你在开玩笑吧？）’他们完全不相信邮箱是数字来着！你们说数字怎么了！数字比起一大串英文又横杠又下划线的邮箱好几百倍了！”K小姐振振有词。

“学校每周三下午都有免费的语言辅导课，你可以去听。”马特一直看着我，也不知这话是对我说还是K小姐，“你还可以在学校官网上预约一对一的口语陪练。”

“口语陪练？还一对一？”K小姐好奇了。

“很多当地学生做志愿者，辅导国际学生帮助他们提高口语交流能力，时间和地点由双方来定，可以约在图书馆或是咖啡馆。每周一次，一次一小时，就当多交个朋友。”

“你果真有经验！陪练之余，还秀色可餐！”K小姐一手指向马特，“老实招来，泡了多少个英国妞？！”

马特一个白眼朝K小姐翻了过去，K小姐吐了吐舌头，看向我。“那森妮我们一起报名！”

“我不建议你报辅导课。”马特抢在我话前，“你英语不错，那课对你太简单了，浪费时间。”

“那她报口语陪练？”K小姐继续追问。

“口语陪练要是没约上当地学生。”马特把放在我面前的那杯水重新拿起递给我，“可以找李乔治或者……我。”

“哦。”我接过水杯，“谢谢。”

我刚喝了一口，抬头就看见K小姐笑嘻嘻的脸。

“吃饱了吧！”马特准备收拾碗筷。

“别别别，都说了，洗碗归我！”K小姐把他拦住。

马特拿起背包正要走，我不知道怎的，竟然说：“我和你一起，我到楼下看看信箱。”

一路走着楼梯往下，很安静。

“刚刚对不起。”马特低沉而有磁性的嗓音。

“没事！”我浅笑，摆了摆手，“我也挺讨厌别人跟我说对不起的！况且刚也没什么。”

他那通红的双眼在我脑海里萦绕不去。洗澡的三十多分钟里他哭过，直觉告诉我，他肯定发生了什么事。

“……你，还好吗？”

“……我能有什么！”

马特大步走到信箱前，找到了我宿舍房号，往小箱子上敲了敲。

我掏出钥匙，打开信箱，不用看肯定没信，因为我上午才看过。我关上信箱，刚转头就看见马特一脸坏笑。

“笑什么？”

“没什么。”马特摇头，又笑了起来，“你会打桌球吗？”

我摇头。

“想学吗?”

“该不会学校有桌球协会吧?”

“网球协会倒有一个!”马特敲了敲我的脑袋,“想学桌球,就先叫我师傅!”

“……师傅?”我叫得特别扭。

“算了,叫得好难听。”马特向前走去。

K小姐把马特刚领到我们宿舍那天,就在他面前吼着说楼下可以打桌球。马特那时没作声,我以为他不会。

楼下的桌球台,以前和K小姐来过一次,我俩都不会,也就没来了。不过来这里的人很少,想打桌球的都去附近的酒吧了,热闹之余,还可以喝点酒。

通往桌球台的走廊漆黑一片,马特走过去,随着脚步声,灯光一盏盏亮了起来,我跟在他身后。

走廊尽头转角,有两个桌球台,左边一个大一点,应该是英式桌台,右边的桌台略小,估计是美式。

“这还有美式台球!”马特异常兴奋。

两个球杆架,一个架上的球杆偏粗,另一个架上的略小。马特站在中间,他的手愣在空中,犹豫了一会儿。然后他取出左边架上一根略小的球杆,拿起边上浅绿色的巧粉往球杆的皮头边缘擦了擦。

“接地气,先学英式台球吧。”马特的声音低沉浑厚,“英式台球有两种,英式比利台球和斯诺克台球,Snooker(斯诺克),你有听说吧?”

“嗯,可英式和美式有什么不同?”

“桌台大小不同,打法不同,球也不一样,美式球上有数字,英式的没有。美式球比较大,所以用粗杆打,斯诺克球小,用粗杆感觉不到球,必须用细杆。”马特向我示意了一下他手中的那根细球杆,“斯诺克球杆虽细但硬,力度强。”

我点了点头。

他指了指桌上的球,我看到的红色的居多。“斯诺克打法,你看,15个红球和6个彩球。先打红色,一个红球、一个彩球地打,直到红球全部落袋。”马特娓娓道来,“要说不同,最大的不同可以说是法式台球。主球要连续触及两个球，这是法式台球最基本的要求，而且法式桌球台是没有网袋的。”

我张了张口，哦了一声，心里嘀咕自己真没见识，原来还有法式桌球。

马特把台上围着所有红球的三角框拿起，身体自然地贴向台面，左手张开按在台面，手掌拢起，拇指紧贴食指形成一个稳固的V形，然后右手推动球杆，一杆把白色母球打向红球。

打得漂不漂亮我那时还不懂，只是马特的站姿、握杆，以及他认真的眼神，确实帅！

马特教了我基本功后，就把球杆递给我，让我试试。

我自个儿胡乱地打着球，可视线压根就不在球上，我侧眼过去看马特。他走到另一个台球杆架上，缓慢地取出一根粗球杆，利落地把球杆皮头往另一个深蓝的巧粉上涂，然后他走到了美式桌台。

我笨拙地挥着球杆，白球与红球撞击的噪音环绕着整个空间。

而马特沉寂在他的世界里。

他握着球杆击打着球，球上的数字在灯光下赫然而见。

我第一次看到这样的马特。

我收起球杆，站在一旁，静静地看着他，不知过了多久，他才发现我。

“听说你从小在美国长大，还是习惯打美式吧！”我走向他，“台球打得这么好，谁教的？你爸爸？”

“……”马特握着球杆的手突然愣住了。他径直地向我逼近，眼神锐利。

“别试图想了解我！”

他一手甩开手中的球杆，咣当一声，球杆落地，转身一声不吭地走了。

我愣在原地，过了一会儿就听到K小姐喊我的声音。我应了一声，跑了过去。

“怎么看个信箱看这么久呀？”K小姐一手托着电话，一手拿着已啃了一半的香蕉。

“跟马特打了会儿台球。”我有气无力地踏着楼梯上去。

“什么！那家伙……”K小姐一把扯住了我，“你再说一遍！”

“我们打了一会儿台球。”我被K小姐扯住不上不下的，可她并没有要放开我的意思，她跟电话里的F先生说了句亲爱的我先不跟你说了哈，Bye！就把电话挂了。

“这么稀奇的事儿!”K小姐说话一向声大如雷，“他竟然和你打台球了!”

“你声音小点儿！这么稀奇的事儿，改天你跟他打吧！我可不稀罕。”我确实心生闷气，可我还是很好奇，“你说这话什么意思？怎么稀奇了?”

“马特在美国长大，你知道吧？他很小就很喜欢台球，还参加过少年美式台球比赛，后来不知道什么原因，他妈妈就带着他回广州了，之后他再也没打过台球。”

“你怎么知道这些?”

“有一次我们在他家帮他庆祝生日，伯母把他小时候打台球的照片拿给我们看。”

“为什么突然回中国了?”

“马特说他喜欢呀!”

“就这么简单?”

“哪会这么简单！只是那小子特别倔！不想说谁也不能让他开口！就像打台球，这几年学校主任叫他代表学校参赛，他‘十动然拒’了！学联聚会时多次叫他打，他也死活不打！他之前交的几个女友，也没说动过他。”

“他交过很多女……”我说到一半又觉得不该问。

“哈哈哈哈，你真逗!”K小姐拍了拍我肩膀，“马特他特别花心，特别潇洒！像爱丽莎这样的美国妞才适合他。”

K小姐笑容妩媚，又拨通了F先生的电话。

“中国那边很晚了，你还跟F先生打电话?”我时常觉得K小姐的F先生是个超人，不用睡觉的。当然如果今晚K小姐不把她差点烧了厨房的事儿跟F先生浓重渲染一番，她肯定是睡不着的。

4

我洗完澡出来，看到马特刚放边上的衣服，一件运动背心和一条短裤。

不知自己哪条神经错乱了，我捡起来就拿去洗了。等我把它晾在暖气旁，K小姐又妩媚一笑。

我学起她的北京腔："你姥姥的！别整天这副嘴脸看着我，我嫌他衣服又脏又臭！放着碍眼！"

K小姐什么也没说，依然一副妩媚的脸，吃着她的香蕉。我有时候真不懂，她每天吃这么多香蕉，会不会吃出病来?

直到第二天早上，在林荫校区大门口，碰到李乔治，他手里拿着根香蕉跟我挥手，他旁边的那男的手里也揣着根香蕉。我似乎瞬间明白了，我不吃香蕉是我不合群。

"你也喜欢吃香蕉?"

"For lunch！午餐吃！ 习惯了饭后一根香蕉或一个苹果！"李乔治憨笑。"没办法，我又不会做中餐，不过也好，免得烧了厨房！对了！你们的厨房没事了吧？哈哈！"

"你怎么知道是我们的厨房？！"

"我料事如神。"李乔治笑容灿烂，可下一秒眸色骤然暗沉，急急地说了句"See you later！"就跟他同学往教室跑了。我回头一看，便看见爱丽莎。

"Morning，Geroge！"爱丽莎跑了起来，"等我一下！"

周一上午是拍摄课，我被分到和爱丽莎、一黑一白四人一小组，负责拍摄一个关于"追逐"的短片，时长2～3分钟，题材不限，拍摄范围在林荫校区。

讨论了大半个小时，还没形成共同观点。爱丽莎想拍一个男女主人公追逐邂逅的爱情短片，地点挑在教学楼前的绿茵公园Racecourse，Racecourse意为赛马场，那是一片美到让人哭的大草地。

汤姆猫和杰利鼠想拍一个鬼故事，被鬼追的故事，地点选在教学楼的电梯里，后期可用特效把人影慢慢浮现弄成鬼。杰利说："我不介意扮鬼！我就来吓死你们！"

而我的想法，我瞬间觉得，实在Out了！我当时想到不外乎是追巴士的画面，估计我平常追巴士追多了。

一黑一白不介意拍爱情故事，用汤姆猫的话说，我们班男多女少，没多少人会拍爱情故事，应该挺特别的。只是他俩异口同声拒绝了不想当男主角，听他俩这么一说，爱丽莎瞬间火了，狠狠地瞪了他们一眼，"我这女主角都没挑你们，你们倒是嫌弃我了！"

"不，不，不是这意思！"一黑一白忙挥手。

"哈哈哈，难道你俩真的是……"爱丽莎大笑。

"What？ What happens？"一黑一白瞬间别扭了。

爱丽莎也没多说啥，朝我贼眉鼠眼一笑。

"行！我明白！男主角交给我！别说一个，就算要男二，我也找给你！"爱丽莎一手朝他俩拍过去。

在Racecourse赛马场公园勘景完已临近晌午，一黑一白扛着摄像机和三脚架回摄影房。爱丽莎拉着我往教学楼跑，我问她去哪？她却笑而不语。

还没走到三楼，我就看到李乔治走着楼梯下来。

"Geroge！可以一起吃午饭吗？"爱丽莎冲了上去。

"Sure！"李乔治耸了耸肩。

昨晚没睡好，我要了个三明治，另点了杯拿铁提神。李乔治只要了一瓶水和一杯Porriage！Porriage（西式粥），类似麦片冲开就喝的那种，这跟中国香喷喷热辣辣的粥相比，简直是一个天一个地。

"你怎么都不吃水果啊？"李乔治左手拿青苹果，右手拿一根香蕉，"你喜欢吃哪个？"

"你吃吧！"我摆了摆手。可他却扔了个香蕉给我，跟K小姐待久了，我确实是见到香蕉就怕了，我立马扔回给他。

"那你吃苹果吧！"他伸手递给我，中间隔着爱丽莎。

"你们可以说英语吗？"爱丽莎一手夺过苹果，放在我面前。

“我？”当爱丽莎邀请李乔治出演时，他连连摇头，“你们怎么不找Matt?”

“他很忙！没空！”我脱口而出，想起昨晚才刚跟马特闹得不愉快，今儿若是真找他……反正心里就觉得别扭。

“他没空？他刚还跟我约了今晚打网球！”

“打网球，那我也去！”爱丽莎笑了，“我也想邀请他，你们俩都要出演！”

“Why?”我差异了，难不成真有男二。

“把故事弄得丰富些，Sunny你也要演！”

我心里嘀咕着“Oh，My god！”下一秒，李乔治坏笑，“那我和Sunny演一场图书馆相遇的！够真实！”

爱丽莎盯着李乔治刚想说话，李乔治就使劲摇头，“我可不跟你演！你想演就演和马特在网球协会相遇，我可不当男一，累死！”

“网球协会?”我诧异。

“我们就是在网协认识的！”爱丽莎说。

“怎么你也想进网协?”李乔治朝我身上瞧了瞧，哄堂大笑，“我看，你过来帮我捡球倒差不多！”

我拿起放我面前的青苹果，咬了一口，很酸，但很有嚼劲。

这世界太小了。

5

午饭后，我和爱丽莎蹲在图书馆写剧本。

李乔治也跟过来凑热闹，一手抓过上午小组讨论时我零零散散写的笔记。

“怎么都不把你们小组的想法融合起来！”李乔治看着我草书一样的笔记。“我不介意扮鬼，来个人鬼情未了！”

“就算扮鬼，也轮不到你来扮！你人不人，鬼不鬼的……”我用粤语小声嘀咕着。他还是听到了，一手抓起笔记本就想往我头上敲。我倒是瞪大眼睛看着他，呀！你真敢敲下来！爱丽莎在呢！

他捡起笔记本，看向爱丽莎，认真地说："或许我可以考虑下当男一！"

爱丽莎却摇了摇头。

"Matt已经答应了，待会儿小组讨论再决定你俩谁当男一。"

李乔治对我做了个鬼脸就走了。

等一黑一白来了，便开始讨论。最后我们把所有想法都整合起来，成了一个特别的鬼故事。有电梯场景的诡异恐怖，有赶巴士被鬼影追杀的惊悚，也有户外美景的恬静与人物内心的惶恐反衬落差。所有的配角都死光了，只剩下女一。故事最后非常讽刺的是，鬼影就是男一的二重身，而故事里所有的一切，是女一的一个梦。

故事短片揭示的是生活中情侣间的信任度，故命名为"Crisis of Faith"，信任危机。

说实话，要在国内大学，老师哪会让你这样拍！我看他们说得头头是道，当然是自己说了算，这边教授哪会管你，只要你别真把自己弄死就好了！

讨论完后，我一个人留下整理好笔记和预习了明天的课。

刚出图书馆大门，李乔治就追了上来。

"你干吗?"

"送你回家啊!"

"我看你是想找人教你中文吧?"

"女生太聪明了就不好了!"李乔治笑了，"哈哈，我回家换身衣服，待会儿跟马特打网球。Do you want to join?"

"No！哈哈，我现在啊就想回家做一顿热辣辣香喷喷的中国餐吃!"一来，我不会网球也不想见到马特，二来，我就想逗逗李乔治。

"我都答应带你去旁听新闻，你就不能做一顿中餐给我吃!"李乔治偶尔喜欢耍可爱。

"带我去了旁听后，我再考虑看看。"

"周二和周五上午都有。"

"周二可以，周五不行!"

"为什么周五不行，爱丽莎说你们没课!"

“不行就不行！哪有那么多为什么！”周五我可要去旁听西语的，“等等，你意思是爱丽莎也会去旁听？”

“她当然去啊！”李乔治嗤笑了一声，“她现在可喜欢赖着我呢！”

“咳咳……她想赖着你还是你想赖着她？不要主谓不分！”你真自恋呀！

“她！”李乔治斩钉截铁，“上次她电影票都买好了！约我一起去看！Oh！My god！真热情！不过我现在讨厌拍拖，之前那几个……哎，反正你们女生都好烦！”

“都去看电影了还不承认。”

“No！No！No！没去！时间都不对！我可要打工的！”李乔治耸了耸肩膀，“幸好马特帮了个忙！”

“什么？马特！”

“Yes！”李乔治眯起眼睛看着前方，“是不是有个成语叫一说曹操，曹操就到？”

“什么？”

“Look！马特在你宿舍楼下！”

我顺着李乔治所指的方向看过去，马特就站在宿舍楼下。他两手拎着两个袋子，装满了食材。我愣了一下，倒是李乔治先跑了上去，拍着马特肩膀，“你买这么多食材干吗？Hey！听说你很会做饭！”

“说重点！”马特瞪了李乔治一眼。

“哈哈，我喜欢你的直接！”李乔治瞧了瞧马特手里两个大袋子，“做一顿给我吃！”

“今天？不是约好了去打网球？”

“那你怎么会在这？”李乔治质问。

“……”马特看了我一眼，“K小姐她们冰箱没什么菜了，我刚好带点过来。”

“K小姐？！烧了厨房的K小姐吗？”

我听李乔治这么一说，忍不住扑哧一笑。

马特走了过来，把食材递给我。“那我就不上去了。”

我伸手去接，不小心碰到马特的手，很冰冷，是站了许久了吗？

“No time like the present！你们中文怎么说？什么择日不如撞日，撞日不如今日！”李乔治夺过我手中的袋子，往宿舍大门走去。

“那你跟爱丽莎说，我们今天不打网球了！”

“你跟她说！”李乔治一脸奸诈。

“No way！”马特大手一挥，“周六那天已经帮你看了一场电影。”马特转头又看了我一眼。

我掏出了感应卡正准备开门，马特挡住了，向李乔治使了个眼色。

“你觉得我们现在是该做饭，还是去打网球呢？”

“OK，Got it！”李乔治把手中的两袋菜扔给了马特，急忙掏出手机，一个键拨通了爱丽莎电话。用一溜嘴的英式口音说着道歉改期什么的，跟爱丽莎说了声Bye后就直接来了句“Female troubles！（女人真麻烦！）”。

马特淡淡说了句：“你骂人之前先确保把电话给挂了。”

“Shit！”李乔治急了，“Oh！My god！”

我们的房间在3rd floor，K小姐曾感叹英国福利多好，两三层楼都有电梯。我说那是英国人懒，两三层楼都装个电梯。

实际上英国的三楼，是中国的四楼，而我们中国的一楼，在英国被叫作Ground floor，紧贴地面那层。中国的二楼，在英国叫First floor，依此类推。

宿舍的电梯很窄，出电梯时背包的肩带勾在电梯扶手里，我被卡着不能动弹。马特返回帮我，电梯门关得也快。李乔治在外“啊”了一声，电梯门就将我和马特隔在里面。电梯下降到底层，又承载了五个同学，重新上去。

我和马特被挤在最里面，我的头发弄到马特脸上，他伸手帮我理了理。我和他如此靠近，我感冒未好怕传染给他，双手抓起扶手往后仰。结果旁边的黑人往后一推，我整个人撞进了马特怀里。我抬头想跟他说对不起，话还没说出口，就直直地对着他打了个大喷嚏。

马特盯着我，他的喉结动了动，我耳边传来他低沉而温暖的嗓音。

“都感冒了，还化这么浓的妆。”

“……”我抬头看他，哪有？是素颜好不好。

“前天晚上。”

“……”我瞬间想起了我那浓妆艳抹的嘴脸，头低了下去，“那是……丹哥帮我……”

“以后都不要化这么浓的妆，你不适合。”

“关你什么事！”心里顿生出不知哪来的气。

叮咚一声，电梯门开了，我直直地走了出来。

“You are so stupid！”李乔治两手拎着食材，可怜巴巴地等在电梯口。

“你……还……想……不……想……吃……中餐？！”我怼回去。

李乔治立刻闭了嘴。

我打开宿舍门时，K小姐一身睡衣在和F先生视频。看到李乔治来了，大叫了一声。

“你怎么都不告诉我有客人来！”

“你今天不是上到六点吗？”我疑惑了。

“我们导师病了，发邮件说不用上课！”K小姐心情愉悦。

她走向李乔治，用非常不标准的粤语问候：“你好，你好！”

李乔治乐了，用非常不标准的普通话回应：“你……是……K小……姐？”

K小姐又妩媚一笑，“系啊！系啊！（粤语：是啊！是啊！）”

我实在憋不住了，拜托你们讲英文好不好！“Speak English！ Please！”

“今晚想吃什么？”马特说着英文第一个响应。

“好多想吃的！”李乔治托着下巴。

“你真贪心！”我拿起电饭锅洗起米来。

“Come here！ George！”K小姐招手叫李乔治过去看她iPad里下载的菜谱。“你想吃什么，他们都能做！”

可李乔治没走过去。他盯着那件我挂在暖气旁的衣服，伸手抓了抓，转头问马特，“这是你的运动服吧？为什么会在这？”

我瞬间晕了，连忙低头洗米，锅里是白色浑浊的水混着粗硬的米。

K小姐用蹩脚的英文悠悠然地回了一句：“Yes，Sunny帮他洗的，Handwash！洗了好久！”

Chapter

05

怦然心动

如果青春的记忆在这里停一停，
那时的自己还不知在往后突觉青春浅淡的轨迹之下，
这样的怦然心动，是艳丽的过渡。

1

傍晚的夕阳透过窗户斜照在厨台上，朦胧地罩着飘浮的尘埃。这入秋以来就变得黯淡的厨房难得被照进了阳光，于是抬头，突觉阴影斑驳很美。

我朝马特方向望过去，他站在窗台边的洗手池旁。霞光映在了他的额头，萦绕在其上的尘埃，越显神秘和朦胧。

厨房里出奇地安静，只有菜刀与砧板的咚咚声，以及削皮声。马特在切着肉，而我削着土豆。我埋头吐了口气，在心里诅咒起李乔治，该死的李乔治！

一刻钟前，李乔治像发现新大陆般，拿着运动服在马特面前晃来晃去，眉欢眼笑。“Oh！My god！她帮你洗了！Handwash！还手洗呢！”

我急了，跑过去，直接从李乔治手中夺过了马特的衣服。

“Look！她脸红了！”李乔治直直地指着我坏笑。

我更急了，慌张得语无伦次：“这……有什么！不……不就衣服一件嘛！”我突然想起一黑一白，“我们班还有帮忙洗底裤的呢！”

这回换K小姐惊讶了，她嘴巴都张成了O形，“我还真没帮我男朋友洗过底裤呢！”

李乔治似笑非笑，“她是想以后帮马特洗底裤！”

“你胡说！”我感觉我整张脸都烧了起来，手上还拿着刚从李乔治手里抢来的马特的衣服，越发别扭。我把衣服往马特身上一扔，就往厨房跑去了。

我一直没看马特脸上的表情。

不是不想看，是不敢看。

我在厨房里默默地洗着米，门外的嬉笑慢慢沉寂了下来。我听到有脚步声逐渐向我靠近，我想一定是李乔治还没闹完。我甩头就说：“你还没笑够吗？”

可看到的是马特的脸。

“……我以为是李乔治。”瞬间尴尬死了。

“哦……他说待会儿晚餐想一起喝点酒，刚和K小姐出去买酒了。”马特越过我，取出菜洗了起来，“我和你一起做晚餐。”

我点了点头。

这样的沉默持续了半刻有余，我削完土豆后，就踮起脚尖想取些辣椒出来。柜子在最上层，拿得有点吃力，好不容易手够着了瓶子正要取出来。

我后脑勺突然涌过一股暖流，然后耳边传来低沉温和的嗓音。

“我们这顿就不吃辣了。”马特站在我身后，手绕过我耳垂，按着我的手顺势把那瓶辣椒推了回去。

“啊?”我耳根的神经突兀了起来。

我扭头，看见他似笑非笑的脸。

“李乔治在!”他往我头上一敲，“做个港式全宴吧!”

“嗯，好。”我低头，越过他，他却把我拉住。

“谢谢。”依然是低沉温和的声音。

一股暖流顿时从心里涌起，然而很快又逆流回去。

“其实你没必要帮我洗。”

马特平淡的语调，听不出任何情感。

“谁叫你衣服这么臭！臭死了!”我故意装作轻松地笑了起来，“我是看在昨天你帮我们清洗了厨房，这才帮你洗的!”我绕过他，开了水龙头，洗起菜来。水声哗啦哗啦响，我扯大了嗓音，“你别听他们胡说!”

“他们胡说什么呀?”马特把头凑过来，一副奸诈的脸。

“真的不用做点辣的给K小姐吗?”我绕开话题。

“要不你熬个汤吧，我想喝。”马特随手递给我另一袋食材，有胡萝卜、玉米、猪骨……“昨天打球太拼了，汗出了不少，当然要补钙啊!”马特笑逐颜开，“听洪恩说，你熬的汤很好喝!”

“想喝汤，除非……”我顿了顿，认真看向马特，“除非你再教我打台球。”

马特的脸瞬间黑了下来，眸色骤然一冷。

“我不会再教你的!”他语气坚定。

“OK!”我失落地拿起汤料准备熬汤，可他死死地抓住了我的肩膀。

“你以为我真的那么喜欢台球？我告诉你，我不喜欢!”我两肩被他按得生疼，他眼眸里藏有一股无名的怒气，“我告诉你，只要他教我的，我都统统不喜欢！”

眼前声嘶力竭的马特一如当初在伦敦机场我看到他的那般歇斯底里，我张了张嘴巴想要说话，桌上的手机就响了。

马特接起电话，往外走。

丢给我一句话，“K小姐忘了带门卡。”

2

李乔治和K小姐手里拎着一袋又一袋战利品兴高采烈地回来了。

“看我对你多好！特地去了中国超市给你带了这些。”李乔治把一袋袋速冻饺子、蒸包、汤圆塞进冰箱。

“行！你以后嘴馋了想吃中餐，就来找我！”

“Don't break your promise！”李乔治窃笑，“这中文怎么说……一诺千金！”李乔治说起了蹩脚的普通话，“说话算话！我每天都来！”

“你想得美！再教你一个成语，异想天开！”

见我在熬汤，李乔治大悦，自个儿舔了舔嘴巴，“I love you so much, Sunny！”

我无奈地瞪了他一眼，果真是个BBC，动不动就说爱。

“那这汤饭后喝，这顿都是不辣的。Tossed shredded potatoes in Sauce（凉拌土豆丝）、Braised chicken with black mushroom（香菇焖鸡）、Curry beef（咖喱牛肉），我做这三道菜，OK?”马特用英文问，一来李乔治还不能完全听懂普通话，二来也可锻炼大伙的英语。

“不会吧！”K小姐抓起一根百利滋往马特嘴里塞，“做一个，可以不?”

马特把百利滋咬得脆脆发响，于是K小姐可怜兮兮地转向我。

“Spicy Bean Curd！可以做个麻婆豆腐。”刚好他们在中国超市也买了豆腐。

可K小姐皱起了眉，“你们怎都知道这些中国菜的英文名啊？”

“爱丽莎曾问过我，她继父是中国人，她喜欢吃四川的麻婆豆腐！”

“哟！她喜欢中国菜呀！改天可以邀请她来吃饭！”K小姐特意说给马特听。

马特回了一句无关紧要的话，“吃这么多百利滋，待会儿还要不要吃饭！”

K小姐瘪了瘪嘴做了个鬼脸，在旁的李乔治似乎一提到爱丽莎就一脸不乐意。

“Alisa？No！No！”

这样的絮絮叨叨随着马特开了头顶的抽油烟机后慢慢减弱。

“你们到厅里去，这油烟太大了。”马特拿着锅铲，指向他们，“别觉得不好意思！Go Go Go！待会儿你们洗碗！”

英国的电灶台，一个正方形内共有四个小圆台。左上的灶台在熬着汤，右上的焖着冬菇鸡，右下的那个现在马特在炒着菜，还有一个闲着。我拿起锅想做麻婆豆腐。

“你都不吃辣的，你会做麻婆豆腐吗？”马特冷冷的声线。

“……可以学啊！”我看锅烧红了，就往锅里倒了些油，“再说以后真要邀请爱丽莎，她喜欢吃，我要先学会才行！”

“你不要什么都想到别人！先顾好你自己！”

“我哪没顾好自己了？”

“你不能吃辣！就不要做辣的！”

“可以学着吃。”

“这有什么好学的！真不懂你！”

头上抽油烟机嗡嗡作响，马特的声音嘹亮清晰。

“我……”不知怎的心里的委屈一下子涌了上来，手里拿着锅铲愣了会儿神。锅里溅了油啪啦啪啦地响。马特伸手挡住了锅里四溅的油，迅速把我拉到一旁。

“你有没烫伤？”马特抓起我的双手看。

“没有……”我突然不知所措，把手从他温热的手心里抽了回来。“对不起……”我低头看见他被油烫伤的右手，破了点皮，泛起一圈圈红晕。

“没事！”他似乎这才发现他手上的伤，皱起了眉，“不要跟我说对不起！”

李乔治和K小姐在厅里打着游戏。我在药箱里没找着烫伤药，急了问K小姐。游戏打得不可开交的K小姐，漫不经心地说："我落在学校工作室忘了带回来。"

"你怎么老忘事！"我更急了。

李乔治疑惑地问我怎么了，我没理他就往洗手间跑。我拿了支牙膏赶回厨房时，马特在忙着做麻婆豆腐。

我走到马特身后扯了扯他衣袖，"先搽点东西吧。"

马特把火候调小，转过身来。我把牙膏递给他，他没接，提起被烫伤的右手伸向我。

"你帮我搽。"他的声音低沉而温和。

"额……"我愣了半会儿，把牙膏挤了一颗豆粒在食指上，往马特手上涂。

"痛吗？"我在他伤口上轻轻涂抹着。偏偏这时，我肚子不识趣地叫了起来。

"可以了。"马特把手缩了回去，莞尔一笑，"马上可以吃饭了。"

我抬头就迎上了他清澈明亮的目光。

晚餐四菜一汤，配上英国餐酒。

K小姐是爱热闹的人，虽只有一个辣的菜，但有李乔治在，心情大悦。酒喝了一杯又一杯，我感冒未好，只随意喝了点，可李乔治老爱找我碴儿，我只能豪气地豁了出去，行！我干！酒杯刚碰到唇边，马特就拦了下来，抢过我手上那杯酒喝了起来。

"哇，这算什么！"K小姐直接向马特开刷，"你这么顾着森妮！不要告诉我你只是爱喝酒所以抢着喝！"

"你可以再给她倒一杯，她喝了今晚咳嗽，吵着你睡不着别怪我没提醒你！"马特一句话就立刻让K小姐闭了嘴。李乔治坐在我对面，满含粲然笑意。

我夹了块冬菇鸡到他碗里，"多吃点，以后没机会了。"

李乔治的脸瞬间苦了起来，只管往嘴里扒饭。

晚餐吃得很满足，临走前李乔治捂着肚子努了努嘴，"我可不可以再来喝汤？不吃饭也行！"见我没回应，他又说："周末有空我可以开车带你们去参观哈利波特学校！"

"哈利波特！好！太好了！"K小姐握起了李乔治的手连连说"Good"。

那晚北安的月色很美，我和K小姐倚在窗台边看月光，她一直在我耳边说马特烫伤的事，我没多应答。K小姐老是盯着我看，我稍微侧了下头，蓦然看到书桌上的镜子映出了我浅笑的脸。

3

翌日清晨，被李乔治电话吵醒的我，很不情愿地爬起来。没课的K小姐幸灾乐祸地取笑，“谁叫你这么好学！旁听西语，又旁听新闻！”

“你今天不也约了口语陪练志愿者吗？”我掀开她的被子，“看照片是帅哥对不？”

“帅哥也比不上我的美容觉！”

“你可不要告诉我你害怕跟他见面！这可是典型的留学交际恐惧心理！你克服了就好！就当去欣赏下英国帅哥！”

随即我就听到她呼噜呼噜的鼾声，我不确定K小姐是否恐惧与外国人交往，但我从没怀疑K小姐的三分钟热度。就像起初她想迅速提升英语信誓旦旦地提出“English Only”，在宿舍只能说英语！说不到几天，她就觉得别扭，“两个中国人在一起，干吗不说人话说鸟语！”

我简单洗漱完就出门了，到楼下时发现李乔治已等在门口。

“课不是十点才开始吗？现在还早着呢！”

“你先上车再说！”李乔治打开了车门把一脸疑惑的我扯上了车。

我刚坐进车，一股酒味扑鼻而来，转头就看到马特躺在后排。

“这小子昨晚喝多了，我不知道他住在哪，唯有找你。”

“你跟他喝了一晚的酒！”我瞪着李乔治，不知哪来的火涌上心头。

“No！No！No！你别这样看我！”李乔治叹了口气，伸手帮我把安全带系好，踩起油门。“昨晚确实是我拉他去Club，可我没想到，他会喝那么多。这小子，不知道是不是发生了什么事情，一直拼了命地喝！”

“你喝了酒还开车？！”李乔治车开得很颠簸，我扭头看了看马特，“你慢点开！”

“放心，他不会掉下去的！”李乔治大笑，一脚把油门踩到底。

把马特扶进电梯后，李乔治挥手，“我车不能停太久，你扶他上去吧，我回家洗个澡，待会儿再来接你去上课！”

电梯门关上，细小的空间里，酒气弥漫。马特倚在墙边，昨晚被烫伤的右手破了皮有些红肿。我伸手去扶他的手肘，他似乎这才发现我的存在，愣愣地看了我好一会儿，嘴巴动了动，声音沙哑。

“怎么你在这?”

“李乔治不知道你住哪，所以……”

电梯抵达六楼，马特一步一踉跄地向前走，我伸手去扶，他却推开我。

“我没事，你走吧。”马特头也没回急速向前走。

他掏出了钥匙开了宿舍门就往洗手间跑，随后传来一阵阵剧烈的呕吐声。他开了水龙头，有哗啦啦的声响，可剧烈的沙哑依然刺耳，我站在门外，心生涟漪。

过了好一会儿，马特还未出来，我敲了敲玻璃门，“你还好吗?”

里面没有应答，身后倒传来一阵浑厚迷离的声音，“Who are you?（你是谁?）”

我一转身，真被吓着了，一个大叔级别的胖子，留着络腮胡子。他见我没吭声，睁大眼睛四处张望，“Am I dreaming?（我是在做梦吗?）”

我想这应该就是传说中的“大哈”，马特的奇葩室友，哈萨克斯坦人。我简单跟他解释了一下，他似懂非懂地点了点头，睡眼惺忪地朝我打了个哈欠，“Oh！You are Sunny！（噢！你是森妮！）”

马特刚出来，“大哈”就直奔洗手间。

“你怎么还不走。”马特紧紧地盯着我。

“你快去休息吧，我马上就走。”我见马特脸色发白。

他点了点头，淡淡地说了句：“那你小心点。”

本是要走的，可看时间还早，于是神差鬼使般去了厨房，往锅里下了米熬起了粥。打开冰箱，有西芹和鸡肉，不错！芹菜可以解酒。

“大哈”走了过来，我问他这食材是否可以用？他豪爽地点头，“随你用！这都是Matt的，我可从不做饭！”随后他便去洗澡了，外国人都喜欢早上才洗澡。

“你在煮什么？”洗漱后的“大哈”显然比刚才抖擞了许多。

“熬芹菜鸡肉粥，待会儿你也尝尝？”

“不了，谢谢！我喜欢吃面包！”他取出吐司放进面包机上烤了起来，站在一旁和我闲聊，聊着聊着我就闻到一股焦味，我示意他吐司烤好了。他摇头说：“再烤一下，这样才会更脆！”

我看着黑兮兮的吐司，心里一阵冷战，这怎么吃？可大哈一手抓过，往吐司上涂了点酱，然后递到我面前，“来！尝一下！”

我连连摆手，于是大哈咬了一大口吐司，含糊地对我说了些什么，我没听清。

他把吐司咽了下去，清了清嗓子大声说：“你是Matt的女朋友？”

我瞬间瞪圆了眼，连说不是。

“Oh！I see！One night stay！”大哈喜笑颜开，可他并没有看向我。

我瞬间懵了，顺着大哈视线望过去，马特就站在门口。

“我先去上课了。”我越过马特，抓起包就往外跑。

4

从马特宿舍出来后，我才舒了口气。离十点的新闻课旁听，时间还尚早，于是给李乔治打了电话让他不用过来接我，自己坐车回了林荫校区。

刚进教学楼，李乔治就跑了上来，塞给我一份麦当劳。“Here you are！I guess you must be hungry！”

我确实饿了，抓起薯条就往嘴里塞，心想着马特应该有看到锅里熬的粥吧，他吃了吗？

“Take it easy！你慢点吃，又没人跟你抢！”李乔治鄙视我。

“爱丽莎呢？她不是也来旁听吗？”

“她也喝醉了，来不了！”李乔治大手一挥。“她没马特喝得多！但也醉了。”

“什么？”爱丽莎昨晚也去喝酒了？

“爱丽莎喝酒是因为开心，她妈妈再婚12周年纪念日！”

“再婚？”在美国算寻常事吧。

“爱丽莎从小和妈妈相依为命，后来有了继父。”

“你很了解爱丽莎？”

“她是我初恋。”李乔治大步走在前。

我刚喝了口咖啡，觉得味苦，“对不起啊！”

李乔治回头对我哭笑不得，直接来了句脏话，“Are you fucking me？你跟我说对不起？要说也是她跟我说！”

“你……没事吧？”虽然我并没看出李乔治有多伤心。

“I am OK！只是很多事你不会懂。”李乔治从上而下打量了我一番，“你这么简单。”

“你究竟是有多复杂！”我一脸鄙视他，“你的事情，我也不想懂！”

“我可没马特复杂！”李乔治贼兮兮地干笑，“他醉酒肯定有心事，你刚有没套出些什么来？”

“我没你八卦！”

旁听完新闻课出来，头特别疼，估计是感冒未好，再加清晨又起得早。李乔治和刚认识的新同学邀请我一起到饭堂吃午餐，我不好拒绝，于是对着土豆薯条汉堡炸鱼，就更没食欲了。

午餐后独自在图书馆写剧本，睡意袭来就趴在桌面上睡着了。醒来后揉了揉眼睛，发现马特坐在了我旁边。

“你怎么在这？”我话音未落，就打了个大大的喷嚏。

他什么都没说，递给我一张纸巾，就走了。

我吐了吐舌头，这个复杂的、莫名其妙的、让人看不懂的马特！

我埋头继续写脚本，一杯热水递在面前，我抬头，看见马特面无表情的脸。

“把药吃了。”马特把药放我手上，拉开椅子坐了下来，拿起了我刚写的脚本，我想阻止可已经来不及了。

“字真丑。”马特翻着我凌乱的脚本，“这单词也拼错了。”

“嗯。”我把药咽下。

我端详起在低头看我脚本的马特，清晨时的酒气已退去。五官轮廓棱角分明，眼眸深邃，神态从容。我好奇，究竟是什么让他喝得酩酊大醉？机场初遇时他的歇斯底里及打台球时他的冷酷漠然又萦绕在脑海。

为什么？你昨晚为什么喝那么多？这话到嘴边了又吞了回去，换成了一句：“你不是有课吗?”

“哦，不碍事。”马特头也没抬，继续用笔在我本上描。

不碍事？那你是逃课吗？怎么可以逃课!

“你……逃课?”

马特抬头看向我。

“我们走吧，肚子饿了。”

我背起书包，迷迷糊糊地跟在马特身后，下楼梯时踏空了脚一个踉跄扑倒在他身上。我整张脸撞上了他的后背脊梁，慌得忙直起身子，尴尬地说对不起。马特转过身来看着我，没有说话，半晌他抬了抬眉毛说：“你站好，别动。”然后顺势把我背了起来。

“你干吗？快把我放下!”

“别动。”马特背起我走着楼梯下去。

“你放我下来！好多人!”看着陆陆续续路过的人，虽说这是国外很Open，可我还是不太习惯。

“你就那么在意别人的眼光?”马特顿了顿声音，“把眼睛闭上，很快到宿舍。”

“我自己可以走。你放我下来。”

“安静点!”

马特柔软的外套微微有点凉，两侧突起了肩胛骨，再往前就触到脖子上有温度的肌肤。如此接近的暖热，在神经里突兀地被放大，我摇了摇头，赶紧闭上了眼。

感觉好长的一段路，都还在室内，因为暖气还萦绕在身上，只是途中没有了其他声响，变得安静。我好奇地睁开眼，发现是一条长长的走廊。

整个林荫校区就像一个迷宫，地下室、长廊、课室环环相扣，有时候，会有那么一种错觉，仿佛置身在哈利波特场景中，有种穿越时空的诡异和微妙。

马特刻意绕着路走这迷宫，只为帮我避开我所在意的他人的眼光。

出来的时候夕阳飘远，落霞肆意地把天空染成了一抹抹浓烈的暗红。额前的头发向后扬去，十月初的风已很大。

“放我下来吧，我可以自己走。”我刚张嘴，一股寒风就灌进我喉咙。

马特没作声，加快了脚步。

回到宿舍，马特伸手摸了下我的额头。叹了口气，“你看，你都发烧了，去躺会儿吧。”我确实觉得全身发烫，从包里翻出了昨晚特地去K小姐工作室拿回来的烫伤药，递给马特。

他没接，愣愣地看着我，我眼眸里看到的是他模模糊糊的虚影，我想我真的是太累了，眼睛都对不了焦。

我有气无力地把药塞到马特手上，转身往房子里走去。

没过几秒，也就沙漏流过一个罅隙的短暂，慵懒低沉的神经又迅速紧绷了起来。马特从后面环抱着我肩膀。

我诧异了，想转头看他，可他慢慢垂下头挨着我的肩膀。“别动，就一会儿，一会儿就好。”

我想我一定是烧糊涂了，心跳得很快。

5

在林荫校区见到洪恩时，我诧异了，“你这大清早地跑来这里干吗？”

洪恩什么也没说，嘴巴里像含了糖一样，笑嘻嘻地看着我。

我打了个哈欠，“几天没见，发生什么喜事了？”

“你才发生喜事吧！”洪恩一个手掌往我额头上压，笑容灿烂且诡异。“你烧退了没？老实给我交代，昨天马特背着你一路从图书馆背到宿舍？”

听洪恩这么一说，我整张脸烧了起来。洪恩贼眉鼠眼地从上而下打量了我一番，末了一脸严肃地说：“我看你也不轻，马特怎么可以背你这么久？”

我晕，我也就一百来斤，可像洪恩一米七五足足比我高十公分，却只有九十九斤的人，一阵风就可以把她吹倒。“如果在英国整天吃着高热量食品都不能让你突破一百斤的话，那么大不列颠真的太对不起你了。”

洪恩没跟我拌嘴，反而腼腆了，“森妮，我有话跟你说。”

“我跟……我跟……”洪恩吞吞吐吐，“哎，我也不知道怎么说，他来了……”

我转头就看见丹哥走过来，他那招牌的灿烂笑容真晃眼。

我有点儿摸不着头脑。

丹哥冲我抛了个媚眼，然后径直从我身边拉起了洪恩的手。

我张大了嘴巴，瞬间明白了什么。

洪恩上午没课，特地来林荫校区陪丹哥去工作室做设计。

北安的皮革技术连续多年位于英国专业排名榜首，在欧洲乃至世界上都居专业排名第1位，所以设计类的专业，箱包和鞋类设计是非常出名的。

Dr.Martens马丁靴，最早给英国军队和警察提供靴子和皮鞋的Dr.Martens，曾于1960年在北安普顿郡踏出了创造性的第一步，它那实而不华的设计、鞋边黄色针步及独特的鞋印图案，顺理成章成了不同年代的潮流文化标记。到了20世纪80年代，时装设计师又把Dr.Martens带进了时装表演，顿时马丁博士的靴子成为世界时装新潮。

而拥有古典设计感的英国手工鞋Tricker’s，其创办人Joseph Tricker也早于1829年在北安成立了R.E. Tricker Ltd公司，这么古老的承袭老牌品质的英国手工鞋，一直是英国皇家认证的品牌，专门给英国皇家设计和制作鞋子。

用教授的话说，最高档次的鞋子皆源自北安普顿，最专业的学习必源自北安普顿大学。

丹哥千里迢迢地不管家人反对来到北安就是为了学这专业！因此他格外刻苦认真，洪恩说他一碰皮革一碰设计就一工作狂！

“你跟他没两样，两个疯子，够登对！”我打量着走在我前面的他们，发觉缘分是个很微妙的东西，它可以把时间和空间上的人和事错杂而又巧妙地交集到一起。

我把这事告诉马特时，马特一个白眼翻过来，不用他解释，我就知道了自己是后知后觉。

“丹哥早就对洪恩有好感。”马特翻看起我新改的剧本。

“你怎么知道?”

“是你头脑简单才看不出来。”马特拿着剧本在我头上拍，“早该猜到，外国人都是行动派，中国人来了这边也会变成行动派，因为寂寞。”

“那你呢？你跟……爱丽莎?”我顿了顿声音，心里想你知道爱丽莎是李乔治初恋吗?

“……”马特放下剧本，看了我一眼，还没应答，我就看到爱丽莎和李乔治往我们这边走。

果然是白天不能说人，晚上不能说鬼。

小组讨论。

关于追逐短片“人鬼情未了”版的*Crisis of Faith*信任危机，片长约3分钟，有唯美的浪漫，也有灵异的惊悚。

男一是马特，为何不挑李乔治，用爱丽莎的话说，并不仅仅因为马特帅，更因为马特比李乔治有空！比起李乔治整天不是兼职就是泡Club来说，马特的时间确实宽裕很多。就像现在，刚讨论完，李乔治拔腿就撤了。爱丽莎追着李乔治上去，让他载她一程。一黑一白也出双入对地走了。

剩我和马特走在长长的走廊上，这条长廊前天他背着我走过，想起洪恩说我胖了，不禁低头开始打量自己，叹了口气，好像真的胖了。

“你叹什么气啊?”马特浅笑，“还想不明白吗?”

“想不明白什么?”

“我教你吧!”

“什么?”

“Kiss原则啊!”

“……”我突然想起刚李乔治走之前逗我说要我先好好了解下Kiss原则，我还蒙在鼓里，他就哈哈大笑地撤了。Kiss？在逗乐什么?

“Keep……”马特看向我，“你怎么脸红了？”

“……哪有……”我低下了头。

“哈哈，看来你想歪了。”马特一脸坏笑。

“什么意思？”

“笨！不逗你了，回去自己Google一下吧。”马特往我头上一敲，挥了挥手，“我今晚不和你们吃饭了，我回去跟我妈视频。”

“视频？现在？”

“她跟你一样笨，最近跑去美国了。美国时间还早着呢！”

美国？我脑海里又闪现出马特在机场歇斯底里的一幕。

“你去美国干什么？你一句英文都不会说！”

“你这样做，值得吗？”

“为了他，值得吗？压根就不值！你别做梦了！”

我摇了摇头，从飘远的思绪中回过神来。

当我在谷歌和百度都各自搜了一遍后，确实觉得自己很笨。

Kiss原则，“Keep it simple & stupid！”在西欧文学、新闻写作中最常使用。

我心塞地翻开李乔治在图书馆扔给我的书，细细地看了起来。

看到一半，思忖了一刻，拿起手机给马特发信息。

“我看懂Kiss原则了，谢谢！你妈妈在美国还好吗？”

那一整晚，我都没收到马特的回复。

6

翌日清晨，准备上西语课。

马特打电话过来时，我刚离开宿舍。

“我忘了给你电话，现在车都快到林荫校区了，你应该赶不及的。”电话那端是很平静的声音。

“哦。”我明显地加快了脚步。

“你坐下一班吧。”

“嗯，好的，没关系！时间还尚早。”

我跑着上了斜坡，气呼呼的，抬头便看见19路车从我身边奔驰而过，我追着跑，始终追不上。

停下脚步时，急促地喘息，呼出了一团团白气，我想大概是天越来越冷了。

我塞上了耳塞，耳朵里传出了我在YouTube下载的西语日常用语。

Buenos días，Buenas tardes，Buenas noches，Gracias，Perdón，Nada……

no pasa nada，没关系。

嗯，没关系。

戴着耳塞认真听着西语，上了车就找位置坐了下来也没留意四周，可Z出现在我面前时我并不惊讶。我礼貌性地点了点头，耳塞也没取下来。可他依然嘴唇翕动，手舞足蹈。我心想你是有病吧，早知昨天就不该帮你了。

昨天从TSB银行出来后，看到一男的银行卡从他裤兜里掉了出来。我捡起来追了上去这才发现原来是Z，对Z的印象一直囿在开学初他对洪恩的穷追不舍死缠烂打上。他握着我的手连连道谢，问我叫什么名字？

噢，很好！他竟然把我忘了。

我扬了扬手转身就走，可他依然紧跟在身后，“我请你喝杯咖啡。”

昨天他从银行开始跟着我直至我上了巴士，今早又出现在巴士里。

有些人就是那么莫名其妙。

“嘿，你能听到我说话吗？”Z一手把我的耳塞扯了下来，“待会儿有空吗？一起吃早餐？”

我愣了一下，手机铃声响了，真及时，谁都好，我立马接了。

“你上车了吧？”马特的声音。

“嗯，在车上了。”

“那待会儿见！”听筒里是嘟嘟嘟的声音。

我还想聊，可马特已挂线了。

下了车后，Z还是坚持，“那至少请你喝杯咖啡。”

我婉拒时间赶不及，他说好，我以为他是默认了。

谁知他硬是把我拉进了途经的一家士多店。看来如果我再拒绝的话，我的西语课真不用上了。于是我挑了瓶最便宜的，70便士，也没看是什么，他帮忙付了账，我就撤了。

我心想在英国坐个巴士就有这么多“故事”，在中国冷不丁地挤个巴士通常也就只有“事故”。

到达C108课室时，学生都等在门外。上西语前C108是在上管理学的课，陈小芳就是其中的上课学生。

我在人群中看到了马特，他低着头翻看着报纸。我走过去，他抬起了头。

“请你喝东西，我早上不习惯喝冷饮。”我把水递给了马特。

“……”马特翻了个白眼，意思简单明了，不习惯那你还买？

“刚遇到了Z，昨天帮了他一个小忙，硬要请我喝东西。”

“跟你说过了，少碰他为妙。”马特突然急了，语气中带上了质问的味道。

“又不是我主动碰他。”

“一味想着帮人，你是活雷锋啊！”

“别给我贴好人牌，我当初不知道他是Z！”

“好笑！”马特不屑。

“你这话什么意思？”我懒得跟他扯，别过脸就看到了刚下课的陈小芳。

“哟，怎么你们俩又在一起呀？”

“是啊，要不，你也一起来学西语！”我迎上去。

“好啊。”陈小芳果然好学，又折回教室去，“我也想旁听！”

马特瞪大了眼，“你干吗叫她一起？”

我向马特做了个鬼脸，加快了脚步，找了个位子，一屁股坐了下来。

即便陈小芳是科科拿A让人羡慕到不行的学习天才，但是语言学习靠的是积累，所以她听了一节觉得一头雾水，课间就溜走了。

陈小芳在我们眼里，是个神奇的存在。钢琴10级，雅思8分，年年稳拿特等奖学金。

这还不是令她出名的最终原因，她在英国出名主要在于，她会把生米（生米，真的仅仅是生米，一点水也不放的生米）直接扔进微波炉里煮。她还把一根玉米扔进微波炉里烤了30分钟，微波炉冒烟起火，整栋宿舍楼的火警都响了起来，全部学生都得跑下楼。当地学生都叫她“Microwave girl（微波炉女孩）”，就连在外国学生眼里，她也不得不是个神奇的存在。

我突然很感激K小姐跟陈小芳换了宿舍，虽然K小姐也烧了一次厨房，但是还不至于成为Microwave girl！

陈小芳走后，马特似乎觉得轻松了许多，把我给他的冷饮拧开喝了起来。

“差点要喷了，好难喝！你怎会挑这种水呢？”

我看了看瓶身，是加Gas的Sparkling water，很多中国人喝不习惯，觉得味酸且苦。这边卖的水分为Still water（静态水）和Sparkling water/Gas water（起泡水）。在国内喝惯了Still water的我们，若没看清字眼随便抓了瓶Sparkling water，喝第一口会很抓狂。

“随便挑的，最便宜的挑。”

“笨！别人请我的话，我肯定是挑最贵的！不贵的不挑！”

“就你最聪明，才显得我笨！”

“承认自己笨就是了！”马特把瓶举起又往嘴里灌了一口，嘟起嘴巴咕噜咕噜地咽了下去，“你就是笨！”

“你说什么？”

“笨森妮！”

“死人马特！”

……

这一切的自然发生，缓慢而绵密。

这样乏味的对白，在每个人的生命中频繁地上演。

一些陈旧镂空的细枝末节，以前你不曾明白，往后或许你也记不起来。

然而，它确实存在着。

曾经，在无数的两个人之间。

慢慢地，变得浑然天成。

Chapter

06

如果我是哈利·波特

哈7十年，从第一场到第七场，

繁华落幕，曲终人散。

那年十月，我们造访《哈利·波特》拍摄地，

他们都说，十月，拾，拾起的拾。

1

比起洪恩，我绝不是十足的哈迷。

何为哈迷，在洪恩身上表现得淋漓尽致，全套《哈利·波特》英文版原著早在来英前就被洪恩翻烂！我有时候会想，是怎样的一种喜欢可以把书都翻烂，就像我现在蹲在图书馆对着当代新闻写作，看几页就有无数个似懂非懂的专业单词，估计只有想撕烂的份。

“Slow！So Slow！出家为尼，你看书都看得这么慢！”李乔治总爱嘲笑我。

“有本事你给我看中文！”这次我实在没忍住，一个眼神杀过去。

“尼姑不好惹！”李乔治吐了吐舌头，推着手拉车正要走。

“刚跟你说的事你回去跟你哥们好好商量下！换辆大车！”我一手把李乔治拉住，发现自己拽着他太粗暴，于是一下子把手抽回来，双手合十，抿起嘴角笑着对李乔治说拜托了。可他当没听到，推着车急步离去。

“事成后。”我稍微提高了声音，“赐你一顿中餐！”

我毫无意外地看到李乔治停下了脚步，给我一个帅气的转身。

李乔治骨子里流淌着的都是外国人的行动派气息，马特常说的Actionist，行动主义者。李乔治一个电话给他哥们拨过去，不到两分钟就向我抛了个媚眼。

“书看得这么慢干脆就别看了！”李乔治收起我的书往我背包里扔。“天都快黑了，赶紧去买菜！”我极其不愿意地被李乔治拉着往门口走。“我要喝老火靓汤，现在还不算太晚，赶紧赶紧！”

我瞪起了眼，嘀咕着：“你真当我是煮饭婆了？”

李乔治把头凑了过来，嬉皮笑脸，“那你还不是把我当司机了！”

从图书馆出来后，天已经开始转暗。想把好消息告诉洪恩，可她电话没人接，估计在忙着跟丹哥谈情说爱，给她发了微信告诉她哈利·波特的事儿搞定了。我想先把书放回宿舍，刚到宿舍门口，就听到K小姐叫得声嘶力竭！K小姐跟F先生吵架从来没有逻辑和道理可言，而且还是国际长途！我曾建议用语音、视频或者换张专门打回国的卡。

K小姐回了我四字箴言："我，等，不，及！"

她是骂得爽，月底充话费就哭得爽，用句挺有劲儿的北京话去形容她，你丫自找的！

我就不趟这浑水了，背着几本砖头厚的书往回走。走到楼下，突然灵机一闪，对！真笨，怎么不放信箱！

把书放进信箱后，听到了一向安静的桌球室传出了击球声。

我好奇，便走了过去。

我倚在一旁静静地看着，似乎过了很久，马特都没发现我。我转身轻步离开，没走几步，身后就传来马特的声音，不轻不重。

"偷看了我这么久。"

我停下脚步，回过头瘪嘴笑了笑，转身就走。确实要走的，冰箱空空如也，一根菜也没有，若指望K小姐，得先等她吵完架。

"罚你待会儿熬个汤。"马特走了过来。

"……"你和李乔治都把我当煮饭婆了吗？！

"走，我们去买菜！"

"记得提醒我买一把香蕉。"

"K小姐又跟F先生吵架了？"

"多买点菜，李乔治也来吃晚餐。"

"哦？"马特把外套穿上，"嗖"一声拉上了拉链，"为什么？"

"什么为什么？"我扬起了嘴角。"你现在不也来吃饭了吗？那又是为什么，无聊啊！周六还跑来这边！"

之所以让李乔治来蹭吃，是因为我确实把他当司机了。不过这一开始，是他主动提出当司机，像个东道主似的说带我们去哈利·波特拍摄地，一下子就招揽了一车人。我恳求他把洪恩和丹哥也带上，洪恩爱哈利·波特如命。

李乔治满脸表示我不认识他们，而且我的车已经满客。我拍了拍胸膛说我不去了，把位置让给真正哈迷。

李乔治一脸不屑，"那也只能带洪恩一人，丹哥是谁呀，你暗恋对象？"

“Fuck！他是洪恩男朋友!”我晕！我第一次在英国爆粗了。

李乔治估计第一次见我说脏话，瘪了瘪嘴，“OK！我考虑下问问我朋友，看能不能跟他换辆六座的车。”

我和马特上了19号公车，车里人不多很安静。

马特坐在我身旁，我脑海里不由得浮现起他刚专注打球的神情，不得不承认确实很帅。可把那天他一摔球杆一声不吭地走了的画面紧密凑合起来后，发现眼前正看窗外的这个人，我很陌生。

摄影课上学的，所谓景深，就是当焦距对准某一点时，其前后都仍可清晰的范围。

如果，如果把镜头投向马特，焦距要停靠在哪一个点？而又能折射出怎样的清晰度？

我愣了一会儿，便掏出耳塞，听起了西语，最近学了很多新词汇。

马特侧起身，手绕过我眼帘把右边耳塞扯了下来往他右耳上放，随即他摇头笑了起来。

“你这个机械女，还想学好西语!”马特把我耳塞线从我手机里拔了下来，插进了他的手机，“闭上眼睛。”

“啊?”

“快。”

左耳传来的青涩又透亮的童声，一些懂或不懂的西语歌词，和着音乐旋律直击心坎。闭眼后暗黑的世界，随着公车摇晃，似乎感觉到窗外秋叶飘零。我心里有种无法言说而又极致透彻的情愫，就像公车从寂静驶到繁华，路边华灯初起。

马特给我听了一首歌，Without you的西班牙语版，男女童声对唱——Sin Ti：

Me dijiste que te ibas

你告诉我将要离去

Y tu slabios sonreían

双唇带着微笑

mas tus ojos eran trozos del dolor

而双眼却因痛苦而憔悴
no quise hablar
我不想言语
sólo al final te dije adiós
仅仅在最后说了再见
sólo adiós
仅仅是再见
Yo no sé si fue el orgullo
不只是因为虚荣
o a que cosa lo atribuyo
抑或是本性所属
te deje partir sintiendo tanto amor
我让你离去时感受着如此多的爱意
Tal vez hacia falta sólo un “por favor，detente amor”
或许被遗漏的全部就是一句“请将爱停止”
No se vivir sino es contigo
没有你，我无法生活下去
no se，no tengo valor
没有你，我便没有足够的勇气
no se vivir sino es contigo
没有你，我无法生活下去
no se，no se ni quien soy
没有你，我甚至会迷失自己
Desde el dia que te fuiste
自从你离开的那天起
tengo el alma más que triste
我的灵魂便悲伤至极
y mañana sé muy bien va a ser peor
而且将日益加剧

como olvidar ese mirar desolador，queda amor

如何才能忘记黯然神伤，是爱

No se vivir sino es contigo

没有你，我无法生活下去

no se，no tengo valor

没有你，我便没有足够的勇气

no se vivir sino es contigo

没有你，我无法生活下去

no se，no se ni quien soy

没有你，我甚至会迷失自己

2

从市中心回到宿舍，熬好汤，饭也快做好了。李乔治打来电话问大餐准备好了吗？

“心急吃不了热豆腐，小心待会儿噎死你！”

李乔治哈哈几声，“那我带瓶果汁上来！”

“No！No！No！我已经买了，你好好省着钱，明天给你哥们儿的大车加油！”

吃完香蕉后元气恢复过来的K小姐主动说下楼接李乔治。

“明天去伦敦，要换辆大车？”马特问。

“对，洪恩和丹哥也去！”

“丹哥会去？”马特皱了皱眉，“你确定吗？”

“洪恩说的，所以我才叫李乔治换车……”难道我又后知后觉？“怎么了？”

“剩下的菜我来炒。”马特看向我，“你给洪恩打个电话确认下。”

我疑惑地掏出手机，拨打了洪恩电话，久久没接通。我正要挂了，听筒里传来了洪恩哽咽的声音，“森妮，我们不去了，丹哥说不去！”

我听到电话里传来丹哥的声音，感觉他很不愉快，可我没听清他说什么。我急了，洪恩顿了顿声音，“丹哥是穆斯林，不喜欢哈利·波特，可我不知道……”洪恩越说越哽咽，就把电话挂了。

“穆斯林不喜欢哈利·波特吗？”我问马特，他背向我，在炒最后一道菜。

“有人盘点过哈利·波特中的各国文化，唯独伊斯兰文化没有出场，比较敏感。”马特夹了块土豆到我嘴里，“试一下味道！”

我特别怕烫，土豆刚碰到嘴唇我就松了口，马特伸手去接，刚好顺势托起了我的下巴。不知是他指尖的温度，还是土豆的热度，我的脸瞬间红了起来。我们靠得很近，愣愣地看着对方。

“Oh，No！”李乔治的声音，“What happened？（发生了什么事？）”

马特把手里的土豆扔进垃圾桶，对李乔治挑了挑眉，“可以开饭了！”

我转身把锅里的土豆炒肉盛了起来。李乔治凑过头来，笑道：“你又脸红了！”

我回了句脏话：“去你的！”李乔治普通话不好自然没听懂。

K小姐闻声进来，“森妮，这脏话是你说的吗？神奇了！”

晚餐李乔治吃得很乐，我越看他心里就越气，“洪恩和丹哥明天不去了。”

李乔治“哦”了一声便低头去夹菜，过了一会儿，他又抬头说：“哈哈，放心！我们照旧开大车，好让你坐得舒服点！”

翌日清晨，闹钟还没响，电话就响了。我迷迷糊糊，K小姐一个枕头朝我扔了过来，我赶紧跳起来接电话，听筒里传来洪恩兴奋的尖叫声。没错！是尖叫声。

“好！你冷静点！我去帮你买。”我睡眼惺忪。

我简单穿衣洗漱完就出门了。那天天气很好，我踏着满地的落叶斜穿过Racecourse赛马场公园，清晨的草地清香扑鼻。沿途见不少人穿着短裤在晨跑，阳光打在他们脸上，神采奕奕。我笑了，我能想象此刻的洪恩一定在厨房里瞎忙着，阳光也刚好打在她还没来得及梳理的刘海儿上。

爱情，开始让人变得疯狂。丹哥突然改变主意也下定决心要陪洪恩去参观哈利·波特学校，洪恩受宠若惊，惊喜万分，想在十一点出发前亲手下厨给丹哥做顿好吃的。

穆斯林不仅仅不吃猪肉，所有除猪肉外的肉都必须经过特殊处理才能食用。北安只有一家专门服务穆斯林的小超市，叫“Zum Zum”，离林荫校区很近，抄小路穿过赛马场大草地便是。

我左一袋右一袋鸡肉牛肉带到洪恩宿舍，问她是否需要帮忙，她害羞地把我赶了出来。我本想去啃个面包喝杯咖啡泡泡图书馆撑到十一点。马特发来了信息：“起床了没？一起吃早餐！Sunnyside等！”

Sunnyside，是英国连锁餐饮Hungry Horse旗下的一家店，集英式早餐、午餐及酒馆为一体。Sunnyside其实是英国北安的一个小地方，餐厅以地方名命名也叫Sunnyside，一家三层楼高的特色餐饮小别墅。

我对它情有独钟，只因它的名字。

到达Sunnyside时，马特等在门口，见我就扬手，露出雪白的牙齿。

“等很久了吗？怎么不先进去?”

马特耸了耸肩，不咸不淡地说：“你猜?”然后笑着拉起我推门而入。

这是我第一次来Sunnyside，店面装潢别致。周日吃早餐的人也不少，好几个人跟马特打起了招呼。

“你经常来?”我好奇。

“来喝过几回酒。”马特哼了几声。

我们都点了Full English breakfast（全英早餐）。马特吃完后，叹了口气，“还是芹菜鸡肉粥好吃!”他又清了清嗓子说，“谢谢。”

我这才反应过来他是指他喝得烂醉的那天清晨，我给他熬的粥。

他敲了敲我额头，“老是后知后觉，笨!”

“那你告诉我啊!”我一张口话就蹦了出来，“那晚为什么喝那么多酒?”

马特迟疑了半秒，“……有点心事。”他冷笑了起来，“醉了也没用。”

“破财又伤身!”我嘲笑他，并未追问下去。他是个有很多故事的人，我好奇又胆怯。

当我看着李乔治开着他那辆一如既往的破车缓缓驶过来时，我的心都碎了。

我瞪眼死死地盯着李乔治，如果眼神可以杀人他早死了！你昨晚不是信誓旦旦地说照旧开大车的嘛！他也不是省油的灯，斜眼瞪回我，眉宇间透着一股挑衅之气，哼！你不是说他俩不来的嘛！他戏谑地打了个响指，“开小车，环保又省油！”

“我给你打电话不接，给你发了信息说洪恩和丹哥会来！还在Facebook上留言了！”我压抑着声音吼了起来。

“那挤一挤？可……以吗？”K小姐提议，可她声音也越来越小，白痴都知道这辆小车装不下！

“不是挤不挤的问题！我再去换辆也行！”倒是李乔治激动了，“那是票……”

“这样好了，你们去！我跟Sunny不去。”李乔治话还没说完，就被马特打断了。

3

人的记忆是从一个点连接着另一个点，汇合成面，形成光景。

窗外阳光明媚，和煦如画，此刻的火车以北安作为起点沿着轨道驶向伦敦。

去伦敦，是马特的提议，在李乔治他们出发去参观哈利·波特学校后。后来我才知道，哈利·波特学校门票只能在网上购买，至少提早一天预订参观场次，门口票窗只供取票，不用于现场售票。马特提出不去，是想把预定的票留给突然又说去的洪恩和丹哥。

耳边是有节奏的哐当哐当声响，或许是起得早，睡意来袭，我闭眼就睡着了。醒来的时候，发现自己挨在马特肩膀上，我尴尬地抬头，却迎上了他明媚的双眸。“还没到，你可以多睡会儿。”我看着他宽广的肩膀，摇了摇头。他问：“待会儿你想去哪？”我突然想起上回来伦敦时，高泰盛问想不想跟男朋友一起上伦敦眼，一起俯瞰整个伦敦？

“我想去伦敦西区。”马特闭起了眼，头挨着后椅，“我们去诺丁山。”

抵达伦敦Euston（尤斯顿）火车站后，我们坐上巴士前往Notting Hill（诺丁山）。第一次坐伦敦的大红双层巴士，心里可乐。洪恩曾吹捧过伦敦双层巴士，说来伦敦不坐坐双层巴士，别跟人家说你来过英国！

双层巴士起源于英国，而伦敦特有的红色双层巴士，更是英国的“国宝”。出发前，洪恩还泪眼汪汪看着我，觉得是因为她和丹哥才让我看不成哈利·波特，真太对不起我了！如果让她知道我和马特现在就悠悠然地坐在她所说的英国“国宝”上，她的内疚感会不会少几分！可我想想还是算了，免得她又像审犯人般问我十万个为什么。可话说来她都还没交代过她和丹哥是怎样走到一起的，我曾盘问过，得到的却只是她的一句话。

“我不早就跟你说过了，我可不想困在小圈子里发霉！”

她是说得简短有力热血澎湃的，我可听得酸酸的，弄得好像我在问的是她跟丹哥在一起的目的，而不是问他们怎么在一起了的过程似的。说实话我也担心丹哥一个迪拜男的，有钱财又有身材，只是图好玩，玩腻了一手甩了洪恩，伤了洪恩可怎么办？

“在想什么呢？”马特在我面前晃了晃手，我一侧头就看到他那张灿烂的脸。

我笑着摇了摇头。我们坐在顶层首排座位上，眼前是偌大的窗户，一望无垠。牛津街的热闹，女王道的繁华，入秋后的伦敦，真的很美。

在Notting Hill Gate下车后，顺着人流走便看见五颜六色的房子和热闹的集市，很难想象在充满古典气息的伦敦也有诺丁山这样异国风味浓厚的街区。有人说，在这里，每天都上演着不同的爱情故事，而最精彩的当属《诺丁山》。

“这真的跟电影一样！”我直接Wow了一声，“好喜欢这里。”

“我妈也很喜欢这里。”马特喝起刚在站台旁买的咖啡，星巴克的美式咖啡，微酸高醇度的Espresso Roast，我以前喝过，觉得很苦。

“你相信爱情吗？”他问。

我愣了一两秒，看着他那双深邃的眼睛点了点头。“你呢？”

马特迟疑地看向远方，忽而大笑，“是你才会相信大明星与小市民的爱情吧！泼个饮料就爱上对方然后情定终身！”

“你是指电影里的爱情？”我窘了，你是指《诺丁山》里大明星与小市民的爱情？

“不是！”马特顿了顿声音，似乎矛盾了起来，“也是。”

“你妈也很喜欢这里?”我好奇。

“嗯。”马特又喝了一口咖啡，“《诺丁山》在美国首映时，我们一家三口看了这部电影。我妈不懂英语，可她一直说好喜欢这里。”

我们穿越的街道，一路繁华热闹，有拉小提琴、弹吉他在街边展示自己才华的音乐爱好者，也有琳琅满目的特色小店。

经过一家全是围巾的特色小店时，马特停下了脚步。

“你会织围巾吗?”

“啊?”

“会吗?”

“会。”

“织条这样的围巾给我吧。”马特喝着咖啡，声音不太清晰，又重复了一遍，“织条围巾给我。”

“啊?”我也喝起咖啡，模模糊糊应答，“我考虑看看。”

思绪还停在围巾上，马特突然拉起我。

“走，我们去找找电影里的那间书店。”

我们往Blenheim Crescent方向走，那一小段路的奔跑，既短促又绵长。

Portobello Road（波特贝罗路）就是电影里男主走过春夏秋冬的那条街，眼前深蓝色的书店就是电影中的Travel Bookshop（旅行书店）。橱窗里贴着电影《诺丁山》的海报，那天是周末，不少慕名前来的影迷络绎不绝。我在书店里找到了《小王子》，满心欢喜，马特笑话我这个年纪还看这书，我告诉他，收藏各国《小王子》是我的喜好。

他满脸笑容说：“走，我带你去吃比萨。”

马特带我到了一家名叫Arancina的比萨店，发现比萨都被放在一辆橘红色意大利小轿车里，甚是可爱。马特跟老板聊了起来，我没听清他前面说了啥，只听到那句“Don’t make it spicy，please！（请不要辣！）”。

嗯，我确实很不能吃辣。

四点过半，临近十一月的诺丁山已经亮起了街灯。我们坐在路边长椅上，马特撕开一小块比萨递给我，自己抓起一块张口就吃。

街灯光影下的马特露出雪白的牙齿，第一次看他笑得这么灿烂。

“这家店里比萨，是最正宗的Sicilian Pizzeria（西西里比萨）!”

比萨吃到一半，李乔治来了电话，我满手脏，马特帮我把电话从大衣衣兜里掏了出来，按了接听键托着手机放我耳边。

“出家为尼!”李乔治笑得哼哼哈哈的，“看我对你多好!”

我嘴里还咬着比萨，李乔治朗朗的笑声又从听筒里传了出来，“猜我给你带了什么纪念品?”

“说重点!”我把比萨咽了下去，李乔治嘴一张我就知道他心里打着的如意算盘，“又想吃几顿中餐?”

他哈哈一笑，“我都跟你说过了，你就不能装笨点？你这么聪明马特不会喜欢的!”

听筒声音该死的大，马特听到了这句话。李乔治依然在那头笑，笑声粗粝得跟乌鸦叫没两样。他笑着笑着就打住了，“你怎么不说话了？你在哪？喂！你一个人吗?”

马特接过电话，站了起来，街光把他身影拉得很高很长。

“我跟她在一起。”

我和马特往地铁站走，在站口自动售票机里买了一日票，前往伦敦北区和李乔治他们会合。Off-peak Time非高峰期买一日票比较划算，可在伦敦6区内随意转。英国地铁很旧，世上最古老的地下铁非它莫属。没有安全门，估计哪天有人想不开直接脚一伸就“壮烈牺牲”了！马特笑，没办法，地铁都150年了！我们还在清朝留着辫子裹着脚的时候，人家已经在地下转来转去了。

整个大英帝国也就只有伦敦才有地铁，地铁图看上去乱成一锅粥，路线也没国内北上广深的地铁那么简单明了。伦敦6区内共有14条主线，而一条线可开往好几个不同方向，所以必须看清班次前往的终点才好上车。

老地铁门很小，个子再高点的就要低头进了。上了地铁后，我惊呆了，整个车厢并不是方的，而是圆的，圆圆的空间小得可爱，老得像古董。

估计马特看到了我的脸，不禁发笑，“所以才叫Tube，Tube，管子一样圆，英国人都简称地铁为Tube！不像美国地铁直接叫Train和Metro!”马特扬手指了指车窗外，又笑道，“待会儿你也可以留意下，英国地铁里的出口不像美国叫Exit，叫Way Out!”

虽说整个地铁线路图密密麻麻，但每条线都有自己的颜色，就连地铁车厢里也灌成了每条线独有的颜色，就像我们现在坐的Victoria Line是蓝色的，它车厢里的主色调也是蓝色的。

我们站在车厢的过道里，身子随着地铁前行摇晃了起来。我背挨着车身，马特单手抓着扶手正面向我，我觉得他老爱笑，那句“怎么你今天老在笑!”口一快就说了出来，然后我诧异地看到马特脸红了，我别过脸去也笑了起来。

马特拍了拍我，我朝他示意的方向望过去，地铁车厢内的乘客不少，可都很安静。不少人在看书或读报，有一对老夫妇，老太太和老爷爷共看一份*Times*(《泰晤士报》)。

马特弯起了嘴角，“下次我们再来伦敦，也带上几本书，装装事!”

我扑哧一笑，觉得马特有时候其实也很简单。

4

地铁停在Euston尤斯顿时，我正准备下，马特拉住了我。

“时间还早，你真的不想去看哈利·波特了?”

“啊?”我没弄明白。

“别动!跟着我就是了。”

我满脑子疑惑地被他拉着，看着眼前那扇门在“嘟嘟嘟”声中关上了，地铁又开始轰隆隆地驶向前。直到广播里传来纯正又好听的英式报站声，“The next station is King’s Cross.”我才恍然大悟。

“我们真的去国王十字车站啊!去那个哈利·波特推着车穿过墙通往霍格沃茨魔法学校的那个站台?!”我兴奋地问。

马特往我头上轻轻一敲，“我说你就是后知后觉，你说是不是?”

他口气听起来很严厉，我却看到他的眼睛温柔而清澈，于是我笑着连连点头，“是是是!”

King’s Cross（国王十字车站），这里之所以如此出名，是因为J. K.罗琳。她把现实与魔法巧妙地结合到一起，通往霍格沃茨魔法学校的唯一站台存在于这车站的第九站台和第十站台中的第三根柱子，九又四分之三站台。

但是J. K.罗琳在2001年接受采访时说到她其实把国王十字站与尤斯顿站搞混了，如果不是她混淆了，那么九又四分之三站台或许就真的在上一站尤斯顿了。我喃喃地跟马特叨唠着，他推着我肩膀笑了起来。“走走走，别嘴硬了！我们去排队，去穿越！”

“排队”二字马特可真没用错，眼前是长长的队伍。他们都是热衷的哈迷等着留影纪念，我看见无数张满心欢喜的脸，跟洪恩说起哈利·波特时的脸没两样。在我们前面的是个从爱尔兰过来的小女孩，才七岁，马特跟她聊了起来。

“如果你是哈利·波特，你会魔法，你最想做什么？”小女孩问。

“Wow！”马特问：“Could I go back to the past？（我能回到过去吗？）”

“Yes，of course you can！（是的，当然可以！）”小女孩眨着她那大大的眼睛。

“How about you？（你呢？）”小女孩看向我，又急速地用双手捂住自己的嘴巴，“Oh，No！哈利·波特是男的，你不可能是哈利·波特！”她对我吐了吐舌头。

聊着聊着她突然一脸期待地问我们待会儿真的可以穿越到霍格沃茨魔法学校吗？马特被问蒙了，看向我求救。

我想了想，弯腰对小女孩说：“就像我们坐火车来到伦敦，来到King’s Cross，而在魔法世界里也有列车通行，而且和人类世界的列车并驾齐驱。但是有趣的是，开往霍格沃茨魔法学校的这趟列车，刚好在9号和10号站台之间，也就是说我们无法真正看到九又四分之三号站台。”我把自己也说蒙了。

小女孩眨了眨眼，“你意思是说我们不能穿越吗？”

小女孩妈妈把她搂进怀里，让我们别介意，她老爱问奇怪的问题。

“你刚真能扯！扯了半天还是没答到正题上。”马特取笑我。

“你倒是笑得没心没肺的，我可是在帮你我才……绞尽脑汁。”我撇嘴。

走近时才发现原来有工作人员帮忙拍照，还提供魔法棒和魔法学校围巾。穿着西装的大叔把围巾递给马特时，他婉言拒绝，他特别不爱拍照。大叔疑惑了，“你排了这么长的队，不拍了？！”

马特笑了笑，大叔特热情，又说：“Come on！和你女朋友来一张！”

大叔说得豪爽，我在后头却听得汗颜。马特就这么爽快地答应了。

后来的回忆里，如同泛黄的照片，褐色的古朴砖墙上挂着“Platform 9$^{3/4}$”的标牌，下方是一辆半截隐没在墙里的行李车。我和马特共同推着这辆看似可以通往魔法学校的小车，照片定格在我们互望的相视一笑，似乎有风，脚步轻盈。那时的我觉得，只要两人努力一推，或许真的就能推出个锦绣年华。

这是我跟马特的第一张合照，后来我把它压在抽屉最底层，从不去翻看，如同安放一段青春。我想起他曾说：“我从来不会在景点里留影，只有傻瓜才像拍大头贴一样把自己的头贴在风景前。”即便他彼时鄙夷得没心没肺的，我还是觉得他眼睛清澈得一塌糊涂，特别不爱拍照却最终还与我合照。

我想我大抵是怀念的，但这种怀念无关风月，并非对他还存念想。我只是做不到把过去不留痕迹地抹掉，我没有洪恩的决绝，洪恩回国前把与丹哥所有的一切都烧给了大英帝国。

5

从国王十字车站折回尤斯顿，出站后发现天很冷，早上阳光好得很我也没穿多少。

我们往广场方向走，前往约定的餐厅。哈利·波特学校博物馆就在伦敦郊外，李乔治说既然大家都来了伦敦就一起吃个饭呗。为何要挑在这里，因为这有Nando’s，源自南非的葡式风格餐厅。这家Nando’s是Halal（清真）。没有猪肉，只有鸡肉，而且是Halal Chicken！完全满足了虔诚的伊斯兰教徒丹哥。

刚走到广场中央，我就看到李乔治。他围着魔法学校的围巾，估计是刚在哈利·波特学校买的，说实话，李乔治不痞的时候长得倒挺英俊的。那天他穿了西装外套，特英伦风，我看着他走过来跟看平面广告上的模特一样特不真实。

所以当他满脸笑容地把围巾围在我脖子上时，我觉得自己在做梦。他低头笑得特温柔，连声线也温柔了起来，“别冷着了！”

脖子里突如其来的温度让神经都变得敏锐了起来，我觉得李乔治应该嘲笑我怎么穿这么少，然后站在一旁嘿嘿地幸灾乐祸才比较符合他的性格。他这么一招，我突然愣住了，不知所措地想把围巾取下来，他用力按住了我的手，低头靠近我耳边，“别动，我在帮你！”

我被李乔治按着肩膀快步往前走，他力气很大，我想回头都使不上劲。李乔治用手掰着我的头看向他，抿嘴一笑，“你别看了，马特就在我们后面，跑不了！”

我狠狠地朝李乔治瞪了一眼，他咬了咬嘴唇，一本正经地问我：“你想不想知道马特在想什么？喜不喜欢你？我现在帮你刺激刺激他。”

“不要！”我一口回绝了李乔治。

“相信我，像他那样深沉的人，不刺激一下，永远就像死水一样！”李乔治手搭在我肩膀上，“相信我！是男人都受不了刺激！待会儿你就跟我坐一起。”

“我不用你帮忙！”我推开了李乔治。

“你在害怕什么？”李乔治认真的眼神让我有点发毛。

“我没害怕。他喜不喜欢我不重要。”我双手合十哈了口气，“我不想让他觉得不自在，我也不想你刺激他。”

“……”李乔治盯着我看了好几秒，然后别过脸去。

我把围巾取了下来，踮起脚把围巾重新系在李乔治脖子上，他有点愣然。

“George，谢谢你！”李乔治第一次听到我跟他说谢谢，神情呆了半会儿立马恢复痞子样，“哈哈！You’re welcome！”李乔治拍了拍我脑袋大笑了起来，痞痞地说：“其实是你在帮我！”

我诧异地顺着李乔治的视线望过去，瞬间明白过来了。

在Nando’s门口，爱丽莎直直地朝我和李乔治看过来，她眼睛本来就大，现在更是“火眼金睛”的。我瞪了李乔治一眼，你要撇掉爱丽莎也不能拖我下水吧！我张了张口，“你够狠！”

李乔治跟贼似的嘿嘿笑了两声，搂起我的肩膀。他力气大得就像一个大尾巴狼，我根本推不开。我看着我和李乔治离爱丽莎越走越近，心里嘀咕着李乔治该换台词才对，是女人都受不了刺激好不好！越走近，越能看清爱丽莎随时会炸的脸，我琢磨着该怎么办才好。

在离Nando's 餐厅，也就离爱丽莎三尺之远时，一只手把我拽开，马特拉着我推门走进了Nando's！

餐厅里播着别具一格的桑巴音乐。洪恩和丹哥向我们招手，他俩都戴着魔法学校的围巾，同系列男女装。我坏笑着打趣洪恩："要这么恩爱么？在餐厅有暖气还系着围巾！"

洪恩抬脚往我脚上踩，"刚陪丹哥去祈祷了，我们也是刚到，倒是你，跟马特去哪玩了？"

洪恩话还未说完，爱丽莎就插进来了，"Sunny，你跟我坐！"

我想起刚挺对不住她的，立马点了点头，"Good idea！"

大伙在Nando's吃得很满足，K小姐用北京话大赞Nando's是家接地气儿的好餐馆。他家的招牌烤鸡Peri-peri Chicken非常棒，Extra-hot特辣酱料是K小姐的最爱。看着香嫩多汁的烤鸡翅，丹哥口水都快流下来了。李乔治特地给我点了个No Bones Platter（无骨拼盘），夹了一块到我盘里说："这是脱了骨的烤鸡，强烈推荐给有'啃骨恐惧症'的Sunny同学。"他口一张就是一溜英式英文，怕我听不懂，又说了句粤语重复了一遍。所有人都笑了，除了K小姐，粤语她听不懂，英文估计她也没听懂。

"别拘谨！Nando's能在英国这么出名，是因为英国人开始对这种原始野性吃法的追逐。"丹哥一手撕下一根鸡腿递给了洪恩，洪恩用手抓着直接吃了起来。

我夹了块鸡肉给爱丽莎，她没吃，倒是紧张地说："Sunny，待会儿我和你一起坐火车回去！让Matt坐George的车！！"

李乔治拍手叫好，丹哥插话："我和洪恩可以坐火车，你们都坐小车回。"

李乔治唏嘘了一声："爱丽莎想坐火车，你们何必阻挠，那个中文怎么说，不阻挡好汉上梁山！"

我心里疙瘩都起了，心里诅咒着李乔治你这个蠢货不知道好汉上梁山是被逼的嘛！爱丽莎跟你有多大仇恨啊，非得你这样唏嘘！

马特朝李乔治翻了个白眼，看向我和爱丽莎，"我和你们一起坐火车回去，太晚了不安全。"

K小姐拍桌子了，发出一声尖尖的"Why"，"你们为啥好好的有小车不坐，反倒贴钱去坐火车？！”

“我们已经买了Return Ticket（返程票）了！”我和马特异口同声。

为了安抚K小姐，我把桌上最后一根烤玉米递给了她，她接过啃了起来，喃喃道：“你们俩也真够未雨绸缪的！佩服！”

所谓的未雨绸缪不都是为了省钱，在英国几乎所有的事情都得提前预约。剪个头发要预约，看医生要预约，火车票这玩意儿如能提早订就会便宜很多。当然我和马特也是说走就走，幸好之前有办Young Person卡，16到25岁年轻人乘坐火车的优惠卡，来回票一起买会便宜很多。

6

十点过一刻，回程火车，我们坐了张四人桌。窗外霓虹闪烁，伦敦确实繁华。

话题无非是今天的游览和参观。爱丽莎说李乔治最喜欢的就是霍格沃茨魔法学校、校长邓布利多办公室和Alnwick古堡，而后提到美国生活。我这才知道，马特小时候生活在加州南部，跟爱丽莎家一样都在洛杉矶，好巧！

“我最喜欢的美国城市就是拉斯维加斯，因为那里有我和George的美好回忆，我们在×××Hotel度过了美妙的一晚！”爱丽莎嫣然一笑。

我没听清爱丽莎说的是什么酒店，美国妞果真够开放，什么都说，洋气又自在！

马特朝爱丽莎竖起了大拇指，“你们聊！我去打个电话。”我看马特直起了身子，以为他不想听爱丽莎对李乔治的甜蜜唠叨才走开。可他轻轻拍了拍我肩膀用中文说：“我到那边坐，就不回来了，待会儿她问你什么，你就老实招了吧！”然后坏坏地笑着走开了。

我一头雾水，我一扭头，爱丽莎就问：“Sunny，你喜欢George吗？”

果真是应了那句，是女人都受不了刺激。

我狠狠地摇头，“No！我跟他不是你想的那种关系！”

爱丽莎眉开眼笑地又重复问我：“Really?（真的？）Are you serious?（你是认真的吗？）”

我又狠狠地点了点头，爱丽莎立马把我给抱住了，笑得那个甜！我已经对她的热情似火见怪不怪了，可是我脑袋里突然冒出李乔治狰狞的脸，感觉他要掐死我。

“那你喜欢Matt?”爱丽莎突然问。我想起马特刚才那句你就老实招了吧！感觉脸突然就要烧起来了。

车厢与车厢之间，视线可见的余角，马特倚着窗，并没坐下来，身子随着火车前行摇晃的影子镶嵌在罅漏光影中。

爱丽莎见我久久不说话，兀自笑了起来，“你们中国人真可爱，我继父也是中国人。”爱丽莎又朗朗大笑，“我以前并不喜欢他，觉得他Stupid（愚蠢），Timid（胆怯），Feel vexed（窝囊）！哈哈，但是现在觉得他很好，我妈开心就好！”

那时的我并没在意爱丽莎所用的形容词，Feel vexed，最初我也仅仅认为是烦恼的意思，后来我才懂得这词更为深层的含义，窝囊。当然那时的我们谁都没猜到故事往后的走向，就像那会儿我只记得爱丽莎的洋气自在，却没想到她爱得大胆直接也恨得壮烈彻骨。

Chapter

07

万圣节鬼混

时光刻在那一年冬令时的伊始，
北安烟雨霏霏，
时钟倒回如同偷来的一小时，
我们在一起了。

1

K小姐还没给F先生挑好生日礼物，F先生就给K小姐遥寄了个大惊喜。惊喜大得我和K小姐刚看到时都吓愣了眼。两快递帅哥把“大惊喜”扛到宿舍时，我连续问了两遍这真的是K小姐的快递吗？快递帅哥向K小姐抛了个媚眼，让她签了字就走了。刚出门口，一帅哥扭头说：“Sleep tight，have a sweet dream!（睡个好觉，做个好梦！）”

“森妮，我没听错吧？大白天的，他在跟我说晚安好梦吗？”K小姐疑惑了。

我和K小姐把至少1米宽2米高的包装拆了后，我眨了眨眼，嗯，确定是没听错，对！就是一大床垫！雪白的床垫上印着喜临门三字。

“你牛，你的呼唤让国内的喜临门床垫都朝你奔来了！祝你好梦！”我向K小姐竖起了大拇指。

K小姐拨起了越洋电话，前阵子还和F先生斗嘴来着，突如其来的惊喜让K小姐脸上都开出了花。

K小姐天天呼唤的，是想要一张中国床。英国的床不是一般的“软”，刚开始还真睡不习惯，第二天醒来觉得全身松垮，腰酸背疼。K小姐几乎每天醒来张口就说，请给我一张硬床，Chinese Bed!

可就在K小姐睡在中国床的第一个晚上我就严重失眠了，她鼾声如雷，睡得死沉。翌日刚好是*Crisis of Faith*信任危机的拍摄。李乔治指着我两个黑眼圈说：“出家为尼，你昨晚做贼去了啊?”一黑一白也嬉笑了起来，像看戏一样打量着我。

“原来你眼睛还挺大的!”汤姆凑近说。

“有点像你们国家的国宝。”杰利弯腰看我。

“哦？你说熊猫吗?”李乔治一脸嬉笑。

“Kongfu Panda!”爱丽莎响应李乔治，耍起了功夫熊猫。

第一场景拍男女主角（马特和爱丽莎）在电梯相遇。灯光打好后，一黑一白负责摄像，我负责声控。这场景说话的只有马特一人，爱丽莎负责对男主腼腆一笑就得了。于是我把UWP-V1无线小蜜蜂麦克风夹在马特衣领上并藏好，退回到摄像机旁，开了接收器，戴上了耳机，示意马特说说话，想测试下声效。

镜头一是远景拍摄，机位离马特有一定距离。

我睡眼惺忪的，耳朵里却传来他清晰的声音。

“等拍摄完，我带你去Sunnyside吃好的！”

头脑瞬间清醒了起来，按理说，应该是喂喂喂，听得到吗？这样粗狂却直接的语句来测试声效才对！我怀疑自己听错了，可屏幕上清晰地显示着音频脉冲。

“我说，待会儿我们去Sunnyside，听见不？”

马特好听又有磁性的声音从耳机里再次传来，一定距离之外的马特看向我这边，我对他点了点头。我看不太清他的脸，只见他露出一整排雪白的牙齿。

他咳了咳声音，又说：“今晚早点休息。”

我心里突然一暖，恍惚了一下，举起手，向他比了个OK的手势。

然后我听到李乔治铿锵有力的声音。

“Camera Check！Sound Check！”李乔治确定了摄影机和声控OK后，转向了马特和爱丽莎，“Stand By！”

“3，2，1！Action！”

嗯，伪导演，李乔治，李导。

*Crisis of Faith*信任危机，想通过短片揭示生活中情侣间的信任度。既然是鬼片，毫无意外的，电梯场景必备。剧本让男女主角在电梯相遇，鬼影出现。外景挑了两个林荫校区最美的景。林荫大道上的追逐，男二为救女一，在巴士里牺牲了。而在Racecourse赛马场公园的分镜，女二为救好友女一，被鬼给杀了。

故事最后非常讽刺的是，鬼影就是男一的二重身。而故事里的一切，都是女一的一个梦。一黑一白一直强调要制造一种梦中梦的追逐和紧迫感，这种歇斯底里的压抑在女一惊醒后得到升华，留白给观众思考。

从剧本的讨论、构思、敲定，到现在拍摄。我不得不佩服一黑一白这俩家伙，见解独到，不落俗套。而现在一黑一白各负责一机位拍摄，配合得很有默契。短片以各方位拍摄为主，利用后期合成特效。而马特，一人饰两角。

拍完室内，我们便移步到林荫大道。四个大男生走在前，扛着摄影机、打光灯和脚架。爱丽莎追上去，两手搭着一黑一白肩膀，豪气地说："我没有挑错男主对吧！你看Matt刚演得多好！"

一黑一白又默契地点了点头，李乔治腾出右手，对他们比了个Fuck的手势，转身看向我，"我待会儿演追巴士，换你做导演，你清醒点，不要动不动就喊Cut！"

我一个白眼朝他翻过去，拔腿追上他们。

十月末的林荫大道，已然深秋。阳光透过树叶缝隙倾泻下来，铺洒了一地的斑驳光亮。我们就这样踏着吱吱发响的落叶，微风和煦，往后回忆里也总有这样细小的尘埃在阳光中旋舞，提醒着我这关于青春的学生时代。

2

周五刚上完西语课，洪恩就打来电话兴奋地说她在用烤箱学做蛋糕，让我过去当白老鼠。

"下次吧，我下午还要忙拍摄。"挂了电话我开始感叹洪恩跟丹哥在一起后便从一女汉子变一厨娘了，这么冷的天，没课不睡懒觉还爬起来做蛋糕！可我感叹到一半就突然发现自己跟洪恩没两样。

我看了看马特，那句"今天不吃炸鱼薯条了，我们回家吃饭吧！"不知怎么开口。我早早起来熬了虫草花排骨汤，用电饭锅预约了时间，蒸了冬菇鸡肉。回去饭刚好熟了，再炒个青菜就好。

怎么都找不到机会开口，从下课到现在，马特带我抄了条小路，即便是那么短的路途，几乎一路都碰到了他相熟的人。有的他笑着绅士地打打招呼，有的拍拍肩膀称兄道弟，有的直接来句Shit或你滚吧。我跟在马特身后，看着他的朋友不断从我身边走过。心里想，呀！你还真滥交，认识这么多人！

眼看就快到饭堂了，我必须得开口了，他却先说话了。

“刚都是中国学联里的人，今晚有个聚餐，你……”马特声音顿了顿，“跟我一起去吧。”

我愣了一下，后面传来爽朗的声音，“底裤仔！底裤仔！”那三个字，真叫得清脆！我一甩头就看到高泰盛和陈小芳。

高泰盛是开学初在Pizza大食会上把我看成了日本人的家伙，一个称马特为“底裤仔”的摇滚乐手，最近加入了学校乐团当鼓手。Microwave girl（微波炉女孩）陈小芳，我前室友，上西语课前就见她春风满面，现在总算明白了。她的手被高泰盛牵着，一脸喜悦。

“底裤仔！一起去吃Pizza吧！乐队里的人都在！”高泰盛一手拍向马特肩膀。“我英文不好使啊！你这社交高手必须在啊！”高泰盛跟我打了个眼色，示意一起去。我在心里呵呵了两声，又是Pizza！

陈小芳欣喜地拉着我走在前面。

“你们今天西语学什么?”陈小芳问。

“就一些关于Halloween（万圣节）的。”

陈小芳乐了，“对哦！Halloween！”她回头问高泰盛，“那我们打算怎么过啊？在英国过的第一个西方节咧！”

高泰盛一口上海腔乐呵呵地跟她扯了一堆。

我回头看了看马特。刚西语课老师讲了万圣节的常用西语后，让大家玩起了西语串词游戏。难得玩游戏大家都很乐，马特却老是心不在焉。他西语很好，以往都是他提点我，可刚老师叫了他两次他都没听见。前天拍完“追巴士”外景后，他带我去了Sunnyside，吃着牛排还有说有笑的，后来他接了个电话，神情就开始黯淡了起来，直至今天他依然神不守舍。自己似乎什么也帮不了他，于是早起特地做了中餐。

马特走上来低头靠近我耳边问：“你不想去?”

我摇了摇头，“也不是。”

“那就去一下吧，有帅哥在！各国帅哥云集，待会儿看上哪个，我给你介绍！”马特嘿嘿笑了起来，对着双手哈了一口气，天是越来越冷了，那些白气让他的脸显得格外不真实。

Pizza聚餐在一个芬兰小伙子宿舍，丹哥也住这栋楼。电梯门刚开，我就看到丹哥帅气的脸，第一次看他刮了胡子，刘海儿定了型，特别神清气爽。

“Wow！”我和马特异口同声，“New style！（新风格！）”

丹哥对我们做了个鬼脸，神采奕奕地扬手走了，奔洪恩宿舍吃爱心蛋糕去了。

我们到芬兰小伙子宿舍时，大伙都已经到了。马特滔滔不绝地介绍起他们来，英国本地的吉他手、芬兰的贝斯手、立陶宛的键盘手，主唱和副唱来自捷克，没记清他们叫啥名字。我跟他们握了手后，他们一致看向陈小芳，忽而大笑，“哈哈哈，你就是Microwave girl?”

陈小芳一个月内因微波炉事件引起了三起火灾警报，其名声远扬北安，仅在另一黑人之下。听说那黑人引起过四起火灾警报，起因都是洗澡不关门，热蒸气扩散到整个屋子引响警报，她还住在男女混合宿舍。

陈小芳低头浅笑一下子尴尬了起来，马特一个Fuck的手势朝他们甩过去，“Don’t fuck kidding！（别开玩笑了！）”

高泰盛哈哈大笑着搂着陈小芳，用蹩脚的英文对大伙说：“她……是……我……女朋友，我爱她！我……希望……你们也可以喜欢她……”

我突然被高泰盛雷到，从没想过五大三粗的他会说出这样的话，陈小芳站在他旁边一直低着头。我早有耳闻陈小芳因性格奇葩独特常被人排挤。

我心一酸，张嘴就说：“Great！小芳很擅长钢琴……”

“Good！小芳她钢琴十级，可以加入乐队，做键盘手……”

我和马特不约而同，大伙笑了，纷纷对高泰盛和陈小芳说恭喜和欢迎！

“没关系，我们都不用Microwave，我们都用Oven！小芳你以后学会用Oven热比萨就好！”芬兰小伙子戴起手套，把比萨一个个从烤箱里取出来，新鲜出炉，美味飘香。

乐队计划圣诞前在北安酒吧驻唱表演，现召集大伙开始筹备。

高泰盛英文真的好烂，陈小芳比较害羞，口语说得比我想象中的好，看来她雅思八分，也是名副其实的。

说到一些曲子，伴奏加Solo，即兴演奏的Rock，Blues音乐，我偶尔插一两句，来自立陶宛的贝斯手问：“你一定会什么乐器？”

“我以前学过小提琴。”

他乐了，“Come on！ Join us！（来吧！ 加入我们！）”

我摇头笑了笑，很难想象我钟爱的古典曲子跟摇滚乐结合到一起，爱丽莎比我更适合加入他们。

马特是乐队里的萨克斯手，原来他还会吹萨克斯！

我啃着Pizza看着马特和其他人打成一片，我从未怀疑过他的社交能力及绅士风范，只是隐约地觉得，他在人前欢笑人后落寞。

“在一起了？”陈小芳递给我一杯可乐，抿嘴一笑，我知道她指的是我和马特。

“我的不重要，你的才重要！”我喝了一口可乐，“怎样？他陪你上伦敦眼了吗？”我记得第一次同游伦敦时，高泰盛问了个极其文艺的问题，“你想不想和你男朋友坐上伦敦眼，一起俯瞰整个伦敦，然后世界就在你的脚下。多美！”那时陈小芳打死也不上伦敦眼，说要等以后和男朋友来，真的非常可爱。

“我们明天去。”陈小芳笑得腼腆，“打算在伦敦住一晚，过个周末。”

“恭喜！”我把可乐干了，打了个嗝，认真地看向陈小芳，“以后想吃米饭，不要再用微波炉了！虽然你搬走了，随时欢迎你回来，我做好吃的给你。”

“谢谢！”陈小芳点了点头，与我干杯，并一口把可乐全喝了。

“聊什么这么高兴？”马特走了过来，“时间差不多了。”

“我们下午还有拍摄，先撤了。”马特拉起我，向大伙挥手。

3

天空云朵飞扬，走云声。

叶子飕飕飘零，起风声。

鞋与草地摩擦，脚步声。

有这么一刻，所有的声音都褪去。

只管急速向前跑，所有的台词都在脑海里乱成一锅粥，完全不知道自己刚说了什么，把爱丽莎从鬼影里救出后，鬼影就追着自己跑。马特演得好逼真，他那焦虑、疑惑、愤恨的眼神，不自觉地在脑海里咕嘟咕嘟地冒泡。

我告诉自己，所有的一切都是剧本里设定好的，那是戏而已，就像现在的自己，拼命地跑着，但也等着被鬼影追上。

很快我肩膀被鬼影按着推倒在草地里，就像剧本里写的，马特瞪眼看我，眼神焦虑而愤恨。本该到我说台词的，对他说："Get me out!（放开我!）"，可我不知怎的，半晌说不出话来。我离马特很近，陌生与熟悉分割着他眼睛的黑白。

李乔治"Cut!"一声就跑过来对着我骂："演得好好的，你怎么突然就忘词了!"

马特这才从剧本世界里回过神，顺势把我从草地里拉了起来。

李乔治转身问一黑一白："还需要再重拍吗?"

"算了吧，她演得挺好的。此时无声胜有声。"马特说。

"Well done!（太棒了!）"爱丽莎两手一拍，"Good job!（干得好!）"

最后一个场景，镜头从室外切换到图书馆，女一爱丽莎趴在桌上从梦里惊醒，发现鬼影就是男一，知晓了真相的爱丽莎，神情木讷，剧终。

一黑一白把摄影内存卡取了出来给我，要我尽快剪完发给爱丽莎。时间很赶，我负责初剪，爱丽莎负责精剪，一黑一白负责后期处理和特效。

李乔治要在图书馆打工，爱丽莎也留了下来陪他。马特和一黑一白扛着摄像设备回摄影棚，我拿着小蜜蜂麦克风跟在后。马特和一黑一白一路有说有笑，我看着他笑得灿烂的脸，却想起刚刚在草地上他那双焦虑的眼睛。

把摄影设备放好后，发现自己衣服沾了泥巴。"我先回宿舍换下衣服。"我对马特喊了一声，跟一黑一白挥了挥手，转身就走。

"你真不叫我啊!"马特追了上来。

"啊?"

"那你熬的汤不就浪费了吗?"

"……你怎么知道的!"

肯定是K小姐泄了密!

我盛了碗汤给他，他却打开还保温着的电饭锅，取出已被蒸得又老又干的冬菇鸡肉。自个盛饭吃了起来。他看我一脸诧异，笑了笑，口里含着饭说："好吃！聚餐的肯定没这好吃。”

“晚上……中国学联的聚餐，我一定要去吗？”我问。

“你不想去吗？”

“……你是想给我介绍帅哥吗？”

“你想的话。”马特低头又喝了口汤，“可以给你介绍。”

“哦。”我不知如何回应，便低头喝起了汤。

“如果我……”

“什么？”我抬头看向马特。

“我……”

马特还没说完，“咔嚓”一声门开了，K小姐回来了。

大伙聚餐在北安中心，一家名为“东方城”的中国酒楼。

来北安将近两个月，这还是我第一次来中国餐馆吃饭。刚坐下来就看到牛鹏往我们这桌走过来，他身穿东方城的工作服。

“同胞们！尽管点！”牛鹏笑容可掬，“我跟周经理说了，给你们打折！”

牛鹏来北安的第一天就加入了中国学联，早与学联里的人混得很熟，勤工俭学的他最近开始在东方城打工。那天聚餐柯奕琳也在，她往我杯里倒了茶，细声问：“你俩真没在一起？”

刚和马特进来时，大伙追问马特我是不是他女朋友，马特笑而不语。

我摇头对柯奕琳说了声“谢谢”，端起茶杯喝了起来，是龙井，香气浓郁。

我突然想起中秋节那晚，柯奕琳喝了很多，牛鹏戏说她和马特终会结成一对。那时柯奕琳直接拿起酒，爽快地说了声好就干了。

我细细看了看坐我旁边的柯奕琳，精致的妆容，很是漂亮。

那晚在东方城，大伙喝了好多，学联里的一师兄看似喝高了，张嘴就说：“我在北安算是老油条了！每次看到一批批新来的你们，对英国充满期盼，很好！可我要跟你们说，你们要保持，一定要保持！不要待久了，热情就淡了！也就不努力了！记住，要保持！要努力！不要找人代写，不要翘课，不要沉迷游戏……”说着说着他就抓起酒自个儿干了。

万圣节前夕，北安中心建起了Halloween游乐场。晚饭后，师兄师姐强烈推荐要去溜达溜达！

马特推我进了一间鬼屋，鬼脸南瓜灯、白网黑蜘蛛、惊现白衣鬼。鬼影吓了我，我的尖叫又吓了他人。出来后，马特一脸坏笑，拉我到One pound一镑店。走到零食区，买了一大堆糖果，付了款后，就扔给我。我疑惑地看他，虽说英国一镑店啥都一镑便宜得很，可也不用买这么多吧！

他悠悠然地说了句："Trick or Treat！（不给糖就捣蛋！）"笑着把双手放在我面前。

我瞬间懂了，立马掏出一根棒棒糖递给他。

"聪明！"马特接过糖，"谢谢！"

"不客气！小朋友吃完记得回家刷牙，要不然会有蛀牙！"我大笑了起来。

"……你一开窍，就嘚瑟了！"

"万圣节真的有小孩子来敲门讨糖吃？"

"他们会到处敲门，说Trick or Treat！（不给糖就捣蛋！）"马特粲然一笑，"把糖备着吧，免得你和K小姐遭殃！"

"有那么严重吗？"我半信半疑地看向马特。

"美国万圣节的'Trick or Treat'，熊孩子最爱的捣蛋Trick之一就是'Toilet-papering'。"马特露出雪白的牙齿，笑得格外灿烂，"他们会把整卷整卷的手纸拉开扔到别人家院子的树上。"

"不会吧？"

"千真万确！"马特一脸坏笑。

"我懂了！"我紧盯马特双眼，"意思是，你也是肇事者！"

"我那时9岁，只是想给那些整天嘲笑我们中国人的鬼佬一份礼物。"马特坏笑，"一份'忽如一夜春风来，千树万树纸花开'的礼物。"

"哇，你倒是诗意，人家院里的树就被你们害惨了！"

"后来我也惨了，被我爸揪着耳朵去清理纸巾。"

"谁叫你捣蛋！"

"在美国好正常啊，万圣节那天都是千树万树纸花开，我也就和那群当地小孩捣蛋了一会儿。但去清理纸巾的就我一个，累得半死，后来那树的主人给了我好多糖。"

"哈哈，他觉得你孺子可教！"

“我也一直这么觉得，认为他对我们中国人态度好了。”马特顿了顿，忽而冷笑，“直到后来我回了中国，我才知道是我爸买了糖让那家主人给我的。”

我们一路走来都是万圣节前夕的热闹光景，满街的欢声笑语，以至于有些话例如“你爸妈为什么分开？”或是“在美国发生了什么事你妈才会离开你爸并带你回国？”也就开不了口。

“回去吧。”马特走在前，“我送你。”

“不用！”马特宿舍本就在市中心，送我他就要绕回来。

“走吧。”他坚持。

“明天就要剪片了吧？”马特把我送到宿舍楼下时问我。

我点了点头，时间确实很赶。

“你明天有什么安排吗？”我问马特。

马特神秘一笑，向我挥了挥手走了。

回到宿舍时K小姐在和F先生聊电话，我把马特买的一整袋糖放桌上，K小姐乐了，一手抢了过来，“你咋这么料事如神！”

K小姐对着电话大笑，“亲爱的，万圣节你不用担心！森妮已经买好糖了！”她掏出一颗吃了起来。

料事如神的不是我。

万圣节又称“鬼节”，在英国算是仅次于圣诞和元旦的重大节日了。

这一天，大人们会画个鬼脸参加化装舞会，小孩们会出门要糖果，逐门逐户按邻居的门铃大叫“Trick or Treat！”，不给糖就捣蛋！

4

工作室在地下负一层，长年没有阳光但室内暖气充足。我对着两大苹果屏幕不禁感叹，国外工作室真厉害，用苹果双屏幕剪片就是爽。可用李乔治的话说，半路出家的我就是剪得慢！周末回来剪片的人并不多，其他小组都处于收尾状态，我们小组才刚开始剪辑，前期拍摄李乔治时间难迁就，再加一黑一白要求高，进展很慢。

中午在饭堂吃了个汉堡又继续剪，当保安叔叔站在我身后说要关门时，我才发现偌大的工作室空无一人，而我就差一点还没剪完！我心塞塞地回到宿舍，K小姐见我垂头丧气的脸幸灾乐祸了起来。我拿起锅准备做晚餐，K小姐笑嘻嘻地死活不让我做饭。

“反正就是不用做饭！”K小姐推开了房门，探出了半张脸，“我到楼下拿快递，我的限量版包包终于到了！”

实在疲惫，想先洗个澡。我脱了衣服，在哗哗啦啦的水声中，刚浸湿了头发就听到了敲门声，心里火起，该死的K小姐！每次都忘了带钥匙！

我一手裹着浴巾，一手打开了门。

“你能不能长点记性啊！每次都忘了……”

“Trick or Treat？！”门外站着的是马特，“呃……”

“……”我觉得自己脸都烧了起来，我正裹着一条超短浴巾，披头散发，水湿淋淋地往下滴。我脑门一热，“啪”的一声把门关上了。

洗完澡出来，K小姐正津津有味地吃着饭。一盒盒的饭菜摊开在桌上，很是诱人。

“快来吃！马特送过来的！你的饭不辣，在这边！他还带了小笼包和干蒸！啧啧啧，这小子可以哟！你就提了一次他就上心了。”K小姐对我眨眼。

“他怎送这么多过来？”刚开门时他说“Trick or Treat”，原以为他是过来讨糖吃，原来……

“管他呢，有好吃的就得了！真爽！辣到爽！”K小姐扬了扬嘴角，边吃边欣赏起她那限量版包包，“对了，马特说待会儿在楼下接你。”

“他要干吗？”我刚吃了一口饭就呛了起来。

“你不是没剪完吗？不是要急着明早给爱丽莎吗？”K小姐喃喃道，“他说他宿舍有台式电脑可以剪片！”

“不用！反正我不要麻烦他！”

楼下见到马特时，他身边多了辆车，他似乎早猜到我惊讶的表情，耸了耸肩，“先上车吧，别冷着了。”

“买了辆二手车，方便做兼职。”马特笑道，“Sorry！本来现在就下班的，但今天外卖太多了。刚老板打来电话说要再帮帮忙，你介意先陪我夜游北安吗？”

夜游北安？我愣了一下，摇了摇头。

“真的不介意吗？”马特侧过身了靠近我。

“……”我脑子里全都是刚裹着浴巾给他开门的画面。

“看你安全带都忘了系！”马特帮我系好安全带，笑了笑，“我们出发吧。”

一路很安静，我第一次看马特开车。转头看过去他嘴角上扬，他还在笑？他在笑什么！

“你拿的是什么驾照？”我扯开话题，过分的安静让我很不自然。

“美国和中国都有。”马特声音里带着笑声。

“美国和中国都是靠左行驶！”我不屑，“在这里可是相反的。”

“所以呢？”马特转过头来盯着我。

“你没听说过副驾比司机更不安全吗？”

“你在害怕吗？”马特大笑了起来。

“我哪有！”

“要不你来开？”车刚好停在了红灯前，马特一手拉了手刹，较真地看着我，“你不是也有驾照吗？中国驾照在英第一年可以正常使用。”

“哪有你这样的司机！”我一眼瞪过去。

“哪有你这样的副驾！”马特斜眼瞪回来。

“那你说副驾应该要怎样才对？”

“副驾应该贴心照顾主驾，说些好听的鼓励的话！”马特油门一踩，车子向前驶去，“保驾护航！”

“……保驾护航！送你去出征啊？”我真的晕了。

“好了！不逗你了！”马特一脸的正经瞬间瓦解了，摇头大笑了起来，“你今天是不是剪片剪傻了？”

“是你傻了才会像小孩一样敲我房门说什么‘Trick or Treat’。”早不来迟不来偏偏挑了那个时候来！

“你还在纠结你只裹了条浴巾啊！”马特坏笑，“我又没看到什么！”

“……”我真想找个洞子钻进去。

车子停在“北安家乡菜馆”前，老板手捧着一箱子外卖，马特接过放在了后备箱。老板娘递给了我几张单子让我们按照上面的地址送。

老板笑着对马特说：“你女朋友也来了？真贤惠！若客人给小费的话，你要给你女朋友！”

马特比划个OK手势，“我的副驾，嘴巴今天特别伶俐，小费当然归她。”

“你的副驾？！什么叫你的副驾！”我不忿。

“副驾，还不报一下Address！”马特弯起嘴角。

“……”

“估计副驾待会儿不用剪片了？！”马特似笑非笑地看向远方，“Address！Please！”

“……”算你狠，我咬了咬嘴唇，把已被我揉得发皱的单子打开，念起地址来……

“不错！口语进步了不少。”

“你都认识路吗？”我疑惑了。

“导航啊！”

“那你干吗还要我报地址？”在英国每家每户都有一个Postcode，在Google上输入Postcode就可以精准对焦，“输入Postcode不就行了吗？！”

我把单子直接朝马特身上扔了过去。

“我这不是特地找个机会夸一下我的副驾口语好吗？”马特哭笑不得。

马特开车不快也不慢，我们绕着北安一路送过去。马特提着外卖，让我按门铃并与主人交谈，有一家给了五镑小费。

“估计是看在你是小女生，楚楚可怜的份儿上才给的，我今天送了这么多，一个也没给。”马特大步走在前。

“一个也没给啊！那究竟是你可怜还是我可怜啊！”我取笑道，追着他跑了上去。

回到马特宿舍把片子素材拉到马特电脑时已是夜深，马特看我剪了一会儿便去洗澡了。我一忙起来就特别专注，K小姐说我专注起来就是个聋子，谁也打扰不了。当马特把三明治和热牛奶放在我面前时，我并没反应过来。

“先吃点东西吧。”他拍了拍我脑袋。

我看了看挂在墙上的古老时钟，惊讶地发现已过十二点。

“今晚就在我这睡吧。”马特看向我。

“……”那句“今晚就在我这睡吧”从他口里说出平静得就像在说“今晚就在我这吃饭”一样。

四目相对的那一刻，觉得世界就要静止下来，唯独墙上时钟滴答滴答叩击着心灵。

“咳咳……”马特清了清声音，“我是说我睡客厅沙发，你在我房间睡。”马特耸了耸肩，“周末大哈都泡酒吧去了不回来。”

“哦。”其实你能不能开车送我回宿舍?

“赶紧吃吧。”马特抓起三明治往嘴里塞，声线含糊，“这我自己做的。”

我这才留意起碟子里的另一块三明治。

“你自己做的?”我抓起三明治，三层燕麦方包里夹着芝士、火腿、生菜、西红柿和鸡蛋，“你什么时候做的?”

“刚刚。”

“怎么突然发现你会的东西还真多!”我估计是饿了，大大咬了一口，呛了一下。马特把牛奶递给我。

“慢慢吃。”马特指了指电脑屏幕，“待会儿你剪完，我帮你过一遍。”

“你先休息吧。”眼前的他都兼职了一整天了。

“没事。”马特微笑，“今天有25个小时，多出了一小时就陪你吧!”

“冬令时？我都差点忘了!”

英国每年要调两次时间，夏令时和冬令时。今年冬令时是10月28日（法定每年十月的最后一个周日）两点，英国时间将自动倒回一小时，时钟蹦回一点。英国与国内的时差将由7小时变成8小时。这一天为广大留学生喜爱，因为可以多享受一个小时的赖床时间。

马特点了点头，半倚着书桌，看向我，“嗯！一年中特别的一天。”

我手心里捧着他刚递给我的牛奶，心里一暖。

我突然很想跟他说声谢谢，耳边就传来了淅淅沥沥的雨声。

飘窗外骤然起了雨，凌晨时分的北安，千里烟波，雾霭缥缈。

此刻的氛围，就像加热过的牛奶温度，心里荡起了涟漪，越发觉得不能专注于剪片。马特就坐在身边看书，我余光里全是他。

马特把书合上打开了iPad，“时间到，我要跟我妈视频了。”

马特把屏幕转向我，“跟我妈打声招呼吧！”

我还没反应过来，就看到自己惊讶的脸出现在iPad屏幕右下小框。

“你别把人家女孩给吓着了。”马特妈妈微笑。

我挥了挥手问好，她那窝心笑语让人觉得暖和。马特示意我继续剪片，戴上了耳机和他妈妈聊了起来。马特话不多，无非是重复一两个简单的字眼，嗯，好，知道，明白了……

末了，马特说：“那你就在美国住一段时间，好好生活，等这边圣诞放假了我就过来接你回国。早点休息，挂了哈……啊？不用了吧！……好吧！”

马特拍了拍我肩膀，把屏幕转向我，“我妈说想和你说再见。”

我又看到她温柔的笑容，也感受到一位母亲在那旁絮絮叨叨的关心。

“你圣诞要去美国？”我小声问。

“嗯。”马特顿了顿，“还记得我们第一次见面吗？”

“记得，在伦敦希思罗机场。”永远忘不了初次见马特，他对着电话歇斯底里地呐喊。

“我那时打电话回去跟我妈报平安，听到那边有航班广播，才知道她也在机场，准备飞美国，她一个人英语也不会说就大老远地飞去美国。”

“她去美国是？”自机场那一次无意偷听后，我就一直很好奇。

“为了去见我爸，因为我爸的一个电话，她就拼了命飞去见他。”马特很平静，声线全然没有起伏，“可我觉得根本不值得。”马特看向窗外，“我出生在美国，曾经我们一家三口在那生活了九年，记忆中，我爸总是极少的出现，我和我妈相依为命。九岁那年我妈带着我愤然回了国。我一直想不明白我爸为什么抛弃我们，因为恨，因为想知道答案，18岁成年后我独自一人回了美国，四处打工漂了一年还是找不到他。后来我回了国内上大学，想多陪陪我妈。我以为我这辈子再也见不到他了。”

“那……你还恨他吗？”

“这段时间发生了很多事。”马特看向窗外，摇了摇头，“恨与不恨，已经不重要了。不说了！你赶紧剪片。”

他弯起了嘴角笑了笑，我觉得他那一笑，如释重负，豁然开朗。

三分钟的短片里，马特神情的愉悦、惆怅、愤怒、歇斯底里，夹杂着他刚诉说的故事，不自觉地在脑海里打转。于是不禁扭头打量起马特，他安静地看着书。

我转头看回屏幕，一阵暖热骤然萦绕在右耳。

“我让你分心了吗?”马特突然凑过头来。

“哪有!”我转头看向他。“你在胡说什么……”

突然嘴唇被十分清晰的热度覆盖住。

没有任何一点预备，心跳得太快。意外的唇角碰触，让我迅速抽离惯性向后倾。

马特却伸手托起我的后脑勺，凑了过来，我和他如此的靠近。

“相反……是你让我分神了。”

逆光中的他，眼神笃定，光亮柔和。

我闭起了眼，感受他脸部逐渐锐利的线条，柔软的头发，略带触感的胡楂。

以及，他，温柔的唇角。

时光刻在那一年冬令时的伊始，北安烟雨霏霏，时钟倒回如同偷来的一小时，我们在一起了。那隔空多出的一小时，于异国所觊觎的念想中明目张胆地在心尖撩拨，如昼烛火。

5

关于万圣节鬼混，李乔治捣鼓过很多点子。“Trick or Treat”老是被他五花八门地玩，讨回了很多糖，还得意扬扬地跑到我们班，分给班里的人吃。我细细端详起眼前这牛高马大的李乔治，怎么就好意思像小孩子那样去讨糖吃。他走向我，意味深长地看了我一眼，可是一颗糖没给我就走了。

这样意味深长的眼神已经持续了三天，我看着他大步离开的背影很是疑惑。

李乔治回头扔下一句："还不走！你不来，谁买菜啊！"

我突然觉得李乔治活过来了，应声追了上去。

中国超市。

为何要去中国超市，原因是*Crisis of Faith*信任危机短片拍摄和剪辑都很成功。李乔治三天前就提议大伙去我家好好吃一顿，爱丽莎和一黑一白还没吃过我煮的中餐，李乔治提议是好，可我一想到要做7个人的中餐就头大了。我拎着四袋食材从中国超市出来，李乔治就在我前面晃悠晃悠，一袋也不提。

我怒了直接对他吼了句："Are you gentleman?（你是绅士吗？）"

结果他向我瞪眼，"你也知道生气啊？"他接过我手里的食材，"像你这样没什么脾气的人。算了，反正你也不知道我在生你的气。"

"啊？我是觉得你看我眼神诡异了好几天，原来是生气啊！"

"为什么你们在一起了都不跟我说！"李乔治直直盯着我。

我突然大笑了起来，原来是在纳闷这事啊！

李乔治一本正经地又问了一次："Why? Why not tell me?（为什么？为什么不告诉我？）"

"你都没问。"我又笑了，这事我也不知道怎么说。

李乔治哭笑不得，挑了挑眉，"意思是说我还得占卜预知一下你们什么时候在一起，然后再问你？！"

"我也完全没想到我和他会在一起啊。"像做梦一样不真实。

"别想太多！Just enjoy!（尽情享受！）"李乔治把好几袋食材都放在草地座椅上，"我不妨碍你们二人世界了。"他挥挥手走了。

"你什么意思啊？"

"马特会来接你的！"

"他下午不是有课吗？"

"我让他逃了！哈哈哈！"

两个小时后，七菜一汤外加中式炒饭。

K小姐一脸喜庆地说："呀！感觉是在喝你们喜酒的节奏哇！哈哈哈！"随即耳边传来拍门声和爽朗的"Trick or Treat"……

K小姐乐了，拿着糖果去开门，不用想，那声“Trick or Treat”肯定来自李乔治。

因为新奇，所以喜欢。所有的中餐对他们来说都是特别的，一黑一白两个当地大男孩从未去过中餐馆，当然也就没吃过中餐。爱丽莎呢，一见中餐就露出一张喜庆的脸，“在美国，我和乔治第一次约会时，他就带我去吃了中餐。”爱丽莎沉醉在回忆中。

李乔治倒是平静地端起碗，“快喝汤！快喝汤！”

聚餐庆功的这一晚恰巧是Halloween，饭后李乔治神神秘秘地宣布：“Let's begin our halloween party！（让我们开始万圣节派对吧！）”

蜘蛛网、鬼脸面具、大南瓜、太妃糖浆、苹果和蜡烛……各种万圣节必备元素，应有尽有！

一黑一白负责制作南瓜灯，汤姆洗好了南瓜，K小姐好心想着把菜刀递给他，那刀是她在中国超市买的“阳江十八子”菜刀，K小姐刚把菜刀从刀框里取出来，汤姆就直接一声“Oh！My god！”，那分贝高得跟K小姐平时可以拆墙的声音没两样，杰利和爱丽莎闻声看过来，随即也一同大叫了起来。

K小姐拿着刀苦着脸，“我现在看起来像是要杀他们吗？他们在乱叫什么？”

李乔治在旁边捂着肚子大笑，K小姐一把菜刀指向他，“你在笑什么？”

李乔治越笑越夸张。

马特倒是很镇定地取过K小姐手上的菜刀收了起来，“外国人第一次见到中国人这么大的刀都会被吓一跳，他们从来不用这么大的刀。”

李乔治直起了身子取笑起K小姐，“老外砍个排骨也只是用把小小的脊骨刀，你让他拿这么大的刀去挖个南瓜灯，你真搞笑！”

K小姐吐了吐舌头，“我以为是他们要切南瓜……”

李乔治更哭笑不得了，“南瓜灯你没做过吗？那你肯定也没听过Toffee Apples！”李乔治看着一脸蒙的K小姐摇头，看向我，挑了下眉，“你知道吗，出家为尼？”

我懒得跟他扯，直接把刚洗好的一筐苹果扔给他，“爱丽莎等着你呢！Go！”

李乔治抓过还带着水珠的苹果大摇大摆地往客厅走，爱丽莎已经备好了太妃糖浆。

马特用纸巾帮我擦干了手，K小姐邪笑，“我到外面看看南瓜灯，总比做电灯泡强！”

Toffee Apples（太妃糖苹果）和南瓜灯是万圣节中最为常见的，一个能吃，一个能看。太妃糖苹果是把苹果插上竹签，手持竹签把苹果放在太妃糖浆中转动，再沾上果仁就大功告成了。

爱丽莎手法娴熟，K小姐也跟着模仿了起来。一黑一白也心灵手巧地用小刀抠着南瓜灯，我细细地打量起眼前两个大男生杰利鼠和汤姆猫，若是爱丽莎猜得对，那么这对Gay中，谁是女的呢？汤姆猫吧！我不自觉地盯着皮肤白皙的汤姆看，看得他不好意思了起来，示意我把蜡烛拿给他。

我正准备去拿，马特就把蜡烛递到汤姆手上，转身拍了拍我的头，坏笑着说：“我知道你在想什么！”

南瓜挖空后，再挖两个邪恶的小眼睛和一张大嘴巴，在中间镂空处点上蜡烛。三个南瓜灯，不同表情，把灯一关，各显诡异。李乔治把蜘蛛网挂在了墙上，各分给我们一个鬼脸面具，K小姐放起了音乐，就在这三盏南瓜灯独特的光束下，我们舞动了起来。

我戴的面具是半脸面具，马特取过一个太妃糖苹果放我嘴里。我吃了一口，“这分明是冰糖葫芦嘛！Toffee Apple是西式叫法吧！”

马特也戴着半脸面具，露出了雪白牙齿，靠近我耳边说：“就像Je t’adore，Eu amo-te，Te quiero是法语、葡萄牙语和西班牙语，英式是I love you！中文怎么叫？”

“我爱你。”这三个字，我脱口而出。

“谢谢！”

“你好奸诈！”

独特又诡异的灯光中，马特笑着俯身，我随即感受到一阵强烈的拥吻。

用李乔治的话说，万圣节是用来鬼混的。在他和爱丽莎的起哄下，我们到市中心泡吧去了。我从没去过除了学校外的Club，第一次到校外的夜店。抵达门口时终于明白马特再三叮嘱我们要带护照的原因，门卫会细细检查完才让我们进去。英国的夜店与“灯红酒绿”“纸醉金迷”无关，英国人夜晚去酒吧的性质跟下午去喝个英式下午茶的性质是一样的，都是英国人生活方式之一。

在英国，夜店其实真的很安全。

那晚大伙喝了很多，在摇滚乐下疯狂舞动。马特一直拉着我的手，我突然想起初来英国时的迎新Party，那时我刚喝了口伏特加，马特就拉我到舞池里跳舞。时间一晃，两个月就过去了。

跳了很久，也不知大伙去哪了，马特拉我到外面透透气。进入冬令时后的英国夜愈深愈冷，可我旁边一群女的都是吊带短裙，大冬天穿的比我在中国夏天穿的还少。男生很多都是穿裤子露半个屁股，也不怕冷，反倒是一种Fashion！

我穿了条米色连衣长裙，忽觉冷，便向手心哈了口气，搓了搓手。马特扬手把我的马尾辫子稍稍掀起，把外套披在我肩上。

“还是喜欢你扎这样的马尾，简单又好看。第一次见你就被你吸引了，那时在机场我心情很糟糕，可转身一眼看见你，扎着马尾、白衬衫、牛仔裤、帆布鞋，淡雅秀气，突然让我的心情变得平和。”马特深邃的眼眸满含笑意，把我拥进怀里，我瞬间暖和了不少。

我看了看手机，这才发现洪恩给我打了好几个电话，我拨回去，那边非常安静，洪恩扭扭捏捏了一会儿，然后耿直地说：“我和丹哥在一起，现在在酒店。”

挂了洪恩电话后，手机就响了，是李乔治打来，心想着他又准备换场地继续疯狂了吧，可是按了接听键后传来的却是他低沉的声音：“爱丽莎现在要飞回美国，你明天帮她向导师请个假。”

“啊？”这么突然？

“不说了，我现在陪她去伦敦机场。”

Chapter

08

皇马战平曼城

洪恩说，
我能想到最美丽的场景，
就是你在看球赛，
而我在看你。

1

有些事情，不来英国还真不知道，来了英国后才知道公交车不报站，过马路要按钮。来了英国才知道原来英国人下雨都不喜欢打伞（这是英国那么多秃头男的原因吗），撑伞的不用细看肯定大半是中国人。来了英国才知道他们喜欢把包包随地放随地扔，而厕所里总有用不完的纸巾。来了英国才知道冬天不到四点天就黑了，所有店铺（除了吃的和酒吧）五点就关门了。来了英国才知道，很多地方都不收50镑，中国留学生动不动就拿一张从国内银行换来的50镑出来吓人，英国人几乎都瞪大了眼！Too much！中国人也太有钱了吧！

很多细枝末节在逐渐融入了当地生活后慢慢熟悉，只是在知晓和惯性接受间还需有个过渡，就像明明知道英国人干什么都会发邮件通知，明明知道课经常被Cancel，而当真正发生时，看到空荡荡的课室，才后知后觉地拍拍脑袋，课取消了吗？

查了邮件，果然是“取消”了，而不用上课的原因非常微妙：万圣节未完，你可以选择继续狂欢，也可选择倒头大睡，回头告诉我的感受。另外，我已经布置了这节课的作业，请查看附件！Good luck！

既然这课都“取消”了，那也不必帮爱丽莎请假了，真羡慕爱丽莎风一样的女子，来去自由。

打开附件，看到布置的作业，我瞬间惊呆了。学联的师兄师姐说过，在英国必会遇到各式各样的“熊教授”，语出惊人，不修边幅，让你又爱又恨！洪恩说商科老师都一本正经，估计只有你们在艺术校区的才会遇到“熊教授”！而现在取消了这节电影分析课的老师Mark，必定是我的“熊教授”！每天爱踩着滑板车上课的他，虽说不会像之前某位教授穿个睡衣到考场来抗议学校安排他早早起来监考如此率真直接，但他的个性和授课方式也让人哭笑不得，竟然布置这样的作业。

Homework

Please do one of the following by next Thursday:

1. Master Kung Fu.

2. Switch religions for a day.

3. Wear a fake mustache for 24 hours.

4. End world hunger.

5. Find your nemesis, earn their trust , then vanquish them (preferably with magic).

6. In the shower, use conditioner first then shampoo just to see what would happen (I'm serious).

作业

请在下周四前完成下面任何一项:

1.学会一门功夫。

2.在一天的时间里调换一下自己信仰的宗教。

3.戴个假胡子戴够24小时。

4.解决世界饥饿问题。

5.找到你自己的涅墨西斯，骗取他们的信任，然后把它们干掉(最好用魔法)。

6.洗澡的时候试试先用护发素再用洗发水看会发生什么(我是认真的)。

既然一个上午都没课，马特问:“要不陪我一起上课?”

我从未上过公园校区的商科课，满心欢喜就答应了，于是在GREGGS(英国最大的面包连锁零售品牌店)等他，顺道买点吃的。

两杯伯爵茶，两个甜甜圈一共4.2镑(4镑20便士，相当于国内42元)，我掏出钱包刚好发现有20便士散钱，就给服务员一张5镑和20便士硬币(5.2镑)。

对方是个年轻的女孩，她先是愣了一下，瞪大了蓝色的眼睛，然后给回我那20便士，只收了那张5镑，找回了我80便士硬币散钱。

我郁闷了为啥又不收我那20便士，从而给我找回整数1英镑?

坐上了马特的车，吃着甜甜圈，我又想起了初来英国时K小姐一个人到警察局注册害怕让我去陪她，我打车赶到警察局时，的士打表器显示是6.4镑（6镑40便士），我给了司机10镑，后来见他钱包里没有散钱，只有5镑10镑20镑的，于是我掏出了1镑40便士给他，好让他给我找5镑。他却愣了好久，瞪大双眼盯着我问："Why?"

"他真的问我为什么给他1镑40便士！"我吃着甜甜圈含糊地说着，"那时还真以为自己做错事一样，一直跟他说Sorry！"

"英国人数学一直很差，也懒得去算，现在英国很多大学觉得数学太难，想取消相关课程。"马特开着车，转头看我，"你够聪明的，刚来英国时很多人都还分不清哪个硬币是多少，K小姐估计到现在还分不清英国的8种硬币。"

"说起K小姐，她前段时间在Tesco买Pizza时发现，一个Pizza 1.39镑，两个却要3镑，我不相信，K小姐说她当初也愣住了，觉得我肯定不会相信她说的，于是她还特地拍了照给我看，是Chicago town Pizza，照片里的标签上确实是加黑粗体大写着2 for £ 3，而其下方是写着 £ 1.39 each！"

"这我也听说过，学联里的人说去年圣诞Boxing Day那天，看到一件外套，写着促销！原价：£120，现价：£129 ！"

"真的吗？这也能弄错！"

"他们表示千真万确！"

"我开始认为英国人的数学难道是体育老师教的吗？"

"你说对了！数学真的是体育老师教的！"

"啊？"

"在英国，小学所有科目都是一个老师教的。"马特笑道，"数学是体育老师教的很正常！"

车子走在林荫大道上，11月初，两旁树叶已黄，秋意正浓，我们笑声延绵。

学校路上一直有人向马特打招呼，"You OK?"或"All right?"

来了英国才知道打招呼都是You OK? All right? 刚开始还很不习惯，K小姐说每次被问候就在想自己是不是看上去很不正常，然后自个儿上下打量自己一番，像傻子一样！

而我那"熊教授"因我是交换生，母语不是英语又是跨专业，从开学初就特别"关照"我，比起"You OK?""All right?"，他是直接问我："Are you happy?（你开心吗？）”

我那时一下子没反应过来，他又喜笑颜开，憨态可掬盯着我追问：“Happy? Happy?”我看他的表情感觉就像在看憨豆先生二世，便开心地朝他点了点头。他又往我脑袋上轻轻一拍，竖起大拇指喜笑颜开地说：“Great! Take it easy!（太好了！别紧张！）”

这样的“熊教授”会把课“取消”，再布置这样的作业，想想应该也在情理之中。可这位熊教授布置了6选1任务，特别第6个任务：洗澡的时候试试先用护发素再用洗发水看会发生什么（我是认真的），总让我想起憨豆先生。BBC招牌喜剧中，有一幕憨豆先生去旅行时发现行李装不下，便把一整支牙膏全挤掉只剩一丁点从而塞进行李箱缝隙，他也竖起大拇指喜笑颜开。

“其实憨豆很聪明，饰演憨豆的Rowan Atkinson（罗温·艾特金森），他是牛津大学的高才生。”马特拿过我手机看起“熊教授”布置的作业。“如果你觉得你的‘熊教授’像憨豆，那么他布置的作业肯定不仅是滑稽而已。”

“你说他有言外之意？”

“再好好想想。”马特把手机还我，“‘熊教授’教的课是？”

“电影分析。”我突然眼睛一亮，“我明白了！与电影有关，第一个任务，Master Kung Fu！看电影，学功夫！分析中国电影。”

“聪明！”马特笑道，“第五个任务，Find your nemesis，nemesis是复仇女神，那么就是追击者Nemesis，美版复仇女神，出现在生化危机3中。”

“你更聪明！”

“第六个任务，洗澡的时候试试先用护发素再用洗发水看会发生什么？这点还真像憨豆！”马特轻挑眉目，“你试试看！”

“你试！”

“你试！”

“男生头发粗不怕，你试！”

“让洪恩怂恿丹哥试试！”

“为什么？”

“他头发够粗！”

“你好坏！”

2

推开椅子坐下来时才发现整个阶梯教室很大，这堂是Business Studies（商业研究）的公共课，整个阶梯教室可容纳两三百人。早就到了的我们听了BBC新闻又听了西语，才有同学陆陆续续进来。洪恩曾说，商科无疑是中国人的天下，这堂是Lecture（讲座），近一百人上课，中国人占了六成，混在黑人、欧洲和当地学生中，黄皮肤尤为显著。我一直盯着大门，久久不见洪恩身影。

马特翻了翻书笑道："她不来了吧，春宵一刻值千金。"他语气特别自然，我一时接不上话。他又说："你……脸红了。"

我一本书朝他拍了过去。

"放心！"马特揉了揉我脑袋，"丹哥是穆斯林。"

我向马特吐了吐舌头，确实有点担心洪恩。穆斯林里的教法规定不允许婚前性行为，但情到浓时一切皆在情理中，之后牵涉到的问题就多了。洪恩虽是风里来雨里去的女子，内心却善良脆弱得很。

快要上课了，洪恩没来，反倒丹哥出现了！我和他都互为惊讶，原来都是来陪听的。那么洪恩呢？

丹哥一屁股坐了下来，双手一摊，"我不知道，她一直不接我电话，我担心她，知道她有课，所以直接来这等她。"丹哥搓了搓还没剃的胡楂，叹了口气。

我和马特诧异了，不是春宵一刻值千金吗？昨晚洪恩才说她和丹哥在酒店。

英国授课方式和国内是截然不同的，每一门课的授课，都是以"Lecture"搭配"Seminar（研讨）"进行的。Lecture，就是像国内大学一样，一大群学生在一个大教室里听着老师在讲台上噼里啪啦讲课，就像现在的这堂课，一般时长为两个小时。中途授课老师会让你休息十来分钟上洗手间或买杯咖啡提神。

这边上课没有课本，只有上存到学校教学网站上的课件或是课上老师分发下来的Handout（讲义）。在Lecture上，学生允许带任何电子设备如Notebook、 iPad等，很多外国学生都喜欢带电脑上课直接在电脑里的课件上做笔记，我环顾了一周，中国学生大部分喜欢用本子做手抄笔记。

马特打开了Notebook，又在手机上按了录音键，一般老师都不太会考虑国际学生而放慢语速。如果是英国当地老师还好，英式口音听多了也就习惯了，可很多国际老师都有异国口音，如德国、爱尔兰口音可能重到你想哭，很多中国学生听不懂或者跟不上节奏，因此会偷偷录音。但我觉得像马特从小在美国长大听英语就像听中文一样，应该不需录音，我一开始也会录音，但后来压根就不录了，因为从未翻出来听过，一来没时间重听，二来找不到关键点。与其重听，不如把不懂的直接问老师好了，这边老师帮你答疑解惑的热情跟“熊教授”没什么两样，只是很多中国学生都不敢问，也没利用好这边的学习资源。不得不承认，中国学生课上课下基本都是“Keep Silent”（保持沉默）。

马特认真地在电脑上敲打着笔记，有些重点他标注了星号。丹哥估计是无聊了，一个劲地玩起了游戏。中途教授说休息一下，丹哥伸着懒腰又叹了口气，“估计她不会来了，我撤了。”

我看着高大又疲惫的丹哥于心不忍，转身对马特说：“要不我去找找洪恩？”

马特拉住了我，并在笔记本上快速打下了黑体加粗的英文字母：Seminar!

我瞬间懂了，挥了挥手跟丹哥说再见。

我不知道洪恩和丹哥昨晚在酒店发生了什么，为何不接丹哥电话，但确定的是这堂Lecture上完后紧接着就是Seminar，而洪恩一定会出现！

在英国上完Lecture之后，会有一节Seminar，中文翻译过来就是研讨课。所有修这门课的学生被分成了一个一个Seminar class，每一个Seminar class大概由20位学生组成。一般研讨课会在Lecture后的一周内进行，一节Seminar时长约一小时，马特和洪恩刚好在同一个Seminar。像现在一百来人的Lecture逃课完全不是问题，但是只有20来人的Seminar想逃却不是个易事。虽说这边上课几乎不点名，但当地学生上课神一样主动，专注程度完全超乎想象。

“放心！洪恩一定来。”

“嗯，她会来的，她读研一直想考LSE。”LSE，The London School of Economicsand Political Science（伦敦政治经济学院），它与牛津大学、剑桥大学、帝国理工大学和伦敦大学学院并称“G5超级精英大学”。

“进LSE竞争极其激烈，录取难度不仅不低于牛津、剑桥，有些专业的录取要求甚至比牛津、剑桥还高。”马特把U盘插进笔记本，拷贝了他刚做的笔记和录音，“Seminar，一个在课堂上让教授记住你并有望给你写推荐信的好机会，她不可能不来！”

“分析得对！她会出现的。”

“那你研究生想考哪？”马特神情认真，“和我一起考去美国怎样？”

我心里一颤，对于考研，我并没计划，而我心之所向一直想去之地也不在美国。

我余光看到洪恩从门口进来。“一说曹操，曹操就到！”

洪恩看见我先是惊讶，而后会心一笑。

“这堂Lecture的笔记，重点内容我有做星号标记，也帮你录音了！”马特把U盘递给洪恩。

洪恩像接宝贝一样接过U盘，神采奕奕地看向我。“作为你闺蜜，我给他90分！”随即“啪”的一声拉开桌椅坐了下来，“不像某人，完全不及格！”

我和马特相视一笑。

“某人刚为了等你，在这上了一堂对他来说极其无聊的课。”

“等了一堂又不等！等于白等！”洪恩坐到了角落里去，默默地看起了书。

相对于大部分在课上向老师提出疑问和表达看法的几乎都是外国学生，中国学生总是“Keep Silent”的场面，马特和洪恩是个例外。

Seminar顾名思义研讨课，比如一些Case study，根据上一节Lecture相关的知识，老师会提前给出要讨论的问题。就像我电影分析课的Seminar，“熊教授”在Lecture上讲完一部或者一个体系的电影后，就会给出讨论的问题，然后在Seminar上分小组讨论，每个组都要表达小组讨论的结果。“熊教授”听完后会说“Good！”“Interesting！”之类的，也会询问其他小组看是否有要补充的或是相反看法的，最后“熊教授”会进行总结说出问题的答案或是他的看法。若想能够应对老师的各种问题并更好地融入当地学生的讨论中，必须做好充分准备。

“这次Seminar讨论什么？”我问马特。

“东欧移民问题以及对英国经济的影响。”

“东欧移民进入英国，获得在英国自由生活和工作的权利？”犹记得来英前的雅思考试中，其中一篇阅读有相关的提及。

“对!”马特一脸笑意，“猜猜看，有哪些国家?”

“保加利亚、罗马尼亚?”东欧国家像立陶宛、阿尔巴尼亚、拉脱维亚等都很穷，记忆中保加利亚和罗马尼亚最为突出，“这两个国家2007年加入欧盟，但到现在这两个国家的公民进入英国都还受到严格的限制。”

“聪明!”马特总爱拍我脑袋，“继续说!”

“据说这些限制都将在2012年年底被取消，英国向他们开启出入英国的自由之门。这个时间点讨论这个，非常适宜，我真觉得英国Seminar讨论的既高大上又接地气，讨论经济较高大上，倾听民声够接地气，高大上和接地气两个截然相反的词，用在它身上毫无违和感。”

“有时候我也觉得，你既愚蠢又聪明，脑袋简单得愚蠢，又偶尔聪明得至少可以跟我搭得上话!”

“你在夸我，还是在损我!”我突然觉得两个都不是，“什么叫至少可以跟你搭得上话，你是在间接夸你自己!”

“森妮一直是才女!”洪恩往马特头上一敲，“打情骂俏，虐狗!”

“是是是！红花说得对！教授来了，我去跟他打声招呼告诉他今天非常荣幸，有才女来旁听!”马特一溜烟地跑到前台去。

“才女，你偷偷看了我们Seminar讨论的话题?”洪恩眼睛发亮。

“我压根没想过今天来旁听!”我一个白眼朝洪恩翻过去，“看你为情所困，姐来告诉你，才女是怎样炼成的!”

“洗耳恭听!”

“我之前考雅思，阅读中有说到东欧移民。”

“记忆那么好？!”

“因为那次的作文，考了百年一遇的流程图！那次口语，面试官是个印度人！人品有多差才会碰上流程图与印度人!”

“你真是我的开心果！现在说说伤心的才让我心里平衡些!”洪恩扑哧一笑，看向正在讲台上和教授胡扯有才女来旁听的马特，“同国恋才好！打情骂俏，同声同气。”

我看洪恩满脸洋溢着笑容，却觉得她话里残留些伤感。

然而下一秒，我看着洪恩唇枪舌剑、滔滔不绝，我怀疑她上一秒的伤感是我的错觉。

洪恩声称，Seminar只要准备好了一点儿都不难！就像参加国内的一场辩论赛，只不过语言频道变成了英语。商科的Seminar以中国人居多，而曾是辩论队队长的洪恩，再加英语口语极好，辩论起来简直就成了战场的一挺机关枪。

2012年即今年年底英国将正式取消东欧国家保加利亚和罗马尼亚进入英国的限制，这扇自由之门的开启，意味着大批东欧移民将进入英国，获得在英国自由生活和工作的权利。东欧移民问题对英国经济带来的影响有利有弊，洪恩支持利大于弊，态度非常坚定。

牛鹏也在这个Seminar，他在另一个小组，一直勤工俭学的他口语也很好，他并不认同洪恩的说法。

“这将会给英国带来大量的新移民。由于欧洲受金融危机的影响，此次规模可能比2004年波兰同其他东欧国家获得自由行动权时的移民浪潮更甚。东欧移民的大量涌入将使英国这个岛国不堪重负，无论是就业，还是生活……”

只是牛鹏还没说几句，洪恩就把他的话给堵住了。

“我们不能把这次浪潮将给英国劳务市场带来的负面影响给无限扩大，英国大众对东欧移民普遍不满，并把英国目前大量的社会问题推到移民头上，大有视其为洪水猛兽之嫌。对他们来说完全不公平！”

牛鹏那组有个英国当地学生，一听洪恩这么说就发飙了。

“这两国的贫穷移民不仅将和英国人抢饭碗，冲击本土公民就业，也会借机领取社会福利金，甚至连废金属都会偷走。”当地一高大男生振振有词。

“波兰人和其他东欧人成了政治足球，几乎所有政客都站在仇视东欧移民的那一方。但是还原英国对波兰移民的真实态度，有人恨也有人爱，因此你不能就此否认了这些人也将弥补劳务市场空缺，顶替英国年迈的劳动力！”洪恩语气坚定，“毋庸置疑，很多底层低端的工作英国人不喜欢做，东欧移民刚好可以弥补空缺！”

课堂瞬间成了枪林弹雨，马特意味深长地看了我一眼，我在他笔记上写了两个单词：Critical Thinking（批判性思维）！

Critical Thinking，译为审辩式思维或批判性思维，在国外课堂很流行的一种逻辑思维。最初的起源可以追溯到苏格拉底，有人说这是现代民主的基础，不同意见的人提出自己的观点，洪恩在用批判性思维来辩论，只是她太过较真，咄咄逼人，成一辩论赛。

马特摇了摇头，我又写下了五个字：英式辩论赛！马特拿起笔把“辩论赛”三个字删掉，写上两个字：伪辩。

英式伪辩。

我向马特眨了眨眼，抬头继续聆听。

“我们不是说不让他们进，只是要进行政策收紧!”英国当地学生再次表明立场，“英国的大门只对那些‘对英国有贡献的人’开放!”

“政策收紧也只是治标不治本!”洪恩反驳，“什么是‘对英国有贡献的人’?”洪恩提高了声调，“就在两个月前，英国议员表示国际学生对经济贡献重大！委员会主席Adrian Bailey说：‘国际学生对我们的经济有巨大的贡献，而且还造就了我们高教质量的声誉。’国际学生每年都花费大量的钱财到英国学习，一年的学费就是本土学生的好几倍！此外在生活、旅游上的消费也拉动了英国经济的发展，请问国际学生是‘对英国有贡献的人’吗?”

“OK，算是。”那当地学生虽说是一高大的男生，抿了抿嘴，小声道。

“那么如果国际学生想移民到这，你们会欢迎吗?”洪恩紧盯着那高大男生，直直发问。

“用得着我们说欢迎吗?”那当地男生忽而发怒，“从很多年前到现在，仍有不少人偷渡或非法滞留在这，到现在还坐吃着我们大英帝国的福利!”

我听得发愣，转头看向马特，他眉头紧锁，神色黯淡。

“Enough!（够了!）”教授直直地站起，温柔道，“感谢你们勇敢并充分地表达自己的想法。回归今天讨论的主题，其实一直以来，英国都是一个包容性很强的国家……”

3

这堂Seminar最终在教授平和的循循善诱中结束了，洪恩存好上一节Lecture的笔记，把U盘还给了马特。

刚出教室，发现牛鹏等在外面，他走过来，直直地看着洪恩，“你有病就得吃药！别在这疯言疯语！”

马特拍了拍牛鹏肩膀，“有事好好说！”

牛鹏一下甩开马特的手，转身快步向前走去。

剩下我们仨，异常的安静。

“Seminar其实跟辩论不一样，不是非得正反两面争出个结果。”马特打破了宁静，“各抒己见就好。”这次Seminar洪恩的表现比以往都尖锐。

“我现在就是在表达自己的看法！Critical Thinking！（批判性思维！）”洪恩突然停下了脚步，“你们都觉得是我错了是不是？”

“不是，你也没错！”我试图稳定洪恩情绪，“你先冷静一下。”

“即便是辩论，它的优点在于它的目的不是为了说服对手，而是为了影响第三方，使第三方做出正确的判断。从而达到使得第三方更容易获得真理的作用。”马特分析。

“你是说我刚说的都不是真理。”洪恩好像真的生气了，“都是谬论？”

“Critical Thinking有时候很容易倾向否定性质疑的思考，以致对立、对抗，造成不必要的矛盾。这并不是提倡Critical Thinking的初衷。”

“不管是否是真理，有时候我们就是要维护自己的立场！”洪恩振振有词，“律师就算知道自己的委托人是有罪的，也会努力地为其辩护，辩论赛中的辩手就算明知自己的立场不正确，也要努力维护。”

“马特的意思是说凡事不仅只有正反两面。”我试图浇灭洪恩身上的火，“有时候，一个问题可以有很多方向的思考和答案。不一定说，正面对了反面就是错的。”

“就像，开心的对立面是伤心，当一个人没有开心的时候，你不能说他就是伤心的。”马特顺着我话接下去。

“对！我现在就是很不开心！很伤心！”洪恩扭头就走。

“果然是丹哥惹的祸，你真该让他洗头时先用护发素再用洗发水！”

“事情闹成这样，你还开玩笑！”

“他们小两口拌拌嘴，没事的。”马特一脸乐观，“我得去乐队训练了，Bye！”

出来时天下起了雨，英国一年中有三分之二的时间都在下雨。

“头沾湿，无可避免，伦敦总依恋雨点。”陈奕迅的歌都这样唱。

洪恩没撑伞，在雨中行走自如，像是这雨来了又没来。

“你跟丹哥怎么了？”我追上洪恩，雨直往嘴里飘。

“没事！”洪恩默默向前走着，“就是睡了一晚。”

我一把扯住洪恩，她越是表现得淡定，我越是害怕。

“是睡在同一张床上睡了一晚！”洪恩镇定地盯着我，“但什么事情都没发生！”

“然后呢？”什么事情都没发生，那干吗会不开心？

“早上刚醒来时，是迪拜那边的中午时间。”洪恩眼神飘远，“他跟他家人视频。从头到尾都没说起我。更不用说，让我跟他家人打招呼。”

“他是不想让你有压力？才不让你跟他家人……”我撑开了伞想要挡住她头上的雨。

“他就是故意这样做的！”洪恩继续往前走，“他一个视频就把他所有家人都给见了，没说一句阿拉伯语，全程英文！就是故意让我听到！”洪恩走得急速，我的伞根本够不到她，“他关了视频后跟我说：‘我爸有三个妻子。我们家就那样，钱多花不完！你若是以后想嫁给我，可以！但是我也很有可能像我爸那样要娶好几个妻子！’”

“……”我愣了一下，“你怎么想的？”

“我什么都没想。”就像一开始她跟丹哥在一起的理由是单纯地不想困在小圈子里发霉，“我觉得太快了，他现在就抛出这个问题给我！”

“他是想先给你打个预防针？”我总觉得丹哥有时像个孩子，有时又深不可测。

“什么有的没的，才在一起多久啊，我真的好烦！”洪恩停下了脚步。

“你们昨晚怎么会去了酒店？”我把伞往洪恩头上撑。

“你是不是就真的认定了我跟他发生了性关系！”洪恩突然生气。

“我只是好奇也担心……”我话还没说完就被洪恩打断了。

“好奇？好奇我出丑吗？”洪恩横眉怒目，“是又怎样！大家都成年人了！没什么大不了的！”

“我不是这个意思。”

“我觉得你就是这个意思！”洪恩怒目圆睁地瞪了我一眼，“就剩你够清纯的！都出国了还装什么！”

看着洪恩头也不回地走进雨中，我在风里一瞬间觉得伤感。

4

有时候觉得生活和城市融在一起，有时候觉得现实场景在曾经的梦里出现过，一切在主动或被动中自然过渡，习惯了英国冬季不到四点就天黑，也就即将适应来年夏季夜深十点还是白天。

起初在K小姐眼里，下午四五点基本全部商店都打烊简直是个天方夜谭，可如今的她会早早买回所需用品。夜里宅在屋里和男朋友大聊特聊英国的各种奇葩，抱怨英国水太硬掉头发多，吐槽英国各种黑暗料理，是有多怀念大中华的美食，恨不得一张飞机票就飞回北京夜闯东华门夜市尝护国寺小吃。可在一觉醒来后，还是啃面包蘸果酱，乖乖地上课学习，蹲在工作室认真设计产品，咬着笔头查着“有道”半懂不懂地啃着教授在Reading List 里列的必读书本，担忧着论文该怎么写才不会挂……

天黑天亮，时差轮回，大自然悄然改变的，还有我们的心境。

就像在洗头时，尝试了先用护发素，再用洗发水，然后你抿嘴一笑，它告诉自己人生不是只有一种活法。

生活可以来得如此的安静，就像阳光缓慢地在身上绕着光圈，倚着窗外可以听见鸽子起飞的声音。只是上课时少了热情洋溢的爱丽莎，在图书馆埋头苦读时再也没有李乔治鄙视我的那张嬉皮嘴脸。

有时候会觉得没有了他俩的日子像是生活漏掉了几拍。

在东方城见到牛鹏时，他认真铺整着桌布，仔细沏每一壶茶，对每一位客人都发自内心的微笑。这位传说中一直勤工俭学的他，看到我也到东方城兼职，先是愣了一下，而后把工作服递给我。

“周经理叫你来的吧？今天比较缺人，晚上有个宴会。你第一次来，还是试工，自己注意点。”

我接过工作服，道了谢。

那晚忙完已是夜深，我在酒楼前的站台等19号公车，牛鹏追了上来，扔给我一盒点心。“给你和K小姐的夜宵，你让K小姐多吃点，F先生托我多照顾照顾她。”

我道了谢接过点心。

“……他们分手了。”牛鹏欲言又止。

“啊？”我站了一整天，脚跟都麻掉，现在你是在跟我开玩笑吗？“为什么？”

“穷小子和白富美的爱情只在童话里。”牛鹏冷笑了几声，“现实很现实。”

“你说什么？”我确实累得有气无力。

“一个什么都不愁，衣来伸手、饭来张口的富家小姐，和一个大学即将毕业四处张罗找工作的穷小子。现实就这么现实！”牛鹏突然激动了。

“我不懂。”

“你是不是就觉得爱情足够养活一切！”牛鹏更激动了，“爱情在你眼里是什么！你说大半夜的一个越洋电话把你叫起，跟你噼里啪啦地说这说那，说英国食物有多难吃，说上课听不懂老师，说英国水太硬整天掉头发。与其去抱怨，还不如多背几个单词！”

“那是K小姐认定了F先生是她的依靠，精神上的依靠！”我也激动了，“还有，你怎么就知道K小姐不努力了，她每天有多努力，你知道吗？”

“呵！精神上的依靠，那物质上的呢？！她有没想过他们的未来，就F先生一个人想！”

“……”我突然不想再跟牛鹏争辩下去，万般滋味涌上心头。

“喂，车来了！”

“……”

“喂，赶紧上车！”

牛鹏半只脚都已经踏进车门，可我没听他的话。

我木讷地走到了24小时营业无人售货的Tesco，抓了两把香蕉，在自动柜员机付了款，出来后，看见牛鹏站在外面等我。

牛鹏接过我手上的两袋香蕉，兀自走在前面。

牛鹏送我到宿舍楼下，我回到宿舍时，K小姐已躺在床上。我把香蕉和点心拿给她，她抓起点心就吃，然后两三口就解决完我剥开的香蕉。我看着她泛红的双眼，刚想问她究竟怎么回事。K小姐就哽咽地一句话带过，“他说要跟我分手，但我还没同意。”

K小姐又抓起一根香蕉吃了起来，含糊地说：“森妮，你不要问我，什么都不要问我！反正我还没答应跟他分手，我们还算在一起的！”

我看着眼前的K小姐觉得她反常，她理应抱着我大哭一场才对，可她一滴眼泪都没流。

“你忙了一天赶紧洗洗睡。明天还有课，晚安。”K小姐熄了床头灯就躺下闭上了眼。

平常K小姐都会睡得像猪一样，鼾声如雷，可那晚K小姐安静得可怕，我知道她躺在F先生遥寄过来的中国床垫上，彻夜难眠。

我们的人生时常被这样那样各种突如其来的人和事填充着，从青涩的高中时代到此时身在异国他乡的K小姐一路见证着他们爱情故事里一段段奇妙而最终落空的际遇，心生凄凉。却浑然不知冰冻三尺非一日之寒，事情的酝酿和发生都有着其日积月累的沉淀，只是当时困在其中的我们不善察觉。

亦如那时的我和马特，并不知在地球另一端的爱丽莎，经历着她人生中最大的煎熬，而她内心不能承受之重夹杂着日积月累存在的或潜在的矛盾，一个深埋多年关系着我们三个人的重大秘密即将被层层揭开。

很多事情都是后来才知晓的我们，此刻却在秘密和真相浮出水面前，怡然生活。

马特在兼职和乐队的圣诞驻唱筹备中忙得不亦乐乎。

我在学生活动中心Enroll（登记）了志愿者，第一个志愿服务在北安博物馆，碰到了好久不见的维多利亚。她带着她女儿小费思前来看展，站在维多利亚身旁的是上次她生日派对上戴英伦鸭舌帽的男子。维多利亚给了我个大拥抱，小费思调皮地亲了一下我面颊后，扯了扯那男子的衣服，“Dad！我想到那边去看鞋子！你不是说北安的鞋子最出名了！Dad！Go！”

我想起了上次生日派对，洪恩与丹哥在为谁是维多利亚丈夫而争吵得不可开交。那时的洪恩倔强却快乐。而事实证明洪恩是对的，戴鸭舌帽的男子才是维多利亚的丈夫而非那秃头。

回过神来时，维多利亚说明天在教堂有个活动想邀请我一同参加。

北安普顿是一个很有历史典故的小镇，麻雀虽小，五脏俱全。除了历史悠久的Dr.Martens马丁靴和英国皇家认证的品牌手工鞋外，北安普顿还是戴安娜王妃的故居。

照片墙上展示着北安过往的点滴，游人于光影之间重温起王妃生平时光。

位于郊外的戴安娜王妃故居并不常对外开放，教堂活动源于人们对王妃的缅怀。

关于教堂和礼拜，从小在国内也只是听说而已，在宽敞庄严的教堂里祷告唱圣歌还是第一次。我不自觉地打量起教堂里的每一个人，有睡在婴儿车上不到一岁的小孩，有年迈的长者，不分年龄，不分肤色，却因信仰而走到一起。我突然觉得，他们在一日又一日的平淡和信仰里，始终被微小却温暖的阳光照耀。

这是一件很幸福的事情吧。

我双手合十闭起眼祷告，睁开眼时发现马特站在我身边。

我心里一喜，但你不是要兼职的吗？

“这样的场合我怎能缺席。”

“什么场合？”

“祷告的场合。”

“你祷告什么了？”

“我跟上帝说，让你嫁给我。”

“你说什么?”

“没听清就算了。”

“你就不能再说一遍吗?”

“噢？好吧！我换个说法。”马特向我挑了挑眉，“在冰岛，有一个习俗，男人向女人求婚前，会只身跃进海底，亲自用鱼叉去捕鱼。要在海底深处非常勇敢，才能证明自己可以让另一半幸福。”

马特见我一脸疑惑，便伸手敲了敲我额头。

“等以后，我想带你去冰岛。”

那刻，阳光透过花窗玻璃照进教堂，刚好打在马特脸上，明亮而温暖。

维多利亚也邀请了洪恩，不过那天洪恩没来，我再次见到她是一周后的志愿者活动。北安在进入寒冬前举办了全民跑步运动5km Colourful Fun Run（5公里多彩欢乐跑），我作为志愿者在路边指引方向。看到洪恩从人群中跑来时，说实话我并不惊讶，她眼神的倔强、笃定和积极，是那种去到哪都能发光的女孩。

5km Colourful Fun Run环绕整个赛马场绿荫公园进行，洪恩跑在前面，随后我看到丹哥和莎拉活泼的脸。

洪恩离我越来越近，我一手举着指示牌，一手握拳为她加油，可她看也没看我就从我身边奔过。丹哥和莎拉追上，对我做了个鬼脸，示意我看前方。

我看到前方明明晃晃的背影里，除了赛跑者数字标签外，还多了一张写着：Sunny，Sorry！字体清晰可见，洪恩一甩头，给了我一个笑容灿烂的敬礼。

5

丹哥生日，他豪爽的老爸给了他一份豪爽的生日礼物，一辆豪车。

寒冬来临之前，我们自驾去了一趟曼彻斯特。

曼城之旅是丹哥提议的，丹哥庆生当然要挑个名气城市方能配得上丹哥。

曼城，英国第二繁华城市，英超圣地。重点是我们这一趟旅程要见一重要人物，莎拉男朋友，Mohammed（穆罕默德）。

莎拉刚结束了实训课程，精神好了很多。读医的她在医院待了一个多月，面对着一群精神有问题的“疯子”。刚开始莎拉觉得有趣好玩，后来变成了“再这样下去他们不疯我自己就疯了”的状态。

那天莎拉裹着深蓝色头纱，是开学初第一次遇见她时裹的那条头纱，我似乎又看到了最初的她，伴随着同样的一声“Oh！My god!”，莎拉开始神采奕奕地讲述着她与“疯子”们的经典故事。

莎拉确实是他们小组里唯一一个穆斯林，每天裹着头纱很特别，因而格外招“疯子”的“欢迎”，甚至有跟莎拉疯言疯语告白的，扯莎拉头纱的，每天拉住莎拉不让她走的……

丹哥驶着他那豪车，轰隆隆地向曼城前进。车上的我们，一路欢声笑语。

刚下车，一位身穿长款黑色西装的中年英国男子，笑着走向我们，牵起了莎拉的手。

穆罕默德，给我第一印象，高大魁梧，沉稳可靠。11年的差距，穆罕默德看起来，确实比我们年长了许多。友善的当地英国人，只是为何取了个穆斯林的名字？

相互认识后穆罕默德握起了丹哥的手，“生日快乐！马上带你去一个非常适合你的地方!”

丹哥连连点头，牵起了洪恩的手走在前。

越往前走越发现周围的女子全裹着头巾，我们诧异了。

“这是中东村。”穆罕默德向丹哥解释，“想给你宾至如归的感觉，也想让大家体验一下中东文化。”

“在英国，基本每个大城市都有中国城。”莎拉笑道，“但英国只有曼城才有中东村。”

“曼城的中国城就在市中心，晚上带你们去。”穆罕默德提议。

午餐尝遍了几乎所有中东美食，虽没中国菜好吃，但比英国餐美味多了。

途中遇上了一家英国很出名的连锁超市M&S，穆罕默德牵着莎拉深情凝望。

“莎拉还没来英国前，我一想念她，就会独自来M&S闲逛。英国基本每个城市都有M&S，过去那五年，我觉得莎拉一直在身边。”穆罕默德笑道。

“M&S在我们心中代表我和他。”莎拉调皮可爱地眨眼，“Mohammed & Sarah!”

“原来如此！浪漫!”洪恩拍手称赞。

“我突然也想到了另一层含义!”丹哥坏笑着看向我和马特，“M&S也代表Matt &Sunny!”

“对对对!”大伙起哄了。我低头微笑，马特紧紧地牵着我的手。

夜里去了中国城，高大的牌坊，字体硕大如斗，“曼彻斯特中国城”七个大字赫然可见，果然是很有中国风格。

洪恩踏进大英这片土地后，从不去中国超市，不进中国餐馆，极少可能地和中国人接触。如今好久没见中文的她发出感叹，“我怎么觉得像回了家，分外亲切!”

丹哥站在洪恩身旁，静静地看着她，若有所思。

中国餐馆不是清真Halal，我心里想着他们是穆斯林肯定非清真不吃，中餐就算了。谁知穆罕默德提议去吃中餐，洪恩第一个响应说好!

“今天我生日，不是应该我决定吗?”丹哥斩钉截铁地盯着洪恩。

洪恩皱了皱眉，回了句:“OK! It's up to you!（好，由你作主!）”

“这是信仰和承诺问题!”丹哥愤懑而去。

“老是这样的脾气。”洪恩叹了口气，追了上去。

我们折回了中东村，几个戴着头纱的女子从我们面前穿过，夜里的中东村越发的神秘。

随意挑了一家饭馆，丹哥点了菜，我们都没说话，氛围有点怪。

服务员上了菜，大伙吃了起来，再也没说话，很安静，安静得可怕。我和马特本来还准备为丹哥唱一首生日快乐中文歌，现在看来场合不对。

那晚我们住在穆罕默德家，我和莎拉、洪恩同住一间大房。

莎拉和穆罕默德的故事源于一趟土耳其的旅行，他们在美丽的伊斯坦布尔认识。随后开始了五年的异国恋，两人跌跌撞撞，如今终于生活在同一个国度。

穆罕默德，多么熟悉的名字，可他却是个地地道道的英国白人。爱情的力量就这么虔诚地体现出来了，无比坚定，无需置疑。

萦绕在耳边的是莎拉兴奋又动听的声音，我听着听着就睡着了。那晚我做了一个很美的梦，梦里我为马特生儿育女，慢慢变老。

翌日醒来时发现莎拉不在床上，洪恩看了一下时间，立即掀开被子站了起来。

都已经大中午了，稍微梳洗后发现屋里其他人都不见了。我刚想给马特打电话，就听到了开门的声音。

三个男生手里都提满了东西，莎拉走在最后。我和洪恩都惊呆了，莎拉竟然把头纱取了下来，不戴头纱的莎拉披着长长的秀发。

一个焕然一新的莎拉！非常有魅力！

“我需要改变一下，这里是英国！”莎拉弯起了嘴角。

“我也需要改变一下！”丹哥走向洪恩，把手里提的一袋袋食物都打开放桌上。

“中国餐？”洪恩看到外卖袋子上印着中文。

“对！我们去了中国城也去了中东村。”莎拉一甩手拨了下她那长发，得意地说，“你想吃什么就吃什么！”

丹哥是十足的球迷，来了曼城，怎能不去英超传奇劲旅曼联的主场？怎能不看一场英超？

曼联主场梦剧场的老特拉福德球场，是世界上最著名的五星级足球场之一，丹哥说这里每一个地方都有它的历史性。

外墙上的“Munich Clock”（慕尼黑时钟），是老特拉福德一个深具沉痛记忆的纪念物，是为了纪念1958年2月6日于慕尼黑空难中罹难的记者、球员及球队工作者们。

“当然有一个非常厉害的人物，拯救了曼联，那就是……马特。”丹哥指了指马特，随即大笑着指向马特身后的铜像，“马特·巴斯比，曼联史上伟大的教练，他带领着曼联从1958年慕尼黑空难的灰烬中站起来，重建球队。”

告别了老特拉福德球场，前往曼城另一著名球场伊蒂哈德球场，看球赛。

2012–2013赛季欧冠D组小组赛第5轮一场焦点赛事，曼城坐镇主场迎战来访的皇马。

C罗、本泽马、赫迪拉、阿韦洛亚、阿奎罗等足球名将都亮相球场，最终

10人皇马客场1∶1战平曼城。

夜里的伊蒂哈德球场灯光璀璨，每一个人都很耀眼，足球的魅力可能只有身在赛场当中才更能感受得淋漓尽致。我想是因为热爱，所以追寻。

那晚洪恩Facebook更新了一条状态，图片是一张丹哥看球赛时的背影。我头一次觉得她如此文艺煽情。她说：

我能想到最美丽的场景，就是你在看球赛，而我在看你。

Chapter

09

憨豆先生的大灾难

马特说，
热爱憨豆吧，
他都能这么快乐，
还有什么过不去的？

1

北安入冬的第一场雪，来得毫无征兆。

早上醒来，伸了个懒腰，推开窗，发现下雪了！我欢喜得直叫K小姐起床看。K小姐一个白眼翻过来，“姐姐，我是大北京的！”

“好好好！大北京的赶紧来吃思念水饺！”难得在曼城买到了来自北方的思念牌速冻水饺，一般中国超市基本都是湾仔码头，“快来，还有橄榄菜配白粥！”

“这真解馋了！”K小姐箭一样飞奔过来，“这比看初雪还要开心！”

“开心就好！”自从K小姐和F先生分手后，整个人瘦了不少。

“对了，初雪你就应该和马特一起。想当年我也是和……”K小姐说着说着就埋头吃起水饺来，我看见她好几滴眼泪滑落到碗里。

出门时，发现马特站在楼下，天上飘起了雪。

“你怎么来了？”我欣喜地跑上去。

“来督促你看书。”马特大步走在前，我沿着他的脚印一步步跟着。在抬头与低头间，看到马特头上沾了些许雪花，于是跑了几步小跳了起来想要把他头上的雪花拍掉，刚轻拍了几下，马特就转身顺势将我抱了起来，大笑着把我往雪地里一扔。我起身抓起雪朝马特狠狠扔过去，然后拔腿就跑，马特追了上来一手把我背了起来……

“那晚在曼城我做了一个很美的梦。”

“什么梦？”

“不告诉你！”

“哈，你学会卖关子了！”

“估计是跟李乔治学的。”我想起了李乔治的痞子样，“对了，他和爱丽莎究竟怎么了？都好久不见他们了。”

马特良久没说话，背着我继续向前。

在图书馆前，他放下我，伸手拂去我头上的雪花。

“无论发生了什么事情。”马特把我拥进怀，“我都希望你开心。”

“嗯！”我推开马特，“你快去乐队忙吧。”

临近期末，图书馆里人特别多，写论文、赶作品、备考试，每个人都忙得像热锅上的蚂蚁。

看书看到一半想喝杯咖啡提神，在Costa自助咖啡机点了杯摩卡。突然看到了李乔治，便紧跟着上去使劲地往他身上一拍。对方一回头一脸发蒙，“Oh，No！Sorry！”我认错人了！我肯定是看书看糊涂了。

敲完论文最后一个字时才觉察肚子饿，抬头发现雪还在下，赶紧收拾好书本回家做饭。在宿舍楼下，我又似乎看到了李乔治，可我心里没底，真的是他吗？

“出家为尼！”李乔治一手往我头上拍，“Oh，No！你不记得我了？真没人性！”

我看他一脸痞子样，绝无仅有，绝对是李乔治。

“是谁没人性了？”我一手狠狠地反拍在他身上，“打你电话不接！Facebook留言不回！是谁就这样消失了快一个月！”

“好好好！”李乔治拍了拍我肩膀，“我错了！我这不回来跟你负荆请罪了嘛！”

“呵，你竟然说对了成语！”我瞪眼盯他。

“我真的好想你！”李乔治却一脸情深地看着我，“……的中餐！”

“滚！”

“听说K小姐失恋了？”

“你怎么一回来就这么八卦？”

一打开宿舍门，就飘来一股饭香，神奇了！K小姐做起饭来了！我和李乔治都惊呆了！系着围裙的K小姐回眸一笑，“总不能白吃饭不干活！”

李乔治看了看凌乱的厨房，低头嘀咕了句：“她会不会又烧一次厨房？”

我斜眼瞪向他，把K小姐的话又重复了一遍，“总不能白吃饭不干活！”

“我是吃白饭又干活！”他便箭一样跑去帮K小姐忙，“K小姐好久不见！最近还好吗？”

K小姐洗着菜的手愣在了空中，随即乐呵呵笑了起来。“Good！你呢？”

“Good!”李乔治抓起盆里一根生菜洗了起来，“Final is coming!（期末快到了!），谁都要好起来!”

我一口气做了好几个菜，辣的不辣的，李乔治把所有菜都扫光了，捂着肚子问：“马特怎么不在?”

K小姐突然笑得抽筋，大笑李乔治后知后觉。那晚李乔治特地给K小姐讲了好多笑话，K小姐笑得见牙不见眼的。

我打听起爱丽莎的消息，李乔治却只字不提。

马特几乎都在忙乐队的圣诞驻唱，而我则在义工和期末论文间奋战。近期的义工不再是指引方向或者协助签到的细活，而是在北安国际儿童中心负责翻译和口译以及在中文教堂担任中文老师，这让我欣喜万分。虽开开心心地做完义工，夜里还要挑灯夜战写论文，却不觉得累，因为打从心里觉得，这样的生活充实又自在。

当我交完圣诞前最后一篇论文走出教学楼时，我看到了爱丽莎。

那天地上的雪开始融化，爱丽莎穿着一件厚重的黑色大衣，我第一次看到她格外安静的神情。我欣喜地跑了过去，她一见我就把我拥进怀里。我确实很想她，于是用力拥抱她，她的肩膀却在颤抖。

我带她回宿舍烧了好几个菜，她吃着吃着眼泪就往下流。K小姐惊讶地问：“怎么回事?”我把纸巾递给爱丽莎，她破涕为笑，“没事，我妈妈好喜欢中国菜，我想念她了。”

K小姐开怀大笑，“那就好办！让Sunny教你，你回美国就可以做给你妈妈吃!”

我在台下踢了K小姐一脚，示意她不要说话。饭后我和K小姐送爱丽莎到楼下，李乔治已等在门口，寒风中的李乔治绅士地开了车门让爱丽莎进去。K小姐哎哟了一声，在我耳边傻笑，“你瞧！他们俩是不是旧情复燃了？对了，刚吃饭你干吗老踢我腿啊你?”

“爱丽莎妈妈因为车祸去世了，她的继父得了癌症也活不久了。”

“你说什么?”

寒风吹起了我们本就凌乱的头发，我没多应答惊讶的K小姐，推门走进室内，没等电梯就爬起楼梯来。天更冷了，我想走着走着或许就能暖和一些。

2

留英一段时间囿在留学生中，发现确实不少留学生多多少少存在一些心理问题，如留学成就抑郁心理、留学交际恐惧心理、留学考试焦虑心理 、留学情绪强迫心理、留学经济噬贪心理、留学自卑心理等。

“越是临近期末，留学生心理问题越是显露无遗，其中留学考试焦虑症、留学情绪强迫症最为突出。学业压力过大，信心不足，加上竞争加剧及国内父母的期望，一般学生都会有焦虑症，只是程度不同而已。”马特分析。

“我觉得你不在一般学生内！”我取笑马特，“但你也有留学生心理问题，就是留学节奏综合征。”

“噢？何为留学节奏综合征？”马特握拳笑道。

“一旦闲下来就会精神崩溃，从而将自己长期处于‘快节奏’环境里，简而言之就是‘闲不住’！”

“哈哈，我怎么觉得我们是同病相怜！”马特双手搭在我肩膀上，“你的病似乎比我更严重，简而言之就是‘no zuo no die’！”

“你说什么！”我死活地往马特身上狂打，竟然说我不作死就不会死！

期末后迎来了一轮狂欢，在Sunnyside酒吧，大伙疯了一样高歌劲舞，紧绷的神经终于舒缓下来。

我看见牛鹏也在疯狂劲舞，这还是我第一次看到他如此放松。我曾一度怀疑他有留学情绪强迫症和留学经济噬贪症，由经济压力衍生的精神强迫症。他家境贫寒，常操心经济问题便拼命打工，而且有过强的奋斗目标和愿望，不善于自我疏解，以致精神压力过大。现在看来，他也能伸缩自如，自我调节。

我回了休息厅，在看义工的翻译资料和中文学校的教案及课件。洪恩走进来，递给我一瓶在英国非常流行的Cider果酿酒。我欣喜接过，“你怎知道我爱喝这个?”

“我真不知道！马特让我给你的！他被高泰盛拉去准备圣诞驻唱了，听说那晚，高泰盛要向陈小芳求婚！”

“真的？”

“据说非常神秘，地点就挑在这里，Sunnyside，要我们保密！”

“我一直很喜欢这里，Sunnyside，名字好听环境又美！高泰盛还真浪漫！”

“这是别人家男友！哦不，以后就是别人家老公了！”洪恩喝起了酒，她在喝威士忌。

“烈酒伤身！那你和你家男友怎么过圣诞假期？”我放下手里翻译资料，站了起来，发现窗外灯红酒绿，我突然有点茫然。

“他说希望我陪他回迪拜。”洪恩看向窗外。

我知道，迪拜，一个更灯红酒绿的世界。

“你怎么决定？”我问洪恩。

“不去！当然不去！”洪恩又喝了一口威士忌，“这圣诞我要再考一次雅思，还要到伦敦考CFA（Chartered Financial Analyst特约金融分析师），确保雅思8+，拿到相关专业证才能顺利进攻LSE读研！”

“LSE，G5超级精英大学！金砖五校，我为你自豪。”我碰了一下洪恩酒杯，“干杯！Good luck！（好运！）”

“那你有怎样的打算？”洪恩翻起了我的翻译资料。

“其实我没想过读研。”我收起备课资料塞进背包，“如果我说，我想申请去非洲做志愿者，你会不会觉得我很可笑？”

我兀自笑了起来，马特也曾问过我读研打算考哪，我都还没回答他。

“去非洲哪个国家？”洪恩神情严肃。

“赤道几内亚，一个说西语的国家，所以我才学了西语。”

“马特知道吗？看他是想去美国读研。”

“还没跟他说。”

“一个很大的决定！你家人知道吗？”

“以前就跟他们说过，他们很支持。”

“也对！”洪恩微笑，“在你眼里，永远是阅历比学历更重要。你的决定，在我意料之外，又在情理之中。”洪恩扬起了我的翻译资料，“就像现在几乎每个人都在计划着圣诞假期游英国游欧洲，而你就在忙义工忙教书，那么去非洲，发生在你身上，也见怪不怪了！”

“其实我……我有动摇过。”

“因为马特？”

“嗯。”

洪恩喝完酒又回舞池跳舞去了，我趴在暖气旁，听着不远处传来热闹繁杂的声响，睡意袭来，蒙眬中似乎看到李乔治。

他走过来，轻轻拍了拍我脑袋，不屑道：“你是猪吗？到哪都能睡！”

翌日醒来时，发现自己肩上披了件大衣，桌上贴了张纸条，是马特的字迹。

“我去乐队了，记得吃早餐！”

在Sunnyside吃完早餐出来，天上飘起鹅毛大雪。我没走几步，就看到K小姐一个人站在雪地里，便欣然跑上去，却看到K小姐的眼泪突然滚落到雪地里。

K小姐哽咽了起来，“我想回一趟中国。”

“啊？”

“我总觉得分手应该要面对面亲口说的。”

3

关于圣诞盛宴，家庭聚餐的首次体验是在李乔治家。

李乔治家在北安郊区，毗邻戴安娜王妃故居，李乔治说这样的好山好水好位置养育了聪明又帅气的他，圣诞就像国内的新年，“新春”来临之际当然得去他家沾沾福气，好让每个人都福气安康。

我以前总觉得李乔治是天生的乐天派，如同憨豆先生（当然他比憨豆帅），有时候甚至不用怎么说话，一个动作一个神情就能把我们逗乐，看到笑靥如花的阿姨，我总算明白了，有其母必有其子。

阿姨一见爱丽莎便热烈地拥抱了起来，又亲又吻，不停地说：“我可怜的孩子啊，节哀！以后这里就是你的家！欢迎你来！”

李乔治家设计是港式与英式混合风格，花园前有一棵圣诞树，树上挂满了彩灯。

“圣诞大餐里让麦兜小朋友垂涎三尺的火鸡只盛行于美国，英国人的圣诞大餐是烤鹅，而非火鸡。”阿姨领着我们到屋里去，“但我今天特地做了美式圣诞大餐，我们一起为爱丽莎加油打气！”

长餐桌上，放满了食物。K小姐大乐，“果然是来对地方了！”

“你就是K小姐？”阿姨乐呵呵地看向K小姐，“大北京来的孩子，来！先喝碗酒！暖暖身子！”

“圣诞特制的热红酒，Hot Mulled Wine！红酒煮开，下肉桂、丁香和新鲜橙子皮，欧洲一种非常传统的热饮，圣诞必喝！”阿姨娓娓道来。

“这是我做的！”李乔治也给我端来一碗，“以前说过我会做西餐，你就偏不信！”

我半信半疑地喝起了热红酒，暖暖的，确实很好喝。

我又端了一碗想要给马特，却不见他影子。

走到过道处，发现马特和爱丽莎坐在阁楼阶梯上，爱丽莎笑容满面，我觉得以前的那个爱丽莎回来了，真好！

“热爱憨豆吧，他都能这么快乐，还有什么过不去的？”马特笑道。

“Sure！你真幽默，谢谢你逗我开心！”爱丽莎鬈发披肩，明眸皓齿，“我会好起来的！放心！”

我看着他们，突然觉得他们男才女貌挺般配的，我奇怪为何脑里会有这样的想法。马特看见了我，我便走了上去，把红酒递给他，他笑着接过递给了爱丽莎。

“原来你们都在这！”李乔治突然从我身后冒了出来，“那句老话怎么说？”李乔治把酒递给马特，“人人有份，永不落空！”

“别在这开小会！”李乔治又把我们领到饭厅里，“圣诞大餐要开动了！”

无论在英国还是美国的圣诞大餐中，土豆当然不可或缺，薯条、薯片、薯格、薯饼……此外，泥状的Swede（芜菁甘蓝）里掺着Coriander（香菜）的香味，水煮的Brussel sprout（孢子甘蓝）鼓起了圆乎乎的脸蛋，简简单单，却异国风味儿十足。李乔治给我们介绍起各道菜来如数家珍。

K小姐以为这是她吃过最多土豆的一顿大餐，没想到英国人喜食土豆的饮食习惯在维多利亚家体现得更淋漓尽致。第二顿真正的英式圣诞大餐源于维多利亚的邀请。

维多利亚女儿小费思，跑来给我们开门时嘴里叼着都是薯条，英国的薯条一般都很粗，K小姐说理应称得上是“薯棍”。我们把圣诞礼物递给了小费思，她开心得活蹦乱跳地跑去厨房兴奋地跟维多利亚说她收到了很多礼物。

维多利亚夫妇探出了头跟我们打招呼。

舌尖上的英国，万能的土豆，土豆泥，土豆片，烤土豆，炸土豆……没有做不到，只有你想不到。土豆花样百出，吃不腻的英国人真是很可爱。

“反正英国人就是爱吃土豆！别跟英国人谈烹饪，要聊就聊土豆。”洪恩拉起丹哥到厨房里帮忙，“我猜对了吧！戴鸭舌帽的男子才是维多利亚的丈夫，而不是那秃头。”

我和马特陪小费思在后花园里玩，莎拉跟穆罕默德聊起电话，说起了夕阳下在后花园玩耍的我们，说起了即将开动的满是土豆的圣诞大餐……她把生活所有点滴都跟男友娓娓道来，兴致勃勃。

爱情就是这样吧，哪怕是鸡毛蒜皮的事情都会变得如音符般动听，就像曾经的K小姐和F先生。只是有些爱情会落地生根，有些爱情会随风而逝。

K小姐独自站在花园前，阳光西斜下来，把她的身影拉得好长。我想走过去陪陪她，马特把我拉住，然后低头在小费思耳边细语了一会儿，小费思就跑到屋里去了。我一脸不解地看向马特，他却神秘地歪起嘴笑。

小费思又从屋里跑出来，手里拿了根香蕉，她跑到K小姐身边，笑着把香蕉递给了K小姐。我转头夸马特这一招不错，他笑着把刚摘下来的花插在我发梢间。

小费思跑回来，捂嘴大笑，“Are you dating?（你们在约会吗？）”

我们在圣诞树下，围着餐桌席地而坐。桌上，放着一颗颗大糖果，我第一次见到这么大的糖果，难道这就是传说中的Christmas Crackers（圣诞拉炮）？

大伙疑惑了，马特便解释道：“Christmas Crackers（圣诞拉炮），是英国人过圣诞不可或缺的一道风景。听说很久前伦敦的一个糖果小贩制作了第一只圣诞拉炮就一直流行至今，现在的圣诞拉炮是由硬纸制成的一个筒，就像现在眼前的一个个特别大的水果糖。”

维多利亚微笑，“Yes！Christmas Crackers！这也是给大家的圣诞礼物，礼物都藏在大糖果里面。快！你们都拿起糖果，像我这样，双手交叉，去拉扯你们左右两边朋友的糖果。”

坐在地上的鸭舌帽先生跳起来帮我们摆好姿势。“快！大家一起动起来，一起拆圣诞礼物。我数，1，2，3！大家一起用力去拉！”

我看着鸭舌帽先生，头一次觉得，已是一位当了爸爸的中年男子，现在的神情却像要糖果的小孩。

“1，2，3！Merry Christmas！”

“Merry Christmas！I love you！My friends！”

“Merry Christmas！”

随着“嘣嘣嘣”几声，礼物破壳而出。

“快！看你的是什么礼物？”马特坐在我身边，似乎比我还兴奋，“笨手笨脚的，我帮你！”他二话不说，把我手上的糖果拿起来，伸手进去掏。

我在地上捡起了一个帽子，“是这个吧？飞出来了！”

“这个帽子每份礼物都有，是圣诞帽，你快把它戴上吧。”

我把帽子拆开，戴了起来。

“是这个，小提琴！”他从糖果里掏出一个小提琴挂饰，“拿好！你最喜欢的小提琴！”马特一个劲地笑了起来。我撇了撇嘴，真不知他在笑什么。末了，他说：“你的帽子戴反了，像个傻子一样！”

我慌忙地把帽子取下来又重新戴上，“你怎么不戴？”

“我才不会戴，这么傻！”然后他看到所有人都戴上了帽子，“好吧，我随大流。”他把帽子往头上一套。

我淡定地对他说了句：“傻子！”然后笑着低头吃起东西来。

“我希望维多利亚可以给我生五六个小孩，圣诞的时候，就像现在一样，多热闹！”鸭舌帽先生笑道。

“他还希望我多生点，组个足球队！”维多利亚笑容满面。

“那你们想要几个小孩？”鸭舌帽先生问。

“Two！”

“Two!”

我和马特异口同声，大伙都笑了。

晚餐后，维多利亚拿出吉他，唱起了圣歌。

她把歌词分发给我们，领着我们唱起歌来。马特坐在我身边，我和他共看一份歌词，低声哼起了歌。我偶尔不自觉地用余光去看马特，突然觉得，两个人肩并肩，哼着圣歌，多美好。

圣歌唱到一半，丹哥就站起来说他有事要先走了。维多利亚着急地询问是否需要帮忙？丹哥摆了摆手，头也不回地走了。洪恩也没追上去，在我耳边嘀咕了句：“别理他，他就是个小孩子，说走就走!”

4

我没想到我假期生活比期末还要忙，东方城服务员、北安家乡菜馆外卖电话接听员、翻译义工和中文教师，K小姐笑我又回归到“备考雅思”时的状态了，“听说读写”四个板块占据着我的生活。

下雪的夜里回到宿舍，K小姐端来热腾腾的一碗面。如今的K小姐煮面不再是干巴巴的开水加面，而是配了西红柿和鸡蛋后的面看起来格外好吃。

“你不回国了吗?”我吃着面问K小姐。

“回，当然回！但也不差这一时半会儿!”K小姐神秘地歪着嘴笑，“怎么也要等到马特乐队的圣诞驻唱。”

“我看你是想八卦高泰盛跟陈小芳求婚吧!”如此高调求婚，作为富二代的高泰盛当然有他的风格。

“谁告诉你是高泰盛跟陈小芳求婚?”K小姐一脸惊讶，“算了！既然要保密，我就不多说了!”

“你们怎都这么神秘！放心，我会保密的!”

这份神秘弥漫了一个多星期，我在“听说读写”四个板块间游走，马特怕我忙得给忘了，驻唱前一天特地嘱咐我准时到达。我狠狠地点头，“明天下午做完义工，就直接从儿童福利院赶去Sunnyside！”

那晚K小姐笑嘻嘻地把我拉到她那张中国床上与我抵足夜谈。K小姐再一次嘱咐我明天一定要打扮得漂漂亮亮的准时到达，我问她为何这么开心，跟F先生好了？她一脚把我踹开。我确实很累，闭眼就快睡着了，迷迷糊糊地听到K小姐的唠叨声。

翌日醒来，忙完资料翻译就到儿童福利院了。最近在跟进自闭症儿童中国孩子的个例，我把几份调查问卷的翻译整理好交给了院长后，如同往常一样在服务台负责口译。很多中国母亲来为她们孩子申请福利，可她们不懂英文。

忙到傍晚，刚收拾好东西，院长就冲了进来，着急地恳求：“能再帮一下忙吗？情况非常紧急！”

小车急速地向北安郊外驶去，我发了信息给马特：临时有事晚点到。

紧跟在我们身后的是一辆救护车，窗外飘起了皑皑白雪，我突然有点心神不定。

车子在一排连体屋前停下，我跟随着院长跑进室内，推开了一间屋子的房门，就看到一个中国女子拿着小刀放在她的手腕上，说着一口闽南腔的普通话。

“你们别抢走我的孩子！求你们了！你们别过来！过来我就死给你们看！”

瘦弱的中国女子一手护着她的孩子，一手用刀与英国当地社工拉开了距离。

眼前的这位母亲看起来比我还小，脸色发白，眼泪哗啦啦地往下掉。在她身后两个孩子也在号啕大哭，四岁的大女儿拉扯着两岁的小女儿想要往我们这边走，小女儿却抱住妈妈的大腿。

“你好！我是翻译义工，你别激动，先把刀放下！我们慢慢说！他们不会抢走你的孩子的！放心！有什么你跟我说，我们好好聊！”我试图让她冷静下来，她却把刀指向我。

“我求你了，你别让他们带走我的孩子！”瘦弱的母亲声音哽咽了起来，“我没有打她们！”

“好！我知道你很爱她们！”我慢慢走到她身边，“她们这么可爱，也很爱你，你先把刀放下，你这样会吓到她们的，先把刀放下我们再好好聊！”

我看到她紧绷的手松弛了下来，似乎相信我了，于是我把她手里的刀取了过来，舒了一口气。

她慌张地抱住了她那两个女儿，大哭着喊："你们别抢走我的女儿。"可她的大女儿却挣脱出她的怀抱，哭着跑到了当地社工身旁。

我没料到，两个男社工随即上来，一个男的拉着她，一个男的把小女儿从她怀抱里抱走。

她突然疯了，拼命挣扎着。"不要抱走她！我没打她们！我没打她们！我大女儿是摔伤的！"她哭得声嘶力竭，"即便我有打我的大女儿，但我也没打我小女儿，你们不能抱走她！把小女儿还给我！"

她眼睁睁看着她的两个女儿消失在她视线里，泪如泉涌。我问院长怎么回事？不是说好好谈谈的吗？院长看着我还没回话，我的右脸就感到一阵巨大的疼痛。

"啪"的一声，那巴掌伴随着年轻妈妈愤怒的眼神重重地落到我脸上。

"你为什么要骗我？还我孩子！还我孩子！！还我孩子！！！"

她慌张地拿起小刀往她手腕上割，我条件反射，一手抓住刀尖。

血从我手指缝隙间流了下来。

护士帮我包扎伤口，消毒药水浸透伤口的疼痛感特别强烈，年轻妈妈那句声嘶力竭的"还我孩子！"萦绕在耳边。

院长送我上了车，想要跟我说些什么，最终难以启齿。

匆忙赶回北安中心，跑进Sunnyside时，只剩下满地的喜庆彩纸和气球。马特站在舞台中间，背对着我。

"我是错过了吗？"我气还没喘过来，"怎样？精彩不？求婚了没？答应了吗？"

马特转身看我，没说话。

"你去哪了？"K小姐坐在一旁，直起了身子，"不是说好不要迟到？"

"……临时有事。"我不知如何说起。

"怎么都不听电话？"马特看似很生气，"很担心你知不知道！"

"对不起！"刚那情形并不适合接电话。

"好了好了！森妮现在不就来了吗？"K小姐大手一挥，向马特使了个眼色。

"你的手怎么伤了？"还是被马特发现了，他拉起我的手着急了起来。

“究竟发生什么事了？”K小姐急了。

5

孩子，在中国或许真的只是自家的孩子，在英国，却是社会的孩子。所以，当发现孩子有被虐待的迹象时，英国政府会立刻把孩子和父母强行分开。

在北安郊外福利营遇到的年轻妈妈被发现有虐待孩子倾向，经警方与儿童福利院调查，最终决定把她的两个孩子暂时带走，由英国社工家庭来抚养。

马特送我们回宿舍，路上K小姐不停地问这问那。

“我没听错吧？这天下怎会有打自己孩子的母亲啊？”“那孩子爸爸去哪了？”关于虐待这个字眼，K小姐特别敏感，像她从小在温室里被父母宠着长大压根不能理解。

“请不要侮辱他们。”我一手往K小姐头上敲。

“行行行！你这个烂好人却不知道自己错过了什么。”K小姐似乎累了，闭起了眼。

我和马特坐在前面，大雪终于停了，雪积在枝桠上把树枝压得沉甸甸的。夜色渐浓，即将踏入平安夜。

马特一句话没说，直到抵达宿舍楼下，他熄了汽车引擎，看向前方。

“明天有什么安排？”

“去郊外一趟……”

“可以不去吗？”马特转头正面看我，黑暗中我见他面色冰冷，眼眸深邃，透着凛冽的寒意。

“……”我突然不知如何回应，“你生气了？”

马特皱起眉久久没说话，末了他把K小姐喊醒。

“起来吧，到了！明天，我送你去机场。”

回到宿舍，看到一大行李箱打开空空如也地躺在地上，K小姐竟然还没收拾明天回国的行李。我还没数落她，她就心领神会了，瞪眼看我，“还不是因为你……唉！不说了，你真的把我给气了！你说你能不能不要那么烂好人，做义工罢了，还跑到郊外去！是帮了别人，可却把自己的事……”

“你在说什么?”那时我并不懂K小姐的言外之意。

“算了，不说了！罚你帮我收拾行李!”

“遵命!”我敬了个礼，猫一样贴近K小姐，“Sorry！我明天不能送你了。”

那晚睡下时已是夜深，累了一整天后的疲惫早就覆盖掉手心被刀割的疼痛，马特深邃的眼神和生气的脸萦绕在脑海里，只是沉睡着的我根本不知道那时的自己错过了什么。

翌日，再次见到年轻妈妈，她显然冷静了很多，看到我受伤的手，连连致歉。

“你和女儿只是短暂性分开，她们现在住在社工家庭，也有人照顾她们，不用担心！但是接下来3个月，我们会对你进行考察，也会安排你和孩子们见面，如果顺利通过考察，以后孩子们会归还给你的。”

“好好好！我一定配合的，你要帮帮我!”年轻妈妈紧紧地握住了我的手。

协助翻译并填好考察表格后，我赶回了市中心，在东方城上夜班。平常都会看到牛鹏，这一次他却没在。我没想到平安夜来吃中餐的人竟还那么多，果然是舌尖上的中国！在忙得不可开交时，周经理急急忙忙地冲过来，把我拉到一旁。

“牛鹏和马特出事了!”

东方城离警察局并不远，我着急得拔腿就跑。

不知跑了多久，我气喘得厉害，雪花落在头上，鼻子冰冷得没了知觉。视线慢慢模糊了起来，前方的路灯在我眼前晃闪。周经理紧跟着跑上来，他好像说了我几句，骂我外套没穿就跑出来，下雪路滑应该叫个车什么的。可我耳朵里听不清任何声响，一个劲地向前跑。

我头脑里一片混乱，你怎会被人打？伤得严重吗？究竟发生什么事情了！

夜深的警局大门紧紧闭着。我按了门前的紧急按钮，感觉过了很久话筒里才传来一位中年男子的声音。我不知道我说了什么，我只记得我说了很多遍马特的名字，后来他说，别急，你等一下！然后，话筒传来嘟嘟嘟的声响。整个警察局，就像死城一样黑。

风很大，头发吹进了嘴巴。我低头，再拨马特和牛鹏电话，还是一段冗长的嘟嘟嘟。

周经理拍了拍我肩膀，“别担心，没事的！”说完便不由自主地打了个哆嗦。

我这才发现雪花落在他单薄的工作服上，估计是见我跑得太快也没来得及穿大衣，我瞬间红了眼。

“咔嗒”一声，警察局门开了，走出来一位高大的警察。

“他们现在在医院！”

赶到医院时，我觉得自己脑袋发热，三辆救护车并排停放在门口，顶上的长条警灯一直在闪烁着。旁边停着两辆警车，响着警笛。

我刚跑进医院，就看到了洪恩，她整个身子不由自主地颤抖，头发湿透，衣服凌乱，眼睛通红。

“都是我，是我害了马特……”洪恩急哭了。

“发生什么事了？他人呢？”听洪恩这么一哭，我更着急了，“你没事吧？你不是和丹哥去旅游了吗？”

“还有牛鹏呢？”周经理也急了。

“我在这。”牛鹏刚好从房间里出来，神情疲惫，“刚录完口供，我没事。”

“你当然没事！”洪恩突然歇斯底里地大喊了起来，“你这个人渣！要不是你，马特不会伤得这么严重！”洪恩个子高，一手揪起牛鹏的衣领，声音沙哑地冲着牛鹏大骂，“你还是不是男人！为什么跑了呢？”

“有事慢慢说！”周经理把洪恩和牛鹏分开。

“马特现在在哪？”我心乱如麻。

“他还在里面，我们还不能进去！”洪恩指了指旁边的紧急室，那扇门紧紧闭着，“我们被两个波兰人打，他为了保护我受了重伤。”洪恩又怒视着牛鹏，破口大骂，“你为什么要跑呢？你还算不算男人，为什么要跑？”

“请安静点，这里是医院！”护士跑了过来。

我坐立不安，心里不是滋味。

6

看到马特时，他整个头被纱布裹着，右耳表皮被刮破，血丝凝固在其上，手也受伤了。医生说是脑震荡，头部伤得严重，会引起一定程度的意识模糊及眩晕。

过了好久，马特才醒过来。

“都怪我，如果不叫你来接我就不会出事！”洪恩一个劲地抱歉。

“兄弟，我……”牛鹏欲言又止。

“没事了就好，你看这妞都快急哭了！”周经理笑容可掬地指向我。

马特缓慢地看向我，弯起嘴角，轻声道：“你们现在的热度太高了。”

“你这小子，好！那我们先去帮你办理手续！”周经理大笑，“走走走，别当电灯泡！”

突然安静下来，马特按了调试床背的按钮，缓慢地坐了起来。

“笨蛋，还站这干吗？”

马特一手把我拥进怀里，感受到他肩膀的温度，我这才觉得真实了些。

“Sorry！让你担心了！”

“幸好，幸好你没事！”

看到李乔治痞子般的嬉皮笑脸时，紧绷的神经全都缓和了下来。他打了个哈欠对马特痞痞地不屑道：“嘿！我在英国都二十几年了，遇到的事情都没你来这几个月遇到的多啊！”

“没办法，本还想多享受下医院免吃免住的福利，可是大圣诞的只能被赶出来了！”马特龇牙咧嘴地开起玩笑，我突然发现他有时候跟李乔治是一伙的。

“这个特别的圣诞竟然在大街上过，我也是第一次！”李乔治痞痞笑道，“真多亏你们！”李乔治开着六座卡车一个个送我们回家，本不想麻烦他，可一到圣诞满街都是空荡荡的，叫车也不方便。牛鹏一开始说让救护车或警车送我们回去，周经理一手敲着他头骂："大过节的，你坐什么救护车！"

周经理在英国很多年了，觉得圣诞与国内新年同等重要。

李乔治开着车轰隆隆向前，送了牛鹏和周经理后便去了北安火车站。车子刚停下，洪恩就直接跳下了车，疯狂地四处找她的手机。

雪花铺了一地，我细细地看了看，现在雪白得发亮的这个地方，三个小时前，马特就在这被两个粗壮的波兰人打得扑倒在地，而洪恩手机也丢了。我愣了下神，李乔治狠狠地拍了拍我脑袋，咧嘴道："还不赶紧帮忙找。"

不知道李乔治在哪弄来的铲子，我们拿起铲子铲起雪来，良久后听到李乔治爽朗的笑声，"嘿！红花，是这个吗？"

洪恩扑了过去夺过手机，手机已散开两半，装好后按了开机键，洪恩期待的眼神瞬间黯淡了下来。

车上很安静，李乔治唏嘘了一声，"要来的挡不了，不来的讨不来。"他咧嘴笑了起来。李乔治的话一向很毒，一语双关，洪恩寻回了手机，却没等来丹哥信息。后来我才知道，洪恩被打的这天，刚和丹哥争吵完，而丹哥一气之下飞回了迪拜，丢下洪恩一人。

那晚我去了马特家，圣诞凌晨，我们依偎在床上，听着轻音乐。这样的轻松氛围让神经舒缓了下来，可我心里却在掂量着该如何告知马特，我要去苏格兰负责翻译工作。

"经历了这么多，现在有一件事情我特别想做。"马特突然凑近我耳边，瞬间暖热的温度让我心跳加快。

"什么事？"该不会是那个吧？我心都快蹦出来了。

"把眼睛闭上。"马特亲吻了我脸颊，我紧张得紧紧地闭上双眼。

我呼吸急促，隐隐约约地听到了一些声响，可没过几秒，就传来清脆的电话铃声，响了好一阵子。

我睁开眼睛看到马特神色立即黯淡了下来，我第一次看见一个人眼睛的光可以瞬间熄灭。他说了几句英文就把电话挂了。

"你要尽快去美国？"我担心地问，"伯母没事吧？"

"没事，我明天就飞洛杉矶，过去接她回国。"

马特突然紧紧地抱着我，我在他怀里睡得很香。早上醒来时，发现他已不在，见桌上留有纸条，以及一张年代久远的三人合照。我看见小时候活泼伶俐的马特，紧靠在马特右边的是年轻漂亮的妈妈，那么在马特左边，应该是他爸爸。

纸条上是马特刚健有力的字体：

“我去赶飞机了，等我回来！”

圣诞这天街道格外安静，即使在伦敦这样的繁华闹市，很多地方都会关门，餐厅也不会开，公共交通也不怎么运营。英国人则举家团聚，欢乐开怀，共进晚餐。对于留学生的我们，由于交通不方便，基本都宅在宿舍，三五知己烧一顿饭，过个安静简单的圣诞节。

然而圣诞后一天，街上的气氛却截然相反！每年的12月26日，英国传统的Boxing Day！全英国人民的年度疯狂抢购日。

我对疯狂Shopping的欲望并不大，便去了做兼职。我在东方城刚把工作服换好，洪恩就打来电话说她抢到了什么什么有多便宜！兴奋得跟捡了宝似的。

“姐姐，一大早的你就去排队了至于吗？这跟国内的双十一有啥区别？”

“你不懂，你不来现场，你根本就不懂！再说，我这是专业做代购的，一转手就财源滚滚了，你在中餐馆累个半死也赚不了多少！”洪恩异常兴奋，“对了！我跟你说，我看到陈小芳和高泰盛了，他们才叫豪爽，买Gucci，LV，Prada，Chanel就像买菜一样！有钱就是任性！”

“好好好，你开心就好，我要工作了！Bye！”

Boxing Day几乎所有人都去血拼了，来吃中餐的没几个。周经理突然来了兴致，让我们见识见识老板娘的心灵手巧。老板娘爽快地答应说教我们，一起剪春花贴春字，给酒楼添点喜庆。

“奇怪了！一向勤奋的牛鹏怎么今天不来上班了。”几个同事都问。

“没来得及告诉你们，这小子平安夜那天被打了，我让他休息下缓缓神。”周经理剪着春花悠然地说道，其他人却惊讶了。

“这年末，什么事情都有，你们都注意点！”老板娘叮嘱道。

“具体怎么回事？”大家都好奇了。

“你问森妮吧，牛鹏这臭小子我是看错他了，真没义气！关键时刻拔腿就跑！马特伤得严重多了！”

大伙一致看向我，非常好奇故事的发生。

“都没事了！”我笑着摇头，“赶紧教我剪纸！”我向老板娘请教，可她愣愣地看着门口，我转头就看见了牛鹏棱角分明的脸。

“对！你可以说我没义气！”牛鹏气冲冲地走来，大家都关心询问起他，他没理会直接走到我面前，指着我骂，“我看你嘴巴还挺小的，怎么就口无遮拦来着！你的口无遮拦和K小姐的大嘴巴带给我多大的麻烦！”

“怎么了？”怎么又扯到K小姐身上？

“你是恨不得跟全世界说我牛鹏不讲义气跑掉是吧！现在所有人都知道了，我家人在国内也知道了！你满意了吧？”

“我没跟任何人说过！”我疑惑，“你误会了吧？”

“别在这可怜兮兮了，对！我没义气！我就是为了自保不被打跑了！我不就是跑了嘛！丢下马特，你是心疼了！现在想存心报复！”

“你这小子，一大早在这口出狂言！”周经理拦住牛鹏，“中国人在外讲的就是义气！你没义气跑了不说，现在还跑来扯东扯西！森妮哪招惹你了？K小姐大嘴巴怎么了？有事没事先在自己身上找原因，你如果不是托K小姐带东西回去给你奶奶，你也不会被打！”

“可她保健品还没收到！听到我在英国被打，就进医院了！为什么让她知道我在英国被打？我奶奶一直心脏都不好，为什么偏偏让她知道？”

似乎整座东方城瞬间安静了下来，春花没剪春字也没贴。

我一直觉得牛鹏勤奋、沉稳、理智，现在的他却像个小孩在哭诉着他不能接受的一切。

那天周经理让我提早下了班，我在网上填好了去苏格兰做义工的表格，给院长打了电话确认后，收拾好行李，熄了灯便累倒在床上。这两天真的发生了好多事情，神经都绷得紧紧的。我知道，所有的歇斯底里应该都是相互的，你难受，他心里也不好过。

圣诞节那天洪恩在“人人网”和微博上发表了一篇震撼人心的在英国无故被打被性骚扰的文章。马特的名字、牛鹏的名字以及他们被打的细枝末节都那么清晰地记录在网上，在国内特别是我们两所学校被传得沸沸扬扬，并传到了牛鹏家里，这场误会就这样产生了。

我一直没去看洪恩发表的那篇文章，也没向他们任何一人问及这事。事实上，很久以后，洪恩告诉了我整件事情的细枝末节，我却听得很平静。心里不再泛起涟漪，也许人成长了，许多事情自然会看得平淡一些。

我们似乎只有在特定的年纪，才会有如此丰富的情绪，风吹草动，大动干戈。

2012年12月24日，平安夜，马特送K小姐到伦敦机场，牛鹏特地先去了伦敦给他奶奶买了保健品，托K小姐带回国，回程坐马特车。与此同时，刚考完特约金融分析师考试的洪恩计划和丹哥环游欧洲，可在伦敦闹了矛盾，丹哥一气之下行李也没拿就回了迪拜。洪恩拖着两个行李箱好不容易挤上了火车回北安，越想就越生气就给马特打电话，让他顺道过来接她。洪恩刚出火车站，就看到马特和牛鹏在等她，大平安夜人们都在家里过节了，街上很安静。在去停车场那一小段路上，迎面碰上了两个波兰人，牛鹏走在前面，直接被两个波兰人一拳挥打过来，毫无预兆地这么一击，牛鹏直接跌倒在地。马特把他扶了起来，他慌了！是害怕、是懦弱，也是本能反应，牛鹏跑走了！留下马特和洪恩两个人。

一波兰人朝着洪恩脖子挥拳过去。马特拦截在前，被两个高大粗壮的波兰人狠狠地往死里打。洪恩吓哭了，慌张地掏出手机报警，可电话没接通，一波兰人就一手打飞洪恩的手机，一拳狠狠地打在她的右耳上，洪恩现在还记得那时她那阵痛的耳朵长时间都还在嗡嗡作响。另一波兰人，冷笑了一声“You are such a bitch!”便朝洪恩冲过去扇她嘴巴脱她衣服。马特狠狠推开那猥琐男护着洪恩，两个波兰人就对马特又打又踢。洪恩被马特环抱着，大哭大叫。过了很久很久，一辆的士经过，好心肠的司机一直猛按着喇叭。牛鹏逃跑后报了警，后来警察来了，本想把他们都带回警局，见马特被打得不轻，就先去了医院。至于我看到医院前停放着那三辆救护车，是那两个波兰人在打马特和洪恩前所做的案，分别打伤了三个人，一个印度人，一个德国人，和一个当地英国人，他们也伤得很严重。

洪恩永远弄不懂，为什么平白无故地就这么被打了一顿。警察也弄不懂，那两个波兰人，没有喝酒却四处滥用暴力的行为。有些事情，就是那么莫名其妙。

当然，很久后我才懂得因与缘之间，简单抑或复杂，都有一定的内在关联。只是囿在其中的我们，那时还不知错过了什么，以及未来将会面临什么。

Chapter

10

末日狂欢

2012世界末日并没来，

那一年末日，

反而是我们这一群人最任性肆意的一日。

1

“跟我去英国！到了那里就是天堂！”

那年，华对晴说。

刚初中毕业的晴进到一家制衣工厂负责流水线生产工作，与比她年长三岁的华产生情愫，进入热恋，同样是生产工人的华在同伴的鼓吹下萌生了英国梦。他认为到了英国就可以发家致富，待在福建长乐永远只是个生产工。

“那你最后答应了他，一起……”我顿了顿，看着眼前的年轻妈妈晴。

“……”晴唏嘘不已，“以前太年轻，觉得爱情大过天。”晴叹了口气，“当初的勇气支撑了我随他来了这里，但现在看来这份勇气不知是好还是不好。我曾经以为我们是幸运的，现在看来也不一定。”

“阿华呢？”我实在好奇，曾说服了晴一起来到了英国，那么现在他人呢？他去哪了？

“……”晴低头不语。

“那么孩子他不照顾吗？”我脱口而出，突然意识到自己是否话太多了。

“你觉得我今天表现怎样，是不是很不好？”晴避而不答。

“第一次评估已经表现很好了，不要紧张，以后放松点效果会更好！”我拍了拍晴的肩膀，“回家吧，新年快乐！”

晴的眼眸忽而忧伤。“又一年了，我确实很想家！你才来不久，你不懂！”晴弯起了嘴角，强颜欢笑，“我这是在干吗呢？你也回去吧，辛苦了！新年快乐！”

我知道她所指的家是隔着8800公里的国度，遥远的中国。

我看着晴远去的背影，淹没在繁华的闹市中，此刻行走在她身边的人都满溢着欢快的笑容，心怀希冀地准备迎接即将到来的2013年。而她却孤身一人，我无法想象多年前的她历尽了怎样的艰辛和困苦终于随他来到了这里，又为他生了两个女儿。资料显示她为单亲母亲，这些年她又是如何带着两个女儿生活在语言不通的环境里的。

我确实是不愿相信这样一个柔弱而坚韧的女子会虐待自己的孩子。一小时前，在北部儿童福利中心，评估专家、社工及负责翻译的我一起，在对这位年轻妈妈晴进行评估和考察。评估内容为模拟家庭的日常相处现场，即在一间小屋里，有厨房有客厅，有书籍有玩具，让年轻妈妈和两个小孩相处，评估专家和社工在看。而我作为翻译，就是把我听到的翻译给他们，并在他们交流时作沟通的桥梁。

我听到的看到的，时而好，时而不好，女孩有时笑得灿烂，有时就在眼下哭得心碎。

这是第一次模拟场景评估，年轻妈妈过于紧张，表现并不理想。社工要带女孩回寄养家庭，她与两女儿告别，小女儿挥了挥手，大女儿看也没看她，完全没有不舍。

评估结束后，我与她走在街上，这是苏格兰郊外的一个偏僻小镇，却不乏热闹。

“我真的没打我的大女儿，你要相信我！”晴神情激动，“是她在浴缸洗澡时调皮摔到地上，摔得又青又紫的！我马上帮她搽药酒，你知道我们中国人都是搽药酒涂药油的，她可能觉得疼一直躲一直哭，我就对她说：‘你再哭我就打你！’第二天在幼儿园，老师看到她瘀青的手脚，问她怎么了，她说：‘我妈妈打我！是我妈妈打我的！’后来不知怎的，凭医院那边的鉴定和大女儿的说辞就断定了我虐待她！可我真的没有！你要相信我！”

看着年轻妈妈隐没在人群中，我迫不及待地拨起了越洋电话。隔着距离和时差，我特别想听到马特的声音，然而马特的电话许久没接通。

我刚坐下，手机就响了，是一个陌生电话，我接起才知道是年轻妈妈晴，她气喘地恳求着我去趟火车站。

我赶到火车站时，她满脸抱歉。

“不好意思，我不会英文，麻烦你了！帮我买去爱丁堡的票。”

“都傍晚了，计划什么时候回来？”我实在好奇一个连英文字母都看不懂的人这么晚了还去爱丁堡。

“明天。”她掏了张20英镑到我手里。

我买好票给她，告诉她在Platform 2上车，并带她到验票口，指了指第2月台让她站在那等车。她显然很紧张，连续问了好几次是不是上了车坐到最后一站就是爱丁堡了，才挥挥手向月台走去。

看着弱小的背影逐渐走远，在她走到拐弯处时我忍不住叫她等一下，我在自助售票机买了票，过了检票口，走到她身边说我陪你去。她满脸愕然，连连摆手说不用不用，我刚开始还以为她是不好意思才推托，上了车后才发现她确实不想我陪着她，她似乎有不想让我知晓的人或事。我心里着急了，心想这该不会是弄巧成拙了吧！可是火车都上了，我总不能跳下去了。

这时手机响了，是马特！我欣喜地接起电话，特地看向晴，佯装自己要去爱丁堡找朋友玩。

“我马上就到了，我去你宿舍找你。”我装得不亦乐乎，“晚上我们一齐去爱丁堡城堡倒数！”

听筒里传来马特疑惑的声音，可我说了一句待会儿再好好聊就把电话给挂了。

抵达爱丁堡，我跟晴道了别，立即拨通了马特的电话，从头诉说起这几天发生的一切。我以为他肯定会取笑我说我傻，他却异常的安静，哼了哼并没说话。

“那你猜，年轻妈妈说的话你觉得可信吗？”我实在好奇，“她有没有虐待她的大女儿啊？”

“……”

“还有孩子她爸呢，你说阿华去哪了？”

“……”

“还有她来爱丁堡，是干吗呢？”

“见阿华。”马特终于说话了，声线低沉。

“你怎么知道？”

“瞎猜的！”

一阵刹车声，我条件反射往后退，一老头探出了脸，说了几句小心注意，满腔的苏格兰口音。

“怎么了？”马特着急询问。

“没事没事！”

“那快去酒店Check in吧，我帮你订好酒店了，就在爱丁堡城堡附近。”

“啊？你什么时候订的？”

“我发地址给你，快去吧！”马特顿了顿，“等……等我回来，我有话要跟你好好说。”

“那么神秘？什么事？”

“等我回英国再说！”

“你在美国一切还好吗？伯父伯母安好吗？一家三口团聚过新年呢！我真替你高兴！”

“嗯……新年快乐！”

“新年快乐！我待会儿去爱丁堡城堡倒数！”

2

2012世界末日并没来，那一年末日，反而是我们这一群人最任性肆意的一日。

在我往后回忆的罅隙里，那时这些疯狂的事儿牵不住蹄靴，欣喜若狂或是肝肠寸断，好与不好都一路轰轰向前。

洪恩去了伦敦，以最标准的格林尼治时间来倒数新年，在威斯敏斯特桥上站着等了五个小时，迎来了大本钟敲响新年的第一声钟声，伦敦眼上的烟花四射划破绚烂夜空。在人声鼎沸中，洪恩思念绵延不绝，却始终等不到丹哥的任何讯息。

高泰盛和陈小芳坐欧洲之星跨越了英吉利海峡抵达法国，在巴黎，以埃菲尔铁塔为背景的烟火秀精彩上演。走在香榭丽舍的尽头，大道两旁的火树银花光彩夺目，陈小芳选择了在这个不夜天告知高泰盛她怀孕了。

K小姐飞回了国内，往年倒数都是F先生陪K小姐，每次都去广州塔，为了省钱K小姐从未提出要上去观光，尽管她很想。如今同样站在小蛮腰底下，F先生开口说了他们见面后的第一句话：“上去吧，你不是想要一个正式的分手仪式吗？”K小姐冲动地一巴掌打在了F先生脸上，“不用了，我接受你说的分手！”

李乔治陪爱丽莎去看极光，计划从芬兰进入北极圈，末日那晚在芬兰首都倒数。刚数到一时，李乔治被身边一个女的亲吻了一下，然后笑嘻嘻地对他说新年快乐，他突然蒙了。我笑话他，“以你的性格你应该沾沾自喜才对，欧洲不是很流行在新年亲吻陌生人的吗？”他说：“理应是沾沾自喜的，但是看到爱丽莎在旁安静地微笑，我心里就起疙瘩了。”

“你这是活该！”我突然来气了，“以前爱丽莎在乎你的时候你却不以为然，现在她对你释然了你又不乐意了，你这是病，得治！”

“对对对，得治！”我们坐在桌球台上，这是我们新年返回北安后的第一次见面，好久没打球了，约到Sunnyside打了一局。

“我看你也有病。”李乔治坏笑，“相思病！得治！马特什么时候回来？”

“你才有病！懒得跟你扯，我要去图书馆了！”

“好学！我送你！”李乔治满脸嘚瑟。

“你是想见爱丽莎吧！”他早就知道我和爱丽莎约好到图书馆学习。

“你就不能不那么聪明吗？”李乔治依然痞子笑，“我说过多少遍了，太聪明马特会不喜欢的！”

我拉开了李乔治车门，给他翻了一个白眼。

路上，李乔治一个劲地问我是如何跨年的，为何一个人跑去苏格兰了。我闭起了眼，淡淡地说了两个字，“贪玩！”我不知如何向李乔治说起我在苏格兰遇到的一切。也许，人的头脑都会自动过滤掉一些东西，最后剩下的是美好的画面。

而人在分享时，偶尔也会简洁明了地轻描淡写，不是因为怕口干舌燥，而是有些事情说了他人也不一定能理解，就像那时的我。

那时的我，不知电话那端的马特是怎样的一种心情。年少轻狂的我们，在某个层面上，都活在自己的思维里，用犀利的目光去揣摩这个世界，在不经意间嘲弄了他人的艰难。我的偏见在看到阿华时才得以瓦解。

记忆回到了迎接新年的那个晚上。

再次接到晴的电话时，我在爱丁堡城堡下的皇家英里大街，周围人声鼎沸，电话那头的她哭泣着，“求求你帮帮我！求求你帮帮我们！”

我急忙赶到晴所说的中餐馆，看见她躲在巷子里，我走进才发现一青年男子蹲在她身旁，他脸色发白。“他烧菜时被油锅溅到，整个手臂都被烫伤了！”晴哭着撸起他的衣袖。

青年男子抽回了手，连连说疼。“谁叫你多事！还嫌不够丑吗？为什么还要揭开伤口给别人看？”

“你还在逞强什么？”晴恼羞成怒，“对着你的老板就逆来顺受！有胆你现在就回去对你老板发脾气，让他赔偿医药费！”晴狠狠地指向中餐馆，“我大老远赶到这等你下班，不是为了和你争吵！也不是为了看你自暴自弃！”晴突然哽咽失声，“你也不想想我们的孩子，我们再苦也要让他们活得好好的。”

男子沉默了，或许是被烫伤后剧烈疼痛，黑夜中我听到他抽泣失声。

“他是我跟你说的华。”晴哽咽。

“我能理解。”我掏出手机搜寻起附近的中医馆，“要不看中医？中国人也好说话。”

“太贵了。”华语气低沉微弱，话语却坚定。“没事，撑过去就好了！”

“而且中医馆现在都关门了，你帮忙买点烫伤药回来好吗？我实在不懂英文也不知在哪儿买。”晴说。

我跑了几家24小时营业超市买了几盒烫伤膏、消炎止痛药、纱布和绷带，也买了面包和水。晴帮华上了药，让他吃了面包并服下了止痛药。

晴掏出钱包，我摆了摆手说不用，晴执意要还。我没接转身离开那刻，听到不远处传来了动人的音乐，悦耳的歌声悠扬响起。彼时，只有我们仨站在宁静处，而我听着听着突然觉得有泪在即。

远方高处的爱丁堡城堡下，数万人在新年倒数之际高唱着苏格兰温情民谣*Auld Langn Syne*，《友谊地久天长》的原版。

Should auld acquaintance be forgot，and never brought to mind?

Should auld acquaintance be forgot and days of auld lang syne?

For auld lang syne，my dear，For auld lang syne.

We’ll take a cup of kindness yet，For auld lang syne.

怎能忘记旧日朋友，心中能不怀想？

旧日朋友岂能相忘，友谊地久天长？

友谊万岁，友谊万岁。

举杯痛饮，同声歌颂，友谊地久天长。

我和晴跟着旋律唱起了中文，坐在一旁的阿华弯起了嘴角，我看到他雪白的牙齿，笑容似乎可以融化所有的疼痛和隔阂。我突然间明白，世界很小，却也足够容纳一些不因国度而相隔的美好。

摩天轮伴随绚丽灯光不停地旋转，我们在倒数声中迎来了新年，烟火在夜空里绚烂绽放。这是我在英国度过的第一个跨年，我无法告知李乔治我所遇见的一切以及我跌宕起伏的心理历程，所有的言语都显得捉襟见肘。

有些人与我们只有一面之缘，却印象深刻。这是我第一次见到阿华，我知道如今依旧有着如同阿华一样不辞辛苦任劳任怨的最底层最卑微的劳动力，他们过着“白天炉头，晚上枕头”的生活，却依然心存希望。阿华说没事的，撑过去就好了。可我无法猜想华往后的路会是怎样，而晴被转移到北部后的评估是否可以顺利通过，与两女儿重聚。

“在想什么呢?”李乔治一手拍过来，“嘿，还没开学就有压力了，至于吗?”

我在李乔治鄙夷不屑的笑意中回了神。

“帮我一个忙!”李乔治打了个响指。

“说！大晚上的你在打什么骚主意!”我总觉得李乔治今晚神神秘秘的。

“这忙就你能帮!”

3

还没开学的图书馆，依然不少人。英国有些科目是在圣诞新年假期后开学初才考试或交论文，K小姐就是一开学既要考试又交论文的“幸运儿”，可她心思压根就没在这上，现在还在国内。而我和爱丽莎恰好相反，开学初并没考试也不用交论文，一向爱玩的爱丽莎居然头一次约我到图书馆。

我对李乔治点了点头，打了个OK的手势，就看到爱丽莎从门口进来，我迎上去给了她一个拥抱。

“我想我是转性了！在宿舍舍友吵吵闹闹的，我待不下去了！”爱丽莎嘴角扬起，笑得牵强，“今天我特别想来图书馆！我们去安静区，我喜欢安静看书！”

我看着爱丽莎大步走向前，今天的她特别想待在宁静处。可我答应了李乔治，于是快步追上爱丽莎，打着向她请教问题的旗号把她拉到户外休息区。

“OK，问吧？”

“……”一时半会真不知道问啥。

“马特计划下周回来，你去接机不？”倒是她先问我了。

“啊？他下周回来？”每次跟他视频，他都没说回来的具体时间。

“Yes！最近跟他有联系。”爱丽莎皱眉叹气，“他似乎不开心。”

我心隐隐作痛，想问爱丽莎是否知道他在美国具体怎么了，眼前就一片漆黑。

爱丽莎诧异了，当然我知道，这是李乔治的计划之一。果不出所料，我们眼前一盏盏烛光亮起，漆黑中，手捧着烛光的人儿慢慢走向我们，我看到一张张熟悉的脸孔。我不禁感叹，李乔治够牛的！我们整个班的人他都请过来了。

我看着爱丽莎惊喜的脸，同学们开始唱起了生日歌，李乔治从人群中慢慢走来，不得不承认不痞时候的他确实很帅。

“我帮你许了愿望了！那就是你以后每一天都快乐！”李乔治帅帅地说，“你现在要做的就是吹熄蜡烛，让愿望成真！”

随着大伙的起哄，爱丽莎笑容满面地吹灭了蜡烛。爱丽莎刚一刀切开蛋糕，一黑一白就双双抓起蛋糕往爱丽莎脸上抹。

在一黑一白的概念里，每一位寿星都免不了脸上贴营养的蛋糕之灾。我看着爱丽莎的脸和头发满是蛋糕，从包里掏出了纸巾给她擦擦，一不小心把马特给我的照片也扯了出来。

“这是谁？你为什么有这照片？”爱丽莎捡起照片，满脸疑惑。

“马特小时候，可爱吧？”

“这是马特给你的？这照片里的男人是谁？”

“马特爸爸。”我欣喜应答，“马特一家三口。”

李乔治一手扯过爱丽莎手中的照片，二话不说，把剩下的蛋糕都往我身上扔。

“你破坏规矩了！谁帮忙谁受罪！”

我脸上头发里全是奶油的味道，耳边是李乔治百年不变的嬉笑声，而在这热闹喧哗中，我忽略了爱丽莎惊讶惶恐的表情。

回到宿舍梳洗完出来就看到桌上放满了辣椒、罐头、牛肉干、冬菇……

K小姐突然从身后冒出来，吓了我一跳。

“你怎么剪了头发了！”我并不习惯眼前超短发的K小姐。

“剪断三千烦恼丝，无牵无挂自逍遥！”K小姐得意地吟起诗。

“你不是大后天才到？”我好奇。

“如果不是在机场发生那破事，我早就到了！”

“怎么了？”

“没事！”K小姐面部僵硬，随即又哈哈大笑道，“想你了嘛！但更想我的考试和论文！”

“哎哟，回了一趟国就转性了！”我拆开牛肉干吃了起来，“F先生给你动力了？”

“我和他正式分手了。”

K小姐抓起衣服就去了浴室，哗啦啦的水声中我隐约地听到K小姐哭泣的声音，我以为她是放不下F先生，后来我才知道回国这一路她所承受的比我想象的还要多。看着沐浴后马上在台灯下看书写字的K小姐，我突然好怀念那个吃着香蕉嘻嘻哈哈的她。

这一个小假期，每个人的心理都发生着巨大的变化，只是我们不说，铁着心就只管向前了。继续走该走的路，赶要交的论文，准备即将来临的考试。K小姐起早摸黑地待在工作室，洪恩依然每天一杯Costa咖啡蹲在图书馆，充实而有节奏的生活慢慢将因安全感流失而空洞的心填满。

有时候觉得安全感这东西，如同手里的围巾，似乎织得厚重才心安。一丝一缕，一点一滴，伴随着手里的一针一线，在脑海里挥之不去，满脑子都是马特，夹杂着担忧、顾虑和惦记，我确实很想他。

就这样我们在各自或快或慢的步伐里，迎来了新学期，也迎来了中国春节。

除夕的早晨，我坐在图书馆讨论区里，看着不同肤色的人，思乡之情油然而生，我拨起了家里电话。话筒里传来老妈熟悉的声音，“准备做年夜饭呢！你爸跑来了！哎呀，你慢点！地板我刚拖过，滑着呢！”随后我爸接过话筒，“宝贝女儿……”

挂了电话后，我给马特发了信息简单说了句新春快乐，并无问及其他，我知道他在忙，也懂他似乎不想提及太多。

踏进洪恩宿舍时，她刚好在窗边贴起了窗花，秀气刚劲的福字，倒映在玻璃上。

“是谁说了在英国尽量不碰中文的？”我揶揄起洪恩，她最近忙备考又忙申研，我看到的情景理应是她埋在书堆里才对。

“情怀肯定是要有的！”洪恩眼睛发亮，“我爷爷亲手剪的，出国前他说我第一次离开家过新年，特地提前剪好给我带过来，让我福气满满！”

“看来真的福到了！”我把手里的保温盅往台上一放，“爱心汤圆！丹哥亲自下厨，托我带给你！花生馅、芝麻馅、香芋馅、红豆馅、板栗馅……听说有很多味道，他不知道你喜欢哪一种，在中国超市全买了回来，各挑了一些来煮。”

“我想了很久，想清楚了。”洪恩神情忽而严肃，“我们做情侣不合适！一会儿像上了天那样兴奋，一会儿又像下了地狱般痛苦。我被打的那个平安夜，我多想他出现，多希望他没一气之下回了迪拜。那晚你还没赶来前我独自坐在医院冰冷的长椅上，多希望他在我身边跟我说没事的。”洪恩叹了口气，语气变得舒心坦然了些，“做情侣就会以各自的期待去要求对方，大家都累，出一趟国多不容易啊，我们都不该把时间浪费在这，我总觉得应该花在更多更有意义的事情上。他也有他的梦，我更愿意看到他把时间花在设计上，而不是为我煮汤圆。”

“他还不知那晚你被打的事吧？”我问洪恩。

“过去的就让它过去，我从没想过要告诉他。但关于我们的关系，我已经跟他谈清楚了，他也没说不，我们会成为好朋友吧。友谊会是一辈子的，不分国度。”洪恩掀开盖子，扑哧一笑，“现在多好，即便是汤圆全煮烂了，都还是甜的，就像友谊，不计较不期待，反而觉得惊喜！”

“Support you！只要你想清楚了。”我看着化开了的汤圆如同汤羹，洪恩却吃得津津有味。

“你也来一碗？”

“不了，我得赶去东方城了。除夕吃年夜饭人多，答应了周经理过去帮忙。”

刚说到周经理，他就来电话了，我接起电话向洪恩挥了挥手便往外走。

“你现在能不能多找一个人过来帮忙？牛鹏他临时回国，我们现在找人替他。”

“突然回国？牛鹏怎么了？”

“他奶奶病重。我不多说了，你也赶紧过来帮忙吧！”周经理急急忙忙挂了电话。

我翻起手机通讯录想着找谁替牛鹏，洪恩在后面拍了拍我肩膀。

“我去替他！”洪恩特爽快，“可我还真没当过服务员，不过整天帮人代购，左拎右拿又背包又拖箱的，现在去帮忙端个盘子上个菜什么的应该还是可以的！”

“当然可以！简直爱死你了！”

“你不是只爱马特吗？他人还没回来？”洪恩一甩脸给了我一个神秘的笑容，“我怎么感觉马特身上有很多故事。”

“……”我懂洪恩话中意思，只是不愿与她深讨下去，“你身上不也有很多故事！就像现在，你不是一直很讨厌牛鹏的，怎么这么主动帮他了？”

“错！”洪恩一个眼神杀过来，“我是帮你，不是帮他！”

“你也不问问什么事？”

“能让平常一毛不拔的牛鹏这么爽快买机票急急忙忙赶回国的事情无非就那么一两件！”

4

赶到东方城时，周经理正把一盒甜点塞进牛鹏的背包嘱咐他路上吃。

老板娘在柜台边正把钱装进信封里，她给牛鹏预支了两个月的工资。

牛鹏微微鞠躬道了谢，谨慎地接过并不算厚的信封，转身就看到了我们。

自从“英式伪辩”和“逃跑”事件后，牛鹏和洪恩的关系可谓形同陌路，可牛鹏走到洪恩身边时停了下来，对她点了点头说了声谢谢。

“快回家吧。”洪恩回应。

牛鹏径直地走出大门口，没过一会儿，周经理匆忙地追了上去，把他拦住。

“拿着！”周经理塞给牛鹏一个红包，“顺顺利利！”

牛鹏紧紧地握着红包赶在回家的旅途上，我们也忙了起来。洪恩说人生第一次当服务员就献给了大除夕夜，大概也将是人生中仅此一次了。我看她快手快脚的，很快就上手了。

忙到夜深时分，老板娘特地给我们留了自家酿造的糯米酒，非常好喝，洪恩喝了不少。

周经理送我俩到站台，给了我们红包。

“新春快乐，出门在外不容易呀！赶紧回去吧！”那晚天冷，他嘴里呼出了一团团白气，我想起下午时他急忙地追上牛鹏把新年红包塞给他。牛鹏在东方城收过的小费并不少，可这些都没周经理给他的一个红包来得喜悦，牛鹏后来跟我说他在机场候机时拆开红包看到里面不是英镑而是一张红色的100元人民币，顿时眼泪都掉了下来。我知道牛鹏感动的并不是那张人民币，而是红色钞票下周经理的温情和用心。

我们坐上末班公车返回。洪恩一路都很开心，那晚我们收了不少小费。我记得Boxing Day 那天她斩钉截铁地跟我说当服务员简直是在浪费时间，于是笑话她：“你代购一个Gucci，LV，或是一箱奶粉赚的钱都比现在站了一整晚站到脚断的钱多，怎这么开心了？”

“这不是你诱惑我了嘛！”洪恩笑得没心没肺的，她那妩媚的眼神简直成了妖精。

我想洪恩是喝高了，可她又转过头一脸正经地说：“我开始懂你的生活了，那种踏实的快乐！很踏实很踏实……”

19路车停在了林荫大道，洪恩紧跟着我下了车说要睡在我那。刚进宿舍大门就看到K小姐手抱着一箱设计模型在等电梯。洪恩惊讶了，在她眼里的K小姐一直都是优哉游哉的富家小姐。

我按着电梯，洪恩帮K小姐接过那沉甸甸的箱子。

“那么拼？大除夕的还在工作室赶设计？”洪恩问。

“勤能补拙。”K小姐疲惫地弯起嘴角，“比我聪明百倍的人都还在拼。”

“给你带了夜宵。”我扬起了饭盒，“都是你爱吃的！”

“刚饥饿过度了，现在又什么都不想吃。”K小姐捂了捂肚子。

“怎能这样！”洪恩着急了，“关键时刻更要注重身体！”

K小姐突然想起了什么，“对，你说得对！关键时刻更要注重身体！”K小姐喜笑颜开地把我手里的夜宵递到洪恩手里，“你的丹哥，现在还在工作室呢！你给他送过去吧！就这么愉快地决定了！”

K小姐拉我搬起箱子，走出电梯，在电梯即将关上的瞬间，她回头给洪恩抛了个媚眼。

“你知道他们现在什么关系吗？”我突然气急败坏。

“分手了啊！”K小姐一脸悠哉，我一个眼神杀过去，既然你都知道了你还好意思。

K小姐吐了吐舌头，“人有时候就是太自以为是，自以为做那样的决定走这样的路就是为双方好，但其实很多时候我们并不了解自己也不懂对方。”

“然后呢？”

“我刚看丹哥一个人待在工作室，画了一整晚洪恩的画像，凭这点，就该给他个机会，就这么简单！”

最终，洪恩还是没见成丹哥。她回来非常平静地说丹哥没接电话。K小姐继续埋头做设计，我备好睡衣让洪恩去洗漱。那晚我们把两床靠在一起三人睡，我睡得深沉，梦里听见马特跟我说新春快乐。

翌日醒来，朦胧的晨光中依稀看到K小姐蹲在窗台边，我走过去把外套盖在她肩膀上，她抬头微笑，“看，这是我理想的家。”

我看着她双手托起设计精致的房子，脸上充满希望，如同晨曦拉开了黑夜的帷幕。

大年初一，刚好是周日，我们坐火车前往伦敦唐人街。这趟新春旅途多了一个小伙伴，K小姐带过来的，一位文质彬彬、神清气爽的男生，据K小姐说他们是在圣诞假期回英的机场上认识的。

“李再镪，镪字发第三声，你们知道我那天听他名字时，真的听成了‘你在抢’！分明是说我在抢东西似的，听得老娘多不舒服！”K小姐咧嘴笑。

“名字父母起，得尊重得尊重。”李再镪，跟K小姐一样北京人，一口带有磁性的京腔，高鼻薄唇，微笑起来憨厚殷实。“其实我也在林荫校区上课，在机场看到K小姐时就觉得她特别脸熟。”李再镪正在读研，修英国文学，难怪一副文质彬彬的模样。

“甭跟我提在机场的破事，真影响我心情。”K小姐一脸严肃。

“机场那事，谁也不想发生，过去了，你别放心上。”

“什么事情?”我疑惑了。

“谁放心上了!”K小姐一脚朝李再镪踩过去，“你说话给我注意点。”

“好好好。”李再镪聪明地转移话题，“听说这次伦敦春节联欢活动，有你们的精彩表演?”

“我是打酱油的，她俩才是主角!”K小姐指向我和洪恩。

“S. H. E怎么可能少了你！你也很重要!”洪恩故意挑逗起李再镪，“帅哥你应该还没听过K小姐唱歌吧，这回你有福气了!”

“可别扯这么远!”K小姐又转移话题，舒坦地伸着懒腰，“好久没去旅游了!”

“No！No！No！我们现在是旅行，不是旅游!”李乔治矫正。

关于“旅行”和“旅游”的区别，李乔治坚持旅行的意义深远，只有在国内一大群赶鸭子式走马观花的才叫“旅游”，两个完全不同的概念。

洪恩问李乔治懂不懂“新年快乐”和“新春快乐”的区别。

K小姐一脸鄙视，“看你肯定不懂新春的含义，新年快乐是在1月1日说的，新春快乐是在大年初一说的，新春是指初春、早春，尤指春节过后的十来天……”

听着他们的吵吵闹闹，我戴上耳机打开QQ音乐听《中国话》。待会儿的春节联欢活动，确实有我们的演出，我和洪恩及K小姐将代表北安中国学联演唱S. H. E的《中国话》。至于我们为何被选中，也许是因为我们都曾是合唱队的，用洪恩话说只要是金子到哪儿都会发光。我们仨都是S. H. E的粉丝，时尚又有中国味的《中国话》，当然是我们的不二选择。模仿S. H. E央视往期春晚的演出，再加学联舞蹈成员的积极配合，我们排练早在圣诞前就一气呵成了。

我过了几遍再次熟悉旋律后，见爱丽莎坐在后排窗边，我怕她无聊过去陪她，她突然抱住我喃喃道：“我真的好害怕。”

我问她怎么了，她摇了摇头，整个胳膊颤抖了起来。

她推开了我，“让我静一静，别打扰我！”她越过我，朝安静车厢走去。

英国火车一般设置安静区域，自动门关上，一扇门似乎就隔绝了她不想要的喧哗。

“没事，你让她静静。”李乔治走了过来，“有时候热闹比寂寞更显孤独。”

我突然觉得李乔治变得正经了我不习惯。“你去陪一下她嘛！”

“傻瓜，有些事情必须得她一个人走出来。”

5

伦敦，唐人街，中国城。

街上张灯结彩，洋溢着浓厚的春节气氛。

与学联舞蹈队会合后，我们换上表演服，化好妆便上台演出了。

不到三分钟的《中国话》，我们异常紧张和兴奋。

扁担宽板凳长
扁担想绑在板凳上
扁担宽板凳长
扁担想绑在板凳上
伦敦玛莉莲买了件旗袍送妈妈
莫斯科的夫司基爱上牛肉面疙瘩
各种颜色的皮肤各种颜色的头发
嘴里念的说的开始流行中国话
…………
全世界都在学中国话

孔夫子的话越来越国际化

全世界都在讲中国话

我们说的话让世界都认真听话

也不知如何唱完的，当我们唱到最后“全世界都在学中国话　孔夫子的话越来越国际化　全世界都在讲中国话　我们说的话让世界都认真听话”，强烈的爱国情怀油然而生。

我看见台下不管中国人还是外国人，他们眼里饱含着欣喜，而后我听到一阵热烈的掌声，我们一起鞠躬致谢。

锵咚锵，锵咚锵咚锵咚锵……

演出结束后，远处传来了敲锣打鼓的声音，欢快又喜庆。

“热闹！感觉回了王府井！”站在大灯笼底下，K小姐欣然道。

“好熟悉的旋律，以前我继父也常带我去唐人街看。”爱丽莎忽而感慨。

“我这不特地带你来看了！”李乔治帅气地打了个响指，“洪恩，你的丹哥也来了！”李乔治笑嘻嘻地指向前方，“他在前面呢！”

“请注意用词，不是我的丹哥！”洪恩神情略为惊讶。

我以为丹哥是要讨好洪恩而特意来了这，可我分明就想错了，丹哥拉着另一女生的手朝我们走了过来。“我女朋友，你们都认识，我就不介绍了。”

几乎所有人都愣住了，我看到丹哥旁边妆容精致的柯奕琳，我惊讶了平常八竿子打不着的人今天都一次碰到一起了。我看不清洪恩脸上什么表情，只听到她回应：“Good！ Congratulations！”远处传来的锣鼓咚锵逐渐覆盖了其他声响。

舞龙队缓缓游过，以往在老外眼里龙是邪恶的化身，而随着中国文化的逐步渗入，看着活泼灵动寓意祥瑞的“龙”，老外也喜出望外。丹哥第一次看到如此热闹的场景，不禁问起底蕴深厚的中国新年文化，柯奕琳娓娓道来。我看着他们喜笑颜开柔情蜜意，如同看戏，心泛涟漪。一转头就看见一只金色狮子在我面前舞动着，后随几只威风凛凛的狮子，活灵活现。过了好一会儿，其他狮子都走了，那只金色狮子还在我面前，在阳光下威威生风。我咧嘴笑了起来，它还不走，肆意地张开了口把我手给含住。我惊讶了，李乔治在旁幸灾乐祸似的哈哈大笑。倒是爱丽莎拍了拍狮子头，正经地说："好了，够了，别玩了！"

我便看到摘下狮子头后露出了一张我久违的脸。

"马特！"我惊喜极了，原来李乔治和爱丽莎早有预谋。

"哇，马特！"K小姐甚是激动，"你还会舞狮子呀？"

"嘿，你真的让我越来越惊喜了！"丹哥向马特竖起大拇指。

许久不见的马特清瘦了很多，一日不见如隔三秋，接下来的行程中我眼里自然就只有马特了。我也不知怎的变得格外黏人，生怕他一回来又不见了。

"你学过舞狮吗？看你舞得很专业。"爱丽莎问马特。

"以前我爸教的，在洛杉矶唐人街也表演过。"马特牵着我的手，"回来想给你惊喜，就联系了这边华侨会。没想到，你们也给了我这么大的一个惊喜，歌唱得好听，不愧是留学生版S. H. E！"

爱丽莎靠近马特，"舞狮是你爸教你的？"她顿了顿，欲言又止。

"Stop yapping！我们去品味中国美食吧！"李乔治一声令下，"中国那句古话怎么说？对！民以食为天！"

张灯结彩的唐人街，唇齿留香的中国餐，年味似乎比国内还要浓厚。

我们登上了伦敦眼，游了泰晤士河，在大本钟下聆听时光的钟声，在海德公园骑自行车，在河边喂起了鸽子……

那是我往后回忆里最肆意自在的一天，风在飘，心在飞。

傍晚时分，我们坐上火车回程，大伙累了都很安静。我靠在马特肩膀上睡着了，醒来时看见洪恩站在车厢之间的过道里。我走过去，刚好撞上了她沮丧的脸。

"马特离开的那段时间，其实我心里也忐忑。"我感慨，"忐忑也好，假装坚强没事也罢，关键是要跟随自己的心，有时候看见的不一定是真实的。"

"丹哥这事我开始以朋友的角度去看待。留学时光这么短，我希望我们记得更多的是各自的好。"洪恩晃了晃手里的手机，"刚刚我给牛鹏发了信息，本想问他要帮他请几天假的，他却问我是不是一直就觉得他不像男人！懦弱！愚蠢！他刚下飞机，就收到他奶奶已过世的噩耗。他说他如果早一点回国，不顾一切地回去，那么至少还能见到他奶奶最后一面。他一直问我，他是不是很懦弱！愚蠢！"

我和洪恩靠在墙上，火车咣当咣当地前行，窗外的风景一闪而过。

“我以前遵循绝对性，Yes or No！”风从缝隙里卷进来，风很大，吹起了洪恩干练的短发，“现在发现，人与人之间是如此的不同，懂得了这世上没有所谓的浑然天成和碌碌无为，也就更能理解他人的不同活法和异样的思维方式。”

洪恩理了理被风吹得凌乱的刘海儿，双手抱在胸前。

“我也以为我很了解自己，现在看来都是放屁！当我在舞台上唱着《中国话》时，我连自己都从没发现我是那么喜欢中国。”

我抱起了洪恩，窗外大雾弥漫，白茫茫的一片，如同原始世界那般的纯洁。

我返回想去洗手间，却看到马特在另一车厢的过道里，我欣然走近时，看见了爱丽莎站在他身旁，瞋目切齿。我听不清她对马特说了什么，我第一次看到爱丽莎疾言厉色的样子，马特按压着她的肩膀，似乎按不住，便着急地抱紧了她。

Chapter 11

不辞而别

每个人的人生和日常都带有一定的预设程序，
可笑的是，
我们在自以为对的轨道上，
永远不知道自己错过了什么。

1

少女情怀总是诗。

一针一线，针线缠绵。

脑海里无意识地浮现那天火车上马特紧抱着爱丽莎的画面，爱丽莎脸上似乎也藏着很多故事，像是谜团萦绕在脑里，挥之不去。

K小姐从被窝里探出了头笑我少女心，我瞪眼回去，“你敢说你之前没织过围巾给……”我顿了顿，倒是K小姐非常爽快地接了下去，“对，F先生，我所有的少女心都给了他，以后再也不会有谁了。”K小姐掀起被子伸了个懒腰，“也好！以后我就只管安心学习了！像你这种学霸啥时有少女心都可以，像我这种学渣在这边继续少女心下去真耗不起了！也许，我和他结束得刚刚好。”

“你的学期论文出成绩了吗?”我停下手中的针线问。

“出了，过了。”K小姐揉了揉眼睛，含含糊糊地说。

我开心地朝K小姐床上扑过去把她压倒，揶揄她明明就是学霸还非得把自己说成学渣。K小姐把我推开，支支吾吾地说：“这次……这次过了没什么，下次我一定，一定……自己……”

“一定高分通过！要对自己有信心!”我敲了敲K小姐的头，又拿起针线织起围巾来。

“实话说我成绩并不好，我来英国交换的性质跟你们不一样，像你、马特和牛鹏他们真的是被选中作为交换生拿着奖学金来这学习的，而我却是用钱买来这次机会。我爸妈望女成凤，一直希望我出来看看这个世界，便自费让我来了英国。”

“不管怎么说，好好珍惜。”我低头手飞快地织着围巾。

北安那天刚好下起了雪。

我把礼物盒递给马特，他打开一看，抬头惊喜地望着我。我取出围巾系在他脖子上，才绕了一圈，他坏笑地扯了一下围巾，惊呼一声我已在他怀里。我们的距离如此近，呼吸着彼此的气息，我侧过头红着脸找了句话说。

“你们在美国发生了什么事，伯母她现在在国内吗？”

“嗯。”

“那你爸爸还在美国？”

“……”马特沉默了。

“你说你回来有事要跟我说？”

“……”马特又沉默了会儿，眯眼笑了起来，“那是我亲自给你带了《小王子》，美国版的！”

马特把书递给我，封面装潢精致的《小王子》。

“记得你上次在诺丁山说过，收藏各国《小王子》是你的爱好。”

“这你也记得？”

“必须的！”

“我在爱丁堡那几天，爱上了苏格兰风笛了。穿着格子裙的男人，吹着悠扬的苏格兰风笛，特别帅气！”

“想不到你也有这嗜好！”

“什么？”

“苏格兰男人穿裙子，都不穿内裤的！”马特坏笑，“原来你喜欢这样的男生。”

“我说的是苏格兰风笛！”我往马特身上狂打。

我和他似乎又返回了原来的生活轨道，上课、兼职、一起泡图书馆。似乎什么都没变，我再也没问起他任何关于美国的事情。

我看了一下时间，糟了，差点忘了爱丽莎约了我见面。

我们站在图书馆外，风把她金黄色的鬈发扬了起来，我第一次看到爱丽莎如此严肃的脸。

“你离开马特吧！马上！越快越好！”

“为什么？”我突然好疑惑。

“我说的话可能很难听，我知道你很单纯！我也不想解释太多，反正你离开他，我不想伤害你！”

我还没反应过来，爱丽莎就愤懑而去。我一个人愣在原地，仿佛听了个笑话。

接下来的几天我都没见到马特，他说他在忙，我也没打扰他。照常上课、兼职、泡图书馆，只是偶尔会走走神。爱丽莎开始与我疏远，课下唯一跟我说过的一句话便是横眉冷目地提醒我要尽早离开马特。

洪恩为备研忙得不亦乐乎，K小姐蹲在工作室也常废寝忘食，马特不过来吃晚饭，下了课后我突然不知该去哪。

“出家为尼，在想什么呢？”

我回头看见李乔治痞子的笑脸。

“突然觉得你沉思起来的样子还挺好看的，在想什么呢？”

“你们在国外是不是都很容易和女生‘交朋友’啊？”我问。

“哈哈，出家为尼，你变坏了！”

我对李乔治的油嘴滑舌表示无语，他又一本正经地指着林荫大道旁的那片大草地说：“我们到Racecourse走走吧，好久没亲近自然了！”

进入了三月的英国，日照时间逐渐变长，夕阳的余晖懒散地洒落在草地上，风穿过树梢，簌簌的声响像是絮语。

这片大草地虽离学校很近，我确实也好久没过来走走了。

“今年是英国最漫长的冬天了，往年三月都不会那么冷。”李乔治竖起了牛仔外套的领子。

“你喜欢爱丽莎吗？”我问李乔治。

“你画风转得真快！”李乔治坏笑，往前翻了几个跟头，倒立在草地上，咧嘴笑道，“我以前想不明白一些事情时，就喜欢来这倒立。有时候我们想问题可以往别人相反的方向看，那么问题或许就突然明朗了。”

李乔治“咯噔”地一个反身，潇洒地站直了身子，拉着我跑了起来。

“啊啊啊！”李乔治突然大叫，“跑吧！尽管跑！跑到天昏地暗，天黑了天自然就会亮！什么都别想！跑跑跑！”

“慢点！慢点！”我被拉着跑了起来，“啊啊啊！”

天黑了天自然就会亮。

翌日周六，我没去东方城打工，早上梳洗完，便去了Sunnyside找爱丽莎。

“我知道你会找我。”时刻保持妆容精致的她，眼睛炯炯有神，“有什么问题，尽管问吧！问完就赶紧离开马特。”

“我没有想要问你什么。”我摇了摇头，“有些问题不一定非得要有答案，有时候问题的出现是让我们更清楚自己内心的想法，我知道了我的想法也想跟随自己的内心，所以我来找你。”我顿了顿，坚定地说，“我是不会离开马特的。”

“你不介意我跟他……”爱丽莎狠狠地盯着我，面部肌肉紧绷，“你们中国人不都看重这些？”

“如果……如果他要离开我和你在一起，我绝不强求，我会祝福你们。但在他还没离开我之前，我不会放弃他。”我掏出10英镑压在桌上，咖啡也没喝，起身正想走，“我已说完我要说的话了，再见。”

爱丽莎愣了一会儿，伸手一把拉住了我。

“你真的不想知道马特的事情？”爱丽莎冷笑了一声，“他爸都快要死了，你这个女朋友还不知道吧！”

“……”我心里一沉，整个人都愣住了，“什么？”

“你不知道的事情还多着呢！”爱丽莎示意我坐下，“我觉得你作为他的女朋友，必须得知道，例如他的爸妈都是卑微的偷渡客。”

“偷渡客？”

“当然！”

2

“在我们都还未来到这世界时。”爱丽莎冷笑，“你绝对猜想不到某些中国人有多向往我们的美国！他们被装在大货船里面，甚至被放进箱子里，然后被运送到美国，他们有一个代名词，叫偷渡客。呵呵，你不了解吧？”

“……”偷渡客三个字，我怎么可能不了解。

“一艘货船每次装载着几百人的偷渡客，马特爸爸妈妈就是其中的‘人蛇’，他们被‘蛇头’带领着，哦不！你不知道‘蛇头’和‘人蛇’吧！”爱丽莎唏嘘一声，“我一开始也不知道，这都是马特告诉我的！他连你都没说吧，他就只想跟我谈心。”

“……”我心里波澜起伏，爱丽莎说“蛇头”和“人蛇”时特地转换了语言频道，用标准的中文说出了这两个地道的代名词。我若不是前段时间负责难民翻译，查阅了不少偷渡的史料，还真不知“蛇头”和“人蛇”的深层含义，但我仍装作淡定地朝她点了点头，“我知道。”

偷渡人不仅会被装载在货船、藏进渔船的底舱、躲在冷藏柜车厢，还要翻山越岭、爬铁丝网翻越边界。领头的人爬前面，其他人跟着，像一群蛇，因此就把领头的人叫作“蛇头”，而偷渡者就叫“人蛇”。

“他们就被‘蛇头’带领着翻山越岭，经过中缅边境进入泰国，再坐上大货船，历经半年的辗转，计划从墨西哥进入美国。”爱丽莎继续说，“船运是很不安全的，惨无人道的事情经常发生，生病的人被抛入大海，女性常被强奸，不过死亡的恐惧没有阻止偷渡的诱惑。那里没有法，也没有道义，只有生存。呵！有些女人会主动与某些有权力的男人发生性关系，来得到他们的保护。但马特妈妈却不是那样的人，宁死不屈，也正因这样，马特爸爸开始留意她。为了保护她，马特爸爸被不少人排斥，甚至殴打！他们躲在小小的仓库里，日久生情，马特妈妈便在那肮脏恶劣的船舱里怀上了马特。”

爱丽莎娓娓道来的这些，马特对我只字未提，冷意泛上心头，我捧起热咖啡，喝了几口。

“看你的反应，你不知道他们的爱情故事，马特从没跟你说起？”爱丽莎又冷笑道，“马特妈妈怀着马特在海上颠簸了几个月，快抵达墨西哥海岸时，蛇头让他们跳海爬上岸，海水里有割脚的东西，上岸时，马特妈妈满脚是血。你根本想不到她承受了多少的煎熬，我自己都佩服。”爱丽莎喝了一口咖啡，哽咽了，“历尽艰辛，他们终于偷渡到了美国，躲在了洛杉矶的唐人街。”

“……”我记得爱丽莎的家也是在洛杉矶，是因为有代入感，马特才跟她诉说这么多吗？为何爱丽莎知道得如此详细？

“后来马特妈妈在美国生下马特，两母子得到了庇护。马特爸爸却没那么幸运，只能四处躲避。马特9岁那年，他巴结上一个当地女人并与她结婚，计划拿取他梦寐以求的美国绿卡，马特妈妈伤心欲绝，立即带着马特回了中国。”

我心里波澜起伏，心绪难宁。我分不清是为马特的遭遇感到难过，抑或是痛苦他对我竟只字未提？他与爱丽莎如此亲近，而我像个傻瓜从她的口中得知一切。

“你刚说马特爸爸快要死了？”无论马特怎么恨他爸，父子之情也断不了。

“对！他计划回中国，和马特妈妈共度最后时光，抛弃了那个曾经对他爱护有加并让他拿到绿卡的妻子。Shit！像他这种人，早就该死了！竟然还活了这么多年！”爱丽莎努力压着气，“这个男人，不想多说，我们回归正题。你现在可以离开马特了吧？”

“这有什么关系吗？为什么我要离开他？”我顿了顿，问，“你喜欢马特？”

“如果你连他从不跟你提起这些你都不介意的话！那么我无话可说！”爱丽莎冷笑，又斩钉截铁道，“但是你现在必须离开马特，除非你想学校开除你的好舍友！”

“什么意思？”我不懂爱丽莎为何把K小姐也扯进来了。

“K小姐平时的作业和论文都是找人代写的！”爱丽莎横眉冷目。

“什么！”我脑海里一片空白，“你胡说什么？”

“我掌握了她所有的证据。”爱丽莎扬了扬手里的U盘，“我先跟你交代下K小姐找代写的后果，如果是平时的课堂作业找人代写，很可能只是会被老师警告，甚至课程重修。但若是期末论文，就有可能无法按时拿到学位，甚至被开除。K小姐课堂作业和期末论文都找了代写。”

“我不相信！”我突然觉得信息量好大，但我绝不相信K小姐的作弊行为，我声嘶力竭了起来，“我绝不相信你说的！”可下一秒，我突然想起那天清晨我说K小姐是学霸时，她把我推开，支支吾吾地说这次……这次过了没什么，下次我一定，一定……自己……

“你自己回去好好看看！我给你三天时间，你不离开马特，我就去告发她！”

爱丽莎“啪”一声把U盘扔在我面前，转身想走，突然一个身影从身后越过我扑倒在爱丽莎身上。

“当初不是说好了，完全保密的吗？”K小姐突然出现了，对爱丽莎大喊大叫，“原来是你！但你怎么可以这样！我给了你那么多钱！我给了你那么多钱！”

“才不是我，我才不会帮你代写！”爱丽莎推开K小姐，“你既然做了！就该承担被人发现和揭发的风险。你找我舍友代写，她找我帮忙修改!”

“Why？你怎么可以这样!”K小姐疯了一样往爱丽莎身上打，“你这样做，对你有什么好处！你为什么要这样做？你是坏人!”K小姐用蹩脚的英文质问爱丽莎。

“你做错了事，现在却在责怪我!”爱丽莎也火了，两个人扭打成一团。

我试图阻止，可根本拉不开她们，Sunnyside的工作人员上前阻止了，爱丽莎趾高气扬地推门而去。K小姐气急败坏地追上去，又焦虑地恳求了起来：“我不是故意的，我是不够时间才……我求你，求你!”

“你别求我，你应该去求Sunny!”爱丽莎一手推开了K小姐，K小姐没站稳，直接跌倒在草地上。我走过去扶她，却被一双有力的手抢先一步，我抬头一看，是文质彬彬的李再镪，可他怎么会在这?

“你急急忙忙叫我过来该不会就为了看你们打架?”李乔治也来了，我似乎第一次看到他黑着脸，他瞪着爱丽莎，“够了！你不要再闹了!”

“她没有闹!”马特也突然出现了，走向我。

他的双手捏得我的肩膀好紧，定定地看着我，我心里一阵强烈的不安。

“这听起来很无情，但我现在说的话你得听清楚，我只想找一个玩伴而已，我和你在一起是一种失误。”马特目光冰冷。

“什么意思?”我瞬间蒙了。

“我们分手吧。”马特神情严肃，随即他拉着爱丽莎想要离开。

“这段时间你给我的感情，我以为是特别的，你现在却说是失误?”我不知马特是否在演戏，或有何苦衷，但无论发生了什么，两个人都还是可以一起面对的。有些话，例如分手二字是不可以随意说的。

“我不相信爱情，我们分手吧。”马特停下了脚步。

“你说什么?”李乔治上前一手按住马特肩膀，神色激动，“你再说一遍!”

“是!”马特忽而冷笑一声。

“无耻!”李乔治挥起拳头想要往马特脸上打，可爱丽莎一手抓住了他。

“所以，爱丽莎说的话都是真的?”我不由得心酸，直直地问马特。

“她跟你说了什么?”马特回头狠狠地盯着我，我明显感觉到他的身子在颤抖。

“这些你都从未想过要跟我说是吗?”我突然疯了，“你的父母，你的家庭，这些你从未跟我说过!”

“对!”马特只冷冷地回了一个字。

“……”我突然觉得眼前的马特好陌生，“那你打算一辈子都不跟我说是吗?”

“你不也有很多事情没跟我说!”马特声音沙哑。

“什么意思?”

“你都计划好去非洲去赤道几内亚做义工了!”马特声嘶力竭，“你有跟我说过吗？你未来计划里有我吗？你都做不到，凭什么要求我!”

“……”我没有，可我张口提着气却一个字也说不出来。看着马特冰冷的眼神，我突然明白他并不是在演戏。他拉着爱丽莎，缓缓地消失在我的视线里。

我觉得四肢无力，蹲了下来，哽咽无语。

3

那晚我躺在床上，眼泪止不住地往下流。漆黑中我听见K小姐辗转反侧，弄得被子频繁发出褶皱声。

我许久没睡着，盯着枕头边的手机。我心里确实期盼着马特的讯息，哪怕是一句简单的话语，告诉我今天发生的一切都是假的，可屏幕一直没亮起。

我回忆起所有事情的来龙去脉，从圣诞驻唱那天马特知道我去了郊外福利营后那诧异的眼神，到新年来临之际我独自去了苏格兰在电话里和他不停地抱怨，再到今天从爱丽莎口中听到原来马特爸妈是偷渡客……所有的画面不断在脑海里闪现。

我痛恨自己毫无察觉，恼火马特从不曾跟我提起，痛苦、迷茫、害怕的情绪兀自在心里疯长。

手机屏幕突然亮了，我着急地去看，却不是马特，而是通知栏里弹出一则“英国踏入夏令时”的信息。我才意识到原来即将要踏入夏令时，我看着手机从深夜两点突然跳到了三点，心里顿时漏掉了半拍。

去年英国踏入冬令时那天，手机在深夜两点自动跳回一点，时钟倒回如同偷来的那一小时，我和马特在一起了。彼时的唯美独特地烙在了记忆里，而此刻，看着手机时钟一秒秒地往下跳，心越是发慌。我慌张地抓起床头边上的闹钟，它不像手机这样的高科技联网产品会自动更新时间，依然停留在深夜两点。我把闹钟拨回深夜一点，又疯了般往回拨，秒针、分针、时针不断地往回走，一圈，两圈……

如果，一切可以倒回去，什么都不曾改变。

两眼望着天亮那刻，我把闹钟调到踏入夏令时后的正常时间。每一年的英国，时间交替在冬令时与夏令时之间，时间从不曾变多或变少，偷来的是注定要归还的。

起床洗漱完，做好早餐，从厨房出来想喊K小姐吃早餐，却发现被收拾过的书桌上留了张字条。纸上是K小姐的字迹，只有十个字，言简意赅。

“没脸再见你，我搬出去住。”

我揉着纸条着急地往外跑，却没追上K小姐，便独自站在宿舍大门口愣了许久，像是在等K小姐回来也像是在等马特，却始终等不来。

踏入了夏令时后的英国，日照时间似乎开始拉长，晚上时分的东方城生意格外好。

“那是因为复活节假期开始了，新闻说，今年是史上最冷复活节，天那么冷，人们都喜欢往店里钻，吃上热辣辣暖乎乎的饭菜。这一桌基本全是‘富二代’‘官二代’，自己哪会做饭呀！嘴馋了就以聚餐名义出来吃呗！”新来的青青，指着坐满了中国留学生的一桌说，“你看，右边那两个男的，虽然不是很帅，可他们开的是拉风的兰博基尼和奥迪R8，瞬间提升了好几个颜值了。最左边那个女的，听说她怀孕了，旁边那男的让她去堕胎了！你看，那女的脸色发青，堕胎多伤身体啊！那男的简直一渣男。听说他是个音乐天才，没想到他这么渣！忘了叫什么来着？高……”

我擦拭着酒杯，抬头便看到青青指向的高泰盛，以及他旁边低头吃饭的陈小芳。我愣住了。

青青在我眼前晃了晃手，“你认识他们？”

我还没回应，牛鹏就跑来教训她，“新来的话怎么那么多，还不快干活！正事还忙不过来，还有心思飞短流长！”

青青殷勤地跑去给高泰盛那桌添茶倒酒。没过一会儿，她又跑回来在我耳边絮叨：“没想到那姓高的渣男竟然一直在玩游戏玩LOL，旁边为他堕胎的那女生清瘦得我看着都可怜！”

一阵心酸涌上心头，我低头快速把剩下的酒杯擦拭干净，正想过去跟陈小芳他们打打招呼，就看见李再镪从门口冲了进来，他呼吸急促，“K小姐进医院了，马上要动手术，非得见你一面才肯进手术室！”

“手术？她怎么了？”我急了。

“我也不太了解情况，反正她要先见你！”

我向周经理请了假，刚想走，陈小芳就走了过来说想跟我聊几句，可我现在确实有急事，她皱了皱眉点头说好。我看她脸色苍白，拍了拍她肩膀让她照顾好自己。

李再镪已让的士等在东方城门口，我上车前，似乎看到不远处路灯下有个熟悉的背影，看似马特，他拉着行李箱慢慢走远。

我没多想，就上车赶去医院了。

匆匆赶到医院时，手术室门外的灯亮起，K小姐已被推进手术台。值班的护士说不能再推迟了，推迟多一秒，阑尾就要穿孔了。

向护士询问才知道，K小姐最近两天来了例假，腹部剧烈疼痛，中午在工作室疼得倒地被送到医院。再加最近K小姐废寝忘食地赶作品，被医生误诊为痛经及肠胃炎，打针吃药后完全无效，后来发现K小姐又吐又呕又发烧，才确诊为阑尾炎，要马上进行手术切除。

我和李再镪坐在手术室门外，夜深的医院格外安静，我看向李再镪，他似乎知道我想问什么。

“昨晚夜深，K小姐给我发信息，问我是否可以帮她找房子，她说很急。我今天找到房源了给她打电话，就听到救护车的声音，她一直喊救命我就赶来医院了。”

“幸好你来了，要不她那破英语，估计连痛经都不知道怎么说。”我取笑K小姐。

“其实她最想见的人是你。”李再镪皱眉，“打你手机，一直关机。”

“啊？”我掏出手机看，“没电了！”昨晚确实一整晚都没充电。

“研究生学业忙吧？”我找话题聊，在英读研只有一个学年，自然会忙碌很多。

“还好！也时常忙里偷闲！Study hard，Play harder！”李再镪微笑，“圣诞还回了趟国，这才认识了K小姐。”

“嗯。”K小姐和李再镪是在回英的机场上认识的，“她说第一次听到你的名字，感觉你说她在抢东西似的，你在抢！哈哈！”

“像她那样傻的人哪会去抢东西啊！”李再镪笑道，下一秒神色忽而认真了起来，“其实那天在机场，K小姐差点因携带海洛因而被抓进监狱。”

“什么意思？”我瞬间蒙了，“海洛因？”

“不是她带，她帮一个黑人带。”李再镪声线憨厚稳重，“那天K小姐在机场，遇到一个正在讲电话的黑人，黑人把K小姐拦下让她帮忙听听电话，电话那头是个中国女人。K小姐接过电话，那女人说黑人是她的客户，公司特地给他买了些刺绣纪念品，但是他行李超重了，想托K帮忙拿一下过关，过了关就可以还给他了。那女人跟K小姐说：‘你是中国人，海关不会拦下你的，你就行行好，帮帮忙！’K小姐爽快地答应了，还说自己也没什么行李举手之劳而已，她并不知道包里夹着两包海洛因。”

“要是真的被发现了，K小姐是要坐牢或被处死的！”我突然激动了。

“确实。”李再镪声音不重不轻，“其实那黑人也曾以行李超重为由让我帮忙携带那手提包过关，我没答应。后来他找上K小姐了，我总觉得不对劲，便跟在他们身后，靠近关口时，我按捺不住让K小姐把包还给黑人。K小姐一脸萌呆，最终还是被我说服把包还给那黑人，可已经来不及，恰巧海关搜查犬嗅出味道跑了上来。那黑人也不认账，说这包不是他的。”

“所以警方认为K小姐携带毒品？”我突然好激动，尽力沉住气，“机场不是有监控吗？证明这不是K小姐携带的啊！”

“机场是有监控，但是没有声音。从监控录像来看，的确看到K小姐碰到黑人后停下脚步从黑人手中接过电话，挂电话后就主动从黑人手中接过那个藏有海洛因的手提包。”李再镪冷静分析，“但这也不能证明K小姐与此案件无关，警方有理由怀疑她是共犯。这都把K小姐弄哭了，但她坚决不让警方联系她家人，后来警方把她关进小黑屋里。”

“K小姐好心却……”连去个警察局都害怕的K小姐，我完全不敢想象她被关在小黑屋里内心有多慌。

“上天还是有好生之德。”李再镏微笑，“后来警方再次审查黑人时，发现他手机里有设置通话录音。K小姐和那中国女人的对话被完整地录了下来，再加上我作为人证，K小姐被安全释放。”

“幸好幸好！”我长长舒了口气，“之前看过一些报道说有人回国时帮别人带红酒带漫画书，结果从漫画书中倒出6包海洛因。红酒被海关查出瓶内液体呈毒品阳性反应，后经鉴定，液体含可卡因成分，携带那两人被判了死刑。他们并不知道自己无意中帮别人运送了毒品。”我不禁叹气，“有时候觉得这个无奇不有的世界，你的乐于助人可能真的会要了你的性命。”

“但这世界也需要毫无保留无所顾忌地去帮助他人。”李再镏坦然道，“读研这一年，在埋头苦读中也算是见识过各种形形色色的人，‘官二代’‘富二代’、平凡人、穷学生。有些人低调从容，有些人招摇过市。勤勤勉勉拿学位也好，浑浑噩噩混日子也罢，有时候换个角度去看待，或许也就明白不同人的不同活法。英国是个很包容的国度，而我觉得你也是个包容性很强的人。”

看着李再镏认真的眼神，我突然明白他话中有话。

“不同种族肤色的人汇集到这里学习、生活甚至创业，努力地去适应，去改变，慢慢成为自己想要的样子，我看得出来K小姐，一直在努力。”

“我明白你的意思。”我懂李再镏在说K小姐找代写的事情。

“你果然是个聪明人。”

“其实我并没责怪K小姐。”就事论事，就代写而言，整天宅在宿舍不分白天黑夜玩LOL或是蹲在酒吧放纵不羁从天黑泡到天亮的人，被父母逼来英国或是其他原因厌烦读书的“富二代”多得是。他们找代写我确实不屑，但这也是他们的选择，他们也将为此承担未来不可预测的责任。

“对了，你好像很在乎K小姐的事情！”我笑道。

“自从那天在机场看到K小姐傻乎乎的样子，后来又在Sunnyside看到她自责得甚至双手掐着手指出血。我就觉得这个人，我一定会帮到底。”

“我真没责怪她，其实她也不用搬出去。”

“当然要搬!”李再镪忽而大笑，“我帮她找了一间全是外国人的公寓，有白人也有黑人，让她受受苦，锻炼下。”

“我没想到你看起来斯斯文文憨厚老实的，原来你这么腹黑!”

“手术灯熄了，你进去看K小姐吧，我撤了。”

我没问李再镪怎么不进去，看着他高大的背影消失在医院的长廊里，觉得他是个成熟睿智的男人，后来他也确实在英国闯出了自己的一番事业。

在医院泛白灯光下，K小姐的脸被照得发白，身体孱弱，语气却带劲得很，“疼死我了，搞了半天，原来我不是痛经，是阑尾炎啊!”

“你说的搬出去住，就是搬到医院住啊!”我一见K小姐似乎就来气了，便不禁揶揄起她。

K小姐点了点头，咧嘴大笑了起来，“看来你是原谅我了!”

我什么也没说，弯腰抱起了平躺着的K小姐，她却轻轻拍着我的后背，“你现在要抱紧的应该是马特，对不起，对不起，是我不好……”

2013年3月31日，英国踏入夏令时，刚好也是复活节。那晚，我陪着K小姐在医院，聊着聊着累了困了我就睡着了，依稀记得K小姐在我耳边细语，“多希望你们的爱情可以复活。”

4

复活节，万物复苏，春回大地。

学校安静了许多，长达三周的复活节假期，本地学生大多回了家或是外出兼职，留学生基本都开启了“游世界”模式。

洪恩这代购党也闲不下来，唯一不同的是，她偶尔会来东方城帮忙端端盘子上上菜，牛鹏喜欢打趣她，洪恩也不亦乐乎，完全不像曾是冤家的两个人。

再次见到陈小芳也是在东方城，她独自坐在窗边，点了碗云吞面。牛鹏给她下了单后，跑到屏风里，拨起了电话，隔着屏风，我听到牛鹏努力压低声音又按捺不住地破口大骂："他妈的，你有本事干得了那种事，就该负好责任!"

屏风之外可见牛鹏激动的身影，我知道他在歇斯底里地骂着高泰盛。洪恩走过去说了句："感情是两个人的事，你狗拿耗子——多管闲事!"

我想起开学初，牛鹏和高泰盛在我宿舍住了一晚，翌日早上帮陈小芳搬行李。我记得做饭时大米撒落一地的惊讶与欢笑。

那时的我们既简单又快乐。

牛鹏垫钱点了碗汤，给陈小芳送了过去说是周经理特地给VIP加餐，陈小芳说了句谢谢，欲言又止。牛鹏笑了笑刚离开，陈小芳把他喊住："事情不是你想的那样，放心，我还好。"

陈小芳低头喝完汤便走，我跟周经理请了假，追上陈小芳。

"我知道你会找我。"陈小芳看见我并不惊讶，"我本想等你下班，等不及了，太压抑了！出来透透气。"

"去Racecourse走走怎样?"我提议，陈小芳点头说好。我知道她也特别喜欢这片如同草原般的大草地，陈小芳还没搬走前，特喜欢拉我到草地上让我帮她拍照。

踏入复活节后，春回大地一切恢复生机，这片草地更春意盎然。陈小芳走在前面，"估计这段时间你肯定也听了不少别人口中的陈小芳，从煮饭差点烧了厨房的Microwave girl变成了现在被人抛弃的堕胎女。"陈小芳回头微笑，刚好映入我相机界面，"其实我没有打掉孩子，他们说的都不是真的。"

镜头定格下的陈小芳依旧小家碧玉，却清瘦了不少。

"我比较瘦，看起来不明显。"陈小芳抚摸着肚子，"已经四个月了。"

"高泰盛他……"他人呢?

"我们分开了。"陈小芳在靠近林荫下的一张长椅坐了下来，"一开始我接受不了，但最终和平分手，也挺好的，至少有个孩子可以陪着我。"

"那你是计划留在英国?"我曾听闻她想要留在英国。

"回不去，只能留在这。"陈小芳神色黯淡。

"回不去?"我疑惑了。

"很多人眼里的陈小芳，生活完全不能自理的微波炉女孩，学习成绩好，其实我就除了英文稍微好一些，其他什么都不是。从小到大，我都是衣来伸手饭来张口，完全被宠溺了，听爸妈说得最多的是，好好学习，别让咱们干部家庭丢脸。因此，各式各样的补习班，学英文、学画画、学钢琴……雅思得考八分以上，钢琴得过十级，考试得在全市前三……我的人生就被这些条条框框衡量着，我几乎没有什么朋友。”

陈小芳微微一笑，“所以来英国，我非常兴奋，觉得终于可以自由了，又遇到了他！我们甚至要谈婚论嫁了，他说只要一毕业回国，他就娶我。”

“……”我没插话，静静地看着陈小芳。

“我把我怀孕的消息胆怯地告诉我爸妈，出乎我的意料，他们完全没责怪我的意思。电话那头，我妈平静地说了句，‘也好，以后有个孩子陪你，以后的路爸妈不能陪你了’。我爸接过电话语重心长地说：‘答应我，待在英国永远不要回来！’然后就把电话挂了，这是我最后一次听到他们的声音。”

“什么意思？”我并不懂。

“那个说着别让咱们干部家庭丢脸的人，自己却让干部家庭丢脸了。我爸受贿数亿，被判死刑，而我妈被留置，不知所终。”

“……”我很惊讶，陈小芳确实如洪恩所猜测的，是个“官二代”。“高泰盛知道你父母的事情吗？”

“我跟他说了，那段时间我特别慌，抑郁得甚至想自杀，好像从温汤里突然被扔到刺骨的冰块里的感觉，好像上一秒我们还在巴黎铁塔下倒数迎新年，我告诉他我怀孕了他满脸欢喜，下一秒在知道我父母贪污受贿后就变得痛苦惆怅。他是独子，他家庭接受不了，书香门第的家庭怎么可能容得下我这个贪官的女儿，他不会留在英国，而我又回不了国，最后和平分手。”

“那你们的孩子，他……”他也不管？

“我撒了谎，告诉他我没要孩子了。”陈小芳轻抚着肚子，“爱情本该是纯粹的，我不想用孩子捆绑着他，他也适应不了英国，融入不了这边的生活，与其不分白天黑夜窝在宿舍打游戏玩LOL虚度光阴，还不如回国踏踏实实地做事。他爸答应他只要他一回去，就出资帮他组建个乐队，他一直很喜欢音乐也有天赋，以前他爸一直不支持，现在可好，回国吧，回国追他的梦吧。”

“那你呢？未来怎么计划？”我内心跌宕起伏。一个人独自在英不简单，更何况还是单亲母亲。

“我啊，现在成绩保持得不错。继续努力拿个奖学金，毕业后留任国际部对接中国学生，兼任文职类工作问题应该不大，先拿到工作签证留下来，等孩子出生了，再换份收入更高的工作，争取英国身份。”陈小芳坦然一笑，“你也知道，在英国这个地方，只要肯努力，饿不死。”

我看着眼前从容的陈小芳，半年之间成熟了不少，完全不像一开始我认识的那个烧了厨房天真稚气的微波炉女孩。

“你后悔过吗?”我轻声问。

“……”陈小芳摇头，“活了二十几年，我从未如此愉悦过，直到遇到他，他可以包容我所有的无理取闹，我也为他慢慢学会买菜做饭。我从没怀疑过他爱我，只是……”陈小芳顿了顿，“他还没有爱我的能力，可以足够成熟地爱我，而我们之间没有机会也没有时间了。这就是青春吧，他给的回忆那么美，记得这些美好也足够了。”

“是啊！圣诞驻唱那晚在Sunnyside他悉心为你准备的那场隆重的求婚，难忘又美好。”虽然那晚我不在场，但我能想象那时高泰盛的真心实意。

“什么！你还不知道吗?”陈小芳忽而激动。“那晚其实是马特准备向你求婚，你不是有急事没来嘛!”

5

拨打了好几次马特电话，都是关机。我发了疯似的跑去马特宿舍，日夜颠倒的大哈睡眼惺忪地打开门，我冲进马特房间看见他的床空无一物，大哈打了个哈欠疑惑地看向我，“这小子两天前就飞美国了，你不知道吗?”

“Are you kidding?”我叫大哈别跟我开玩笑，我压根就不相信马特就这样走了，我不相信!

我跑遍了整个北安，所有马特有可能去的地方，学校、图书馆、北安家乡菜馆、市中心……可都不见马特身影，我最终回到东方城，站在了那天似乎看到马特离开的地方。

陈小芳斩钉截铁的话语又回响在耳边，“确实是他准备向你求婚，让我们都瞒着你，好给你惊喜！你们究竟怎么了，复活节那天我看着他拖着行李在东方城门外看着你徘徊了好久。”以及大哈坚定的语气，“他去了美国就不回来了，宿舍都退了。”

我唏嘘了一声，笑了起来，原来前天，在这里这个角度看到的确实是马特。我独自在风中站了许久，久到东方城夜深打了烊，洪恩、牛鹏从酒楼里出来看到我还在便着急了，我一听到洪恩关心我就忍不住哭了起来。我记不起那晚洪恩和牛鹏被我弄得不知所措手忙脚乱，我只记得洪恩的外套被我哭得浸湿了一大半。

我不知道那晚我是怎么过的，洪恩怎么把我带回她宿舍帮我换上睡衣，而我又是怎么哭着哭着睡着的。翌日醒来，我看见镜子里自己红肿的眼睛笑了笑，毫无意外，睡眼惺忪的洪恩一个枕头扔过来，我也抓起枕头给她扔回去，两人大笑了起来。

来英这么久，从未哭过，一哭就无法收拾。洪恩说那晚的我哭得撕心裂肺的，她将我的这段经历定义为Ever cry，Never life。

“Those who did not ever cry throughout the endless nights would never realize the essence of life.”

未曾哭过长夜的人，不足以语人生。

复活节假期，我被洪恩拉着去玩了好几天，当然这种玩是带有任务式的玩。托洪恩的福，我见识了全英最顶尖的大学，从牛津、剑桥、帝国理工大学到伦敦大学学院、伦敦政治经济学院，全英最Top的五间学校我们都去了。

洪恩在LSE伦敦政治经济学院前，大喊：“LSE，我一定会来的！等我！”那声等我，真够响亮。我突然很想揶揄她，告诉她丹哥也申请了伦敦的大学，UAL 伦敦艺术大学。谁知我还没开口，她就说那家伙读研也申请了来伦敦。

“看来你跟他还有联系，不错嘛！”我笑道。

“说好了还是朋友，就当然会联系，再说我不找他练练口语，整天扎根在中国留学生堆里我就退步发霉了！”洪恩振振有词。

“借口！”

“什么借口！再说了，他在伦敦读研也好，起码我还有个照应。”

“算了吧，你需要照应？借口！”像洪恩如此独立的人，说照应分明就是借口。

洪恩给我翻了个白眼，又乐呵呵地掏出相机到处拍起照来。我看着走在前面独立坚强、有想法并付之行动的洪恩，似乎可以想象未来的她走在这校园的林荫道上为她的梦想而努力的模样，丹哥偶尔过来找她叙叙旧聊聊天，这样既简单又美好。

每个人的人生和日常都带有一定的预设程序，我们在自以为对的轨道上，永远不知道自己错过了什么，即便后来知道了也无法沿路追回了。如果你没有离开，如果我和你还能成为朋友，哪里有如果？

复活节假期后，洪恩收到了LSE的Conditional Offer，她从公园校区兴致勃勃地跑到林荫校区激动地跟刚下课的我说她拿到4间学校的有条件录取通知书，其中两间是帝国理工和LSE！

Conditional Offer（有条件录取）和Unconditional Offer（无条件录取）的区分，简而言之，如果你拿到该校的有条件录取证明你基本符合该校的招生要求，只要在规定期限内达到该校的全部要求，例如雅思分数要求、专业分数要求，就可以拿到无条件录取通知书。洪恩显然不是因为雅思，她最后一个条件是提交在北安这一年最终的成绩单，她希望取得First Class（一等成绩），再拿个奖学金。

我本想请洪恩去Sunnyside吃大餐庆祝一下，她却果断拒绝了，神秘地说去学校餐厅就好，待会儿可以在图书馆自习。我们刚到餐厅门口，就看到丹哥，他大手一挥笑道：“Hey girls，come on！（嘿，姑娘们，来吧！）”

丹哥将洪恩拥进怀里说恭喜，“Congratulations！You are great！（祝贺你！你是最棒的！）”

洪恩也乐呵呵地跟丹哥说恭喜，我这才知道丹哥也收到了伦敦艺术大学的Offer了。

看着餐桌上摆满了各式各样的食物，显然是丹哥悉心准备的，好几道还稍有余温的点心是丹哥特地去东方城买的，看着笑眯眯的他俩招呼着我吃这吃那的，看来是早有预谋的。

"点……心，吃了……就开……开开……心心！"丹哥递给我一个点心，竟然说起了中文。

我接过点心吃了起来，差点笑出了眼泪，我知道丹哥话中有话。

点心，Dim Sum就是"点心"的粤语发音，华人在英国以餐饮谋生，深受英国人喜爱的当然少不了种类繁多美味可口的点心。可我没想到丹哥点了这么多，满满的中西餐混搭摆满了一桌，洪恩建议我叫上一黑一白，我一个电话打给汤姆猫，他"喵"的一声就和杰利鼠穿越过来了，看着一黑一白边说"Yummy Yummy"边大口大口地吃了起来，倍觉温馨。

吃饱后，汤姆猫捂了捂肚子，"爱丽莎回了美国了，虽然她平常话多爱闹事，但是她突然不在了我总觉得有什么不对，说实话我挺想她的！"

杰利鼠一根薯条塞住了汤姆猫的嘴，很显然他吃醋了。

"Shit（呸）！Bitch（贱人）！她也回去了！"洪恩激动地脱口而出，"别在我面前提她！我食欲都没了！"

不懂情况的一黑一白被洪恩吓着了，杰利鼠神情严肃，"你在说什么？别开这种玩笑！"

"She is a bitch！bitch！（她是贱人！贱人！）"洪恩努力压低了声音，却控制不了激动。

"Are you fucking kidding me?（你他妈的在开玩笑吗？）"汤姆猫激动了，怒怼洪恩。

杰利鼠拉着汤姆猫离开，我拉住洪恩，丹哥非常识相地往洪恩嘴里塞了个她最爱吃的叉烧包。

就这样我们进入了第三学期，班里学生少了一大半。

英国一学年分为三个学期，相比于一二学期，第三学期是最短最自由的，这小学期基本没课，大部分时间由学生准备学年论文，只有需要导师辅导的学生才来学校，有学生压根就不出现直接到Deadline上交论文即可。洪恩笑道："马特就是这类型，干脆就卷包袱走人了！我可不行，我可要拿First Class，这样才能进我梦想的LSE！"

洪恩脱口而出后吐了吐舌头，似乎意识到自己说错话了。我一手朝她脑袋拍过去，"别想太多，我没事。"

她爽快地挥了挥手，就和丹哥去图书馆了。可她没走几步又折回来，在我耳边轻声问："你真不决定读研了？真打算去非洲做义工？"

见我沉默，洪恩拍了拍我肩膀，便又走了。

我独自走在长长的走廊里，这条如同身临哈利·波特场景的走廊，马特曾经背着我走过。

关于马特的离开，在中国留学生圈子里流传着几种说法，有人说他成功申请到美国工作去了，那是一家世界500强企业。有人说他有情人在美国，便飞去和她双宿双栖。有人说他爸爸病重，他去美国照顾他爸爸了。也有人说他妈妈带着病重的爸爸回国了，马特回国与他们一家团圆。

我不知道马特身在何方在做什么，但他真的从我身边彻彻底底地消失了，爱丽莎也消失了。

关于未来，一切又开始模糊。我并没有来得及告诉他，我决定和他一起读研。

只是这些他不知道，他再也不会知道了。

走到走廊的尽头时，我条件反射地大叫了一声，被突然出现的身影吓了一大跳。

Chapter

12

不能说的秘密

那个不能说的秘密，
如同安静的黑白映画，
在匆忙跑远的年岁里，
奏响了追寻与守候的乐章。

1

我条件反射地大叫了一声。李乔治挨在墙边看着我被吓到的窘样笑得没心没肺的。我气到半死，干站着等他笑完。

“我看你究竟在想什么！”李乔治还在笑，“我都站在这二十分钟了，你活该被我吓到！”李乔治一手敲在我头上，神情严肃了起来，伸手指向那条长长的走廊。“你现在回头看，它也就一条走廊而已，但人要向前走。”李乔治拉着我跑了起来，“Keep moving！Go！（继续前进！）”

从室内到室外，再越过马路，抵达Racecourse，那片绿得让人欣喜的大草地。我绕着跑了好几圈，李乔治气喘吁吁地向我竖起了大拇指，“体力不错，看来你真打算去非洲了？”

我摇了摇头，李乔治直接往草地上坐了下来，叹了口气，“要走的走了，想走的也留不住。”

“在这里都说人心最自由，想走的就走吧。”我对着蔚蓝的天空大喊，“你自由了！你们都自由了！”

我索性躺了下来，仰望着蓝蓝的天。李乔治也躺了下来，他头发浓密细短刚好枕在草地上，似要和草地相融，耳边传来李乔治不轻不重的声音。

“把眼睛闭上。接下来我说的话，你要答应我，不要过度猜疑，记得我刚说的话，人总要向前走。”

“什么意思？”我闭上了眼，阳光在眼皮底下泛起了红晕。

“先答应我。”

“好。”

“多年前，马特的爸爸妈妈偷渡到了美国，生下马特，马特和他妈妈得到了庇护。他爸爸却没那么幸运，唯有四处躲藏苟且生存下来。马特九岁那年，他妈妈发现他爸感情出轨并与当地一个美国女人结婚，伤心欲绝就带着马特回了中国。”

“我知道。”爱丽莎都跟我说了。

“爱丽莎跟你说的没错，但最重要的她没说。”李乔治不带任何情绪，平静地说，“马特爸爸当初之所以如此绝情地跟当地美国女人结婚，不是因为他感情出轨，而是他患了癌症并不想拖累马特母子。那个美国女人是一个离异的单亲妈妈，有个小女儿，那美国女人很爱马特爸爸。马特爸爸病情奇迹般地没有恶化，后来他也顺利取得绿卡，他每年悄悄打钱回国给马特母子，美国女人从未发现。直到不久前，她发现马特爸爸把存折里的一半钱汇到了国内账户。马特爸爸知道自己已到了癌症晚期，便打电话给马特妈妈告诉了她真相并希望能在临终前见见他们母子。马特妈妈一句英语都不会说却独自一人飞去美国找他，他们见面的那天，那美国女人发现马特爸爸不对劲便跟踪他，结果发生了车祸丢了性命。”

李乔治的话依然不轻不重，像是平静地说着一个故事，可我听着听着却觉得心在流泪。

“那个美国女人的女儿后来知道了事情的真相，非常憎恨她的继父也就是马特爸爸。偶然的一次机会她发现了她继父的亲生儿子就在自己身边，便不顾一切地复仇，也要他的亲生儿子失去他最爱的人，也就是让马特饱尝失去你的痛苦，或以伤害你为由威胁马特。”

“你什么时候知道的？”我心里波澜起伏，我突然想起爱丽莎生日那天，她无意中看到了我包里掉出来的马特一家三口的照片，“爱丽莎生日那天，你就已经知道了马特爸爸是爱丽莎的继父？”

“我说你能不能不要那么聪明。”李乔治语调不轻不重，“那时我只是怀疑，爱丽莎临走前告诉我所有的一切。”

“……”我睁开了眼，日光就在头上，眼睛被刺得生疼。

“这种不理性的报复，你或许觉得无济于事，与世长辞的人不会死而复生，但情感发泄来势汹汹也由不得你我！在西方国度，真性情凌驾在理性之上，尤其在爱丽莎眼里，爱情最容不下欺骗。”李乔治叹了口气，“我不是为她对你造成的伤害找借口，我是希望你能换位思考，受害的是她世上唯一至亲。”

“没有什么伤不伤害的……再说伤我的人也不是她。”

“其实人有时候无法正视自己的情感，然后在某个场景某个时刻突然明晰了自己情感的归属，却不一定再有机会。时机的不适，未来的不确切以致不想贸然地捆绑着两个人的未来。”李乔治感慨。

“所以爱丽莎的离开，你从未挽留过?”我声音突然沙哑了起来，“未来不是可以由两个人一起创造的吗?”

“如果我说，我不希望你去非洲，你怎么想?”

“你说什么?”

“哪有那么多什么!”李乔治突然转过来，敲了一下我的头，“未来会发生什么事谁知道呢，活在当下，其他都交给未来!”

天上云朵飘过，刚好遮挡了刺眼的阳光。过了好一会儿，李乔治歪嘴笑了起来。

“在某些美国人眼里，偷渡客卑微不光彩。”李乔治微笑，“可他们在陌生的国度努力生存并付出劳动也为其涉足的土地带来生机，人生而平等，只可惜外来人依然会受到排斥，这或许也是自然规律，能坚持生存下来的难能可贵，偷渡既是背叛又是重生。我们从另一个角度去看待偷渡，或许就能重新定义。”

“偷渡是为了更好的生存，而更好的生存又是为了下一代更好的传承，在福利中心翻译时遇到了不少恭谨又卑微的父母，为他们孩子争取福利和权益。有一位甚至比我还年轻的单亲母亲跟我说，再艰难也要让她两个女儿接受这边的教育，同时在家也要学中文。”我感叹，“只是他们艰险的背叛与传承之路太苦，也没多少人懂。”

“我家就是啦！当然我可没偷渡!”李乔治又开始嬉皮笑脸，“你也不夸夸我？我努力学中文的传承之路。”

“你中文这么烂还好意思说!”我扑哧一笑，“不过确实比以前有进步!”

那天，我和李乔治躺在草地上聊了大半个下午，我以为他永远都是个谈笑风生的家伙，却在另一层面上发现了他的深藏不露。

2

李乔治不改一向耍赖的脾性，死不要脸地跟着我回宿舍蹭饭。可刚到宿舍就飘来一阵饭菜香，疑似炒菜，香飘十里。在旁住的都是外国人，做菜从不会如此鲜美。我掏出钥匙愣了一下，难道是马特?

李乔治见状，夺过我手中的钥匙开了门，接着他尖叫了一声。我探头去看，是K小姐系着围裙娇小的身影，她见李乔治便惊讶道：“喔！原来你也在啊？那你就有口福了！时间掐得刚刚好，准备开饭!”

K小姐把最后一道菜盛起，帅气地向李乔治打了个响指，“看，我现在不会烧了厨房了吧!”李乔治看着满桌丰盛的美味佳肴愣了神，连连追问K小姐一手好菜是怎样炼成的。

“色香味俱全，真令人垂涎!”李乔治竖起了大拇指，说成语越来越溜了。“佳肴满桌，美味不可等!”

李乔治刚想伸手偷吃一块鸡肉，K小姐一个锅铲把他的手给挡住了。“‘你在抢’还没到，你就开始抢吃了，甭想!”

“什么想?”李乔治皱了皱眉，“我就是很想。”

“李再镪也来?”我问，很显然我被忽略了。

她兴致勃勃地教起了李乔治中文，“教你一个字，‘甭’字，上一个不，下一个用，显而易见就是不用!”K小姐挥锅铲如挥刀般指向李乔治。“甭想，就是不用想，想都不用想!”K小姐扬起了嘴角。“再说，这菜本来就不是为你准备的!”

“甭……甭想?”李乔治显然觉得自己被嫌弃了。“怎么中文这么复杂！英文就一个字，No！还甭想，想都不用想！这叫什么？对！作茧自缚!”

“你说什么?”K小姐被挑逗了。“你们英文才作茧自缚，模棱两可，引人犯罪呢!”K小姐忽而激动。“什么叫‘Smoke Free’，字译明明是吸烟自由，可它偏偏标志着‘禁烟’，害我上次吸了两口就被警察警告和罚款！既然No这么好用，为啥不用‘No Smoking’?”

“你学抽烟了？！”换我激动了。

“……就上段时间，心情苦得很!”K小姐这才意识到自己话多了，“我发誓，已经戒掉了!”

“No Smoking的标志现在很少用了，它是命令语气，并不尊重Smokers，而Smoke Free是纯粹的性质说明话语。”李乔治解释道，“而Free是Free from的Free，Smoke Free 有建议戒烟的含义，更人性化。”

“不听你讲大道理，我下楼去接‘你在抢’了。”K小姐快步推门离去，又探回头尖叫了一声，逮住了刚叼着一块鸡肉的李乔治。K小姐大吼了一声吃什么吃，你就知道吃！吓得李乔治把已叼在嘴边的肉都掉了，我不禁捂肚大笑。

“再教你一歇后语，卤水点豆腐 —— 一物降一物！ ”

“什么豆腐，这菜里没豆腐!”

我知道李乔治懂我意思，可他就喜欢装。

李再镪带来了半打Cider，憨厚笑道：“听K小姐说你很喜欢喝Cider，苹果酒、梨子酒和桃子酒各带了两瓶。”

“饭后喝！我都熬了汤了!”K小姐从李再镪手中接过酒，塞进冰箱，便娴熟地给我们盛起了汤。

“你调教过她了吗?”李乔治向我打了个眼色，“我怎么觉得以前这些都是你做的。”

“快喝汤吧!”我懒得搭理李乔治，招呼着李再镪往饭桌上坐。

K小姐做了六菜一汤，鲜甜美味一道辣的都没有。

“怎么不做道辣的。”李再镪轻描淡写地来了一句。

“你不是也吃不了辣吗?”K小姐给李再镪夹了根青菜，“恩人，多吃点，待会儿还要麻烦你了!”

“恩人?”李乔治被呛到了，“我还真第一次见你对人这么客气!”李乔治一双筷子指向K小姐，“老实交代你们什么情况?”

“什么情况都没有!”K小姐大手往桌上一拍，“你这是以小人之心度君子之腹!”

“行行行！”李乔治各夹了一块鸡肉给K小姐和李再镪，“我这个小人敬你们两个高尚的人。”

“谢谢！”李再镪都不好意思了，便转移话题，“Sunny，听说你文采不错，写字还行，是否有兴趣把留英的点滴和体会写下来?”

“见笑了，就是平时喜欢写写字。”

“恩人他最近开了个微信公众号，面向在英的中国留学生，叫‘英伦邦’。”K小姐兴高采烈，“我看你平常在微博常发表留英点滴，阅读量和评论量都很高。你就帮我恩人一把，整理一下，多个平台展现自己也不错啊！”

“现在用微信的人越来越多了，微信公众号依我看，未来前景可观。”李再镪娓娓道来，“我想先吸附多些目标读者，我研究过，每年来英留学的中国学生比我们看到的和猜想的还要多得很，我想以留英的生活指引、学习导向、旅游推荐、心理辅导及真实故事等与留学生息息相关的热点话题切入，以感同身受的姿态，做一个有人情味的实用的公众号，后期成熟了读者群大了，可以巧妙地插入广告赚取利润。”

“Good idea（好主意）！这商业模式可行！”李乔治称赞道，“最重要的是，从切身体验去诉说留英的点滴，会给现在留英或是即将留英学生指引，会勾起曾留英学子的满腹回忆，经验帖加回忆杀就足够棒了。”李乔治突然干笑了两声，“有了‘英伦邦’的温馨提示，至少以后，再笨的留学生也不会再出现把‘Smoke Free’当成‘吸烟区’的糟糕情况了！哈哈！”

“你说什么！”K小姐一脚朝李乔治踢过去。“好好吃你的饭！吃完帮我搬床垫，别白吃了！”

“搬床垫！”李乔治又呛了，“这床垫不是学校的吗?”

没错，搬床垫！K小姐搬出去后，就她一个中国人与屋里六个白人、黑人同住，什么都适应了，唯独适应不了就是那张软绵绵的英国床，实在受不了早上醒来后的浑身酸痛。

李再镪叫的卡车刚好装下了K小姐的那张中国床，我们坐在卡车后车厢，华灯初上，风肆意地吹起了耳边的头发。

我们喝起了鸡尾酒，K小姐高兴地跟我们碰杯说干了！李再镪把酒抢了过来示意她少喝点，K小姐傻笑了一声又把酒抢了回来，喃喃道：“呀！你还真人如其名呀！你在抢！你就喜欢抢我的东西！可我偏不给！”

我看着眉开眼笑喝着酒的K小姐，再看看我身后斜放着的雪白色的喜临门床垫，一股心酸涌上心头。李乔治敲了敲我的头，嬉皮笑脸地靠近我耳边，“你说他们是不是谈恋爱了？待会儿还要双双睡在前男友遥寄过来的床上？哈哈！”

我瞬间被李乔治气爆了！真想把他从卡车上扔下去。

那晚K小姐似乎喝多了，一直对李再�说谢谢，说他是自己的恩人、救世主，这个人情得还一辈子。李再�帮忙铺好床后便和李乔治走了。

“我跟你说，你是不是还以为我忘不了F先生，错！”K小姐悠然地躺在喜临门床垫上，“当我决定我要把床搬过来那刻我就放下了！”

“傻瓜！”我理好K小姐凌乱的头发。

“你才傻呢！现在一个人多好啊！”K小姐弯起嘴角，“一个人不寂寞，想一个人才寂寞。所以，你也不要想了，不要想已经离开的人。洪恩选择不去想丹哥，你看她现在活得多潇洒，学业有成，自由自在！”K小姐晃了晃头，“可你们不知道，丹哥是有苦衷的！圣诞那趟欧洲旅行他不是故意丢下洪恩不管的，他突然收到他爸爸病危的消息，可他回迪拜后发现自己被蒙在鼓里，他爸并没病重而是借此骗他回去支持他爸娶第四个老婆。”

“……”洪恩和丹哥间确实横亘着不同的国度和巨大的信仰差异。

“丹哥觉得跟她在一起，她现在所能预知的以后未必能承受。一个中国女人，是无论如何都做不来回到解放前的状态的，信仰和文化不同导致的思维差异，注定无法逾越。我看过网上一位中国女子嫁给迪拜富豪后的惊人自述，太悲惨了！”

“洪恩丢不了她的自由、民主和独立，丹哥摆脱不了他家族的庞大束缚。”现在看来，做如此决定，对双方都好？

“如果说那些离开的人都是有原因的，那么或许F先生也有原因，马特也有原因。”K小姐唏嘘了一声，“可哪来那么多原因啊，半路转身不是缘分有多浅，而是感情没多深。”

“好了，别想了，睡吧！”

我关了灯，躺了下来，看着旁边酣睡的K小姐，现在的她学着慢慢放下，往前走，变得坚强和独立。她对现在的一切甘之如饴，偶尔患得患失，却又充满希望。

世界无时不在变化，曾以为最煎熬的熬过了，或许也就迎来了光明。有些伤痛缓和了成了过去，有些希冀继而延续着它的美好。我们的情愫混着甜蜜与苦涩逐渐长成了记忆的曲线。

翌日醒来，发现K小姐已起床，我刚出楼道过廊，没见K小姐却看到一个女黑人在浴室里刚把衣服全脱了下来，真是辣眼睛。我低头说了句Sorry，就往厨房里走，K小姐在煮面，转头看我呆萌的神情立马心领神会，大笑道："被你碰上了吧！我第一次看见她们也没关洗澡时，我都尖叫失声了。"

K小姐盛起了面给我，随后走到了浴室，对那女黑人说："你的身材很漂亮，我也想多看看，但是如果烟雾报警器响了，那可不好了！"K小姐随手把门给带上。

"给你点赞！"我竖起了大拇指，"李再镪说得对，你口语果然进步了不少！"

"恩人的教导我哪敢不听，对了，他让你写'英伦邦'的文章你写了没？你可给我上心点哈！要不你待会儿就写！"

"待会儿不行，待会儿得去做翻译！"我吃起了面。"现在我已成为福利中心的翻译了，他们会给我薪水。"

"得了吧！像你这样的人，不给薪水你还不照旧会去！"K小姐不禁感慨，"你和马特之间啊，冥冥之中……"

"面都糊了，你还不快吃！"我一筷子敲碗打断了她。

3

许久不见老院长，她布满皱纹的脸上荡漾着慈祥的笑容，老远便向我招手。"快期末了，我知道你很忙，但是这事我第一个想到的就是找你。"

随着老院长推开门，我看到了年轻的晴和华夫妇，以及他们两个可爱的小女儿。

“我们评估通过了，现在两个小女儿也重新和我们一起生活了!”晴兴奋地牵着她们向我靠近，“快跟姐姐说谢谢!”

两个小女儿调皮地跟我说谢谢，中英文加福建闽南语版的谢谢。

“你还要把更好的消息告诉他们!”老院长看向我，又拍了拍华瘦弱的肩膀，“他们现在可以正式结婚了。”老院长把自己无名指上的戒指取了下来，在华面前晃了晃，再把戒指戴到晴手上，“他们得先取得婚姻证明，组建成家庭，政府将分配给他们相应的家庭房。”

晴和华被老院长的举动吓到了，我笑道：“恭喜你们！你们可以在这正式结婚！取得婚姻证明!”

“真的吗?”晴激动了，“你没有骗我吧!”

“你们取得婚姻证明，组建成家庭，政府还会分配家庭房给你们。”

“太好了！谢谢!”晴转身紧紧地握起了老院长的手连连致谢。

“Thank you!”平常极少言语的华也激动了，我看见他眼睛里闪着泪光。

那一刻，阳光正好，春暖花开。

眼泪不自觉地从我眼里流出，落泪不仅是为眼前情景，更多的是想起马特，若是许多年前，马特的父母也能如同这对年轻的夫妇苦尽甘来，该有多好。

走过了秋高气爽、数九寒冬，盼来了春和景明。

交完了学年论文，考完了期末考试，眼下即将迎来英国的夏天。老院长说英国的夏天特别短，只有两个星期，短到似乎一转眼就消失了，所以英国人格外珍惜，他们可以抛开一切，跑到海边尽情地享受夏日阳光。即便夏天如此短暂，可他们把每分每秒都过得充实丰盈，每年夏天的回忆都异彩纷呈。

这年夏天，凯特王妃为英国皇室生下小王子乔治，全英国人民举天同乐。

而我则在这个绚烂夏日，见证了两对新人的幸福。

第一对新人，在我意料之内。晴和华穿着我在唐人街租来的旗袍和中山装，在老院长的见证下，交换了戒指，他们的两个小女儿笑得眼睛眯成线。

那天到场的还有晴和华的一些同乡，一路走来路途坎坷的他们更能体会到当下晴和华的来之不易，有了他们的祝福，简单的见证仪式完美结束。

我把来英前在当当上买的一些关于英国历史文化的书送给了晴和华。华兴致勃勃地随手翻开了一页，介绍的是他躲藏了多年的苏格兰。他笑道：“原来我以前看到整天在大街上吹风笛的男人，穿格子裙是不穿底裤的。”

“有时候服装可以象征着一个民族，就像一提到旗袍，就会联想到中国女人，而苏格兰格子裙却是苏格兰男人独有的一种传统符号。你以后慢慢看就能懂得这背后深远的历史文化了。”

我从背包里掏出两张课程表，递给晴。

“我帮你们报了这边免费的英语基础口语班，会教你们一些日常用语，另外教堂里周六日也有小孩中文课，像你们说的不忘本！学好中文，以后说不定有机会，还可以带小孩回国见他们祖父母呢！”

第二个婚礼，却在我意料之外。丹哥和洪恩都顺利拿到了他们梦寐以求的名校无条件录取通知书，说要到曼城庆祝一下。刚到曼城就把我带到了一片大草地里，看见身穿婚纱和西装的莎拉和穆罕默德时，我才恍然大悟。

沐浴着夏日的阳光，伴着悦耳的音符，新娘和新郎踏着缓缓的步伐向我们走来。

喜悦出于感动，有些爱情悄无声息，却真实而延绵。

婚礼以M&S为主题，舞台、背景、照片墙和伴手礼上都印有M&S字眼。我们都曾赋予过英国出名连锁超市M&S的独特含义，M&S代表Mohammed & Sarah穆罕默德和莎拉，亦代表马特和我Matt & Sunny，看着眼前这对M&S终成眷属，我百感交集。

我记得那天阳光照亮了每个人的笑脸，我被大伙推了上去，接住了莎拉扬手抛出的幸福花球。欢声笑语洋溢在草地上，我扬起了手捧花，我想这是我收到的最好的礼物。

我一转身就看到李乔治痞痞的笑脸，瞬间惊讶了！他倒是吐了吐舌头说：“有好吃好玩的都不叫我们这群老友！”

我随即看见李乔治身后的K小姐、李再镪、牛鹏和身怀六甲的陈小芳。

K小姐上前把礼物递给了莎拉和穆罕默德。

“看学校看公司看久了，幸好还没错过！”李再镪笑道。

“我们在中国城转了大半天，终于找到了合适的办公地点了！”K小姐拍着李乔治肩膀，“这次多亏了你的帮忙！谢了！”

“我们去了曼大，学校挺美的。以后我就在这扎根了！曼城有这么大的中国城，课后打工不用愁。”牛鹏笑嘻嘻地看向李再镪，“李老板，听说你要创业，在曼城开中英公司，以后雇佣我吧!”

“牛鹏，你敢打我恩人的主意！还轮不到你，要请也是先请我!”K小姐追着牛鹏跑了起来。

“别跑了，都过来吃东西吧!”洪恩递给陈小芳一块小蛋糕，“孕妇最不能受饿了!”

“我看了‘英伦邦’上你写的文章，不错啊！我都感动了!”李乔治喝起了饮料吃起了点心来，果然是来找吃的！他嘴里叼着一块曲奇问：“你放弃了非洲，又不读研，你要回国了吗?”

“我就不告诉你!”看着李乔治一张好奇的脸，我特地卖起了关子。

那年夏天，盛景不重来，那是我最后一次和大伙聚到一起。我们的来路去途如同英国短暂的夏日，盛夏光景中有过一刹极其绚烂的绽放，然而故事的发生依旧独特地留给了属于我们的记忆。

李再镪在“英伦邦”上特地给我开设了专栏，我把专栏的名字命名为“念时”。大伙都好奇这其中含义，我笑而不语。

念时

念时光堪惜，合有人相忆。

念轻狂年少时，暖岁月陌路人。

4

一年后的夏日，阳光依然。

2014年的夏天，世界杯。英国的酒吧热闹非凡，球迷举杯畅饮欢呼雀跃，一起共享这场四年一度的足球盛宴。

英格兰首战1:2不敌意大利，后以1:2输给乌拉圭、0:0战平哥斯达黎加。英格兰两负一平，小组垫底出局。遭遇世界杯开局连败，广大英国球迷唏嘘不已，民众陷入一片失望和沮丧当中。

昔日堂堂大英王朝日不落帝国，过往贵为现代足球鼻祖的英格兰，今天竟在世界杯的赛场上踢出如此不堪的战绩。

“给大不列颠丢尽脸，56年最大耻辱！”Jack喝了不少酒，神情沮丧，“世界末日来了！这简直就是英国历史性的耻辱！”

我拍了拍他肩膀以示安慰，他摇摇头，叹了口气，愁眉苦脸地在手提上敲打起文章的主标题：

“It’s end of the world！（这是世界末日！）”

副标题：“England out of the World Cup！（英格兰队退出世界杯！）”

正文是无数个Shit！

“Shit！ Shit！”

随着Shit的增加，Jack情绪失控，一手甩丌了桌上的酒杯。刺耳的哗啦几声，锐利的玻璃碎地。老板跑过来愤怒地咆哮：“Crazy！ Shit！ 你们给我赔钱！”

“Fuck you！”Jack指了指前面散落一地的酒杯碎片，勃然大怒，“我很好欺负对吗？他们都不用赔，就我要赔？Fuck your asshole！（去你的混蛋！）”

老板火冒三丈，举起手想一巴掌朝Jack扇过去。我伸手阻止，并快速从钱包里掏出20镑给他。

“Get out！ Please！”老板粗蛮地指向门口。

“Shit！ Fuck you！”Jack怒怼老板，可没说几句他就神情恍惚，身体摇晃，忽东忽西。

我拉起已是醉汉的Jack，慢慢走出酒吧。我们是最后离开的人，透过门外落地窗回望酒吧室内满地狼藉，老板正形单影只地收拾着这场盛宴后的残局。

说Jack是醉汉真一点不为过，这个牛高马大的苏格兰壮汉，估计是全副身家都压在了国家队了，输得一塌糊涂才如此失态。

我呼叫了出租车，搀扶着他在路边等，过了好一会儿车才来。我好不容易把他搬上车系好安全带，车刚开几步，身后就传来急促的呼唤声。

司机停下车，我探出头便看见酒吧的老板捧着手提追了上来。我心里一紧，这可不是一般的手提，我赶紧从老板手上接过并连连致谢。

车子缓缓向前，Jack睡意正浓打起了鼻鼾，他现在这个样子是没法写稿的了，我叹了口气，打开手提敲起字来。

司机回头瞄了我一眼，似乎看到了手提上贴着BBC Tees的标签，“你们是BBC的记者？”

“我们是学生，在BBC实习。”我敲打着电脑，这稿子必须得赶紧交。

“研究生毕业实习？负责世界杯新闻板块？”司机颇有兴趣。

“Yes！”我点了点头。

“能进BBC 实习的学生都是最优秀的！”司机憨笑夸道。

“Thank you！但我们也只是这小镇的BBC实习生而已。”我微笑。

“那也很棒了！一般学生只能去小报社实习。”司机又夸道，见我继续埋头伏案，便不再打扰。

夜里很静，可清晰听见Jack此起彼伏的鼻鼾声，以及我敲打着键盘清脆的声响。

Jack住在郊外，热心肠的司机帮忙一同扶他进了屋。我留了司机私人电话，看他一个小时后是否方便送我回学校。他欣然挥了挥手，让我忙完后给他打电话。

简单帮Jack脱了鞋子擦了脸后，我便在他桌上奋笔疾书。完稿后已踏入凌晨，我拍醒了Jack，让他发稿给主编，毕竟这次采写是他主导，我虽帮忙写了稿还是觉得由他来发比较合适。他迷迷糊糊地睁开眼，向我道谢。

我抓起背包就往外走，实在待不住。Jack的房子太有男人味了，鞋子、袜子、裤子、烟头、酒罐满地都是。平时见他干干净净像一绅士，没想到竟是金玉其外败絮其中。

我拨打起司机电话，他说马上赶回来，但有一段距离，让我在屋里等。

Jack房间在这栋公寓的二楼，再让他下来开门不太现实。我独自挨在路边的大树歇着，这段时间的高强度忙碌实在有点吃不消。我伸了伸懒腰便看见两个醉汉朝我这边走来，他们走路蹒跚，跌跌撞撞，喝得酩酊大醉，手里还拎着两瓶酒。

我下意识地往后退，想要靠近Jack公寓门口。

“Oh！Chinese girl！”一醉汉踉踉跄跄靠近我。

“Great！ One night stay！（很好！住一宿！）”另一醉汉也走近我，疯言疯语，“Oh baby！ Come on！（哦，宝贝，来吧！）”

我慌了急拍Jack公寓大门。一醉汉抓起我的手，我急了，一脚踹开他，他猝不及防地被我踢倒在地上，姐可是学过功夫的！

我握拳摆起了姿势，怒怼另一醉汉！“Don't get close to me！（别靠近我！）”

“Wow！ Chinese Kongfu？（哇！中国功夫？）”另一醉汉显然不敢靠近我，况且他喝得烂醉，身子东倒西歪。

毫无征兆地，我的额头右侧被狠狠地扎了一下，酒瓶砸碎在我头上，我突觉玻璃碎片扎进皮肤的刺痛，一阵眩晕。

“Done！”那个被我踢了一脚的醉汉在我面前大笑，也许过于劳累，敏感度下降，我完全没料到他的偷袭。

一醉汉对我呼呼喊喊，开始拽我的衣服，我拼命大叫。另一个醉汉一拳朝我头上打下来，我突觉眼前一黑。迷迷糊糊地看到有个高大的身影，他一拳打倒一个，又一腿踢开另一个，把我抱在怀里，向前跑。一路的急速奔跑，我头脑眩晕得看不清他的脸，只觉得他的怀抱格外熟悉。

我听到出租车的喇叭声，随后我就完全没了知觉。

醒来时，我躺在医院里，睁开眼便看见昨晚的出租车司机，一个约四十岁的中年男子。他依然憨厚地笑我怎么不待在屋里等他。

“多危险啊，你一个女孩子！你要知道，现在世界杯期间，那些家伙输球了醉了就发疯了！你看，你头上缝了三针！”

“谢谢你救了我！”我歉意笑笑，“请问怎么称呼你？”

“Matt！来！吃早餐！”他把早餐递给我，我愣住了，竟然是中国茶楼的小笼包和干蒸。

“为什么是中国早餐？”我疑惑，“还有，你叫Matt？”

“难道你也有朋友叫Matt？”他神秘地看着我，一脸坏笑。“快吃早餐，我早上送乘客经过中国茶楼就顺手帮你带了，我猜你吃不惯医院的早餐。”

我夹起还冒着热气的小笼包吃了一口，这味道很熟悉，我记得两年前在北安的万圣节，马特也曾特地给我送来小笼包和干蒸。

“昨晚救我的还有另外一人？”我突然想起我眩晕时，抱起我奔跑的那个熟悉的怀抱。

Matt突然一愣，皱起眉头，语无伦次了起来，“No！就只有我……你记错了吧?”

“不可能，明明是有个高个子抱着我跑了好长一段路才遇到你，我听到你车子的喇叭声。”

Matt低头沉默了，我突然明白了什么，便疯了般往外跑。

我几乎跑遍了整个医院，却不见马特影子。

手机铃声响起，是Jack，我无力地按了接听键。

“Sunny，快！快回BBC！主编发大火了!”Jack语气急促，“这次真的世界末日来了!”

5

我在车上急急忙忙地化了妆，特地确认眉线和唇彩都画好了，要知道主编是个非常挑剔的中年女领导。镜子里的自己，化了妆后显然精神了不少，然而额头上的纱布看着碍眼，我伸手碰了一下，啊！疼!

赶到BBC时，Jack已站在门口，头发凌乱胡子没刮，酒气未去，很是落魄。

“我昨晚醒了又睡过去了，忘了发稿子给她!”Jack诚惶诚恐，“她凌晨打我电话我没接到，她现在大发雷霆!”

“那现在稿子到她手上了没?”我们往主编办公室走。

“她说不用发给她了！写不出来没按时交的肯定就一垃圾！但我刚才还是发了邮件给她。”

听Jack这么一说，换我忐忑不安了。

“对了，你额头受伤了?”Jack似乎这才留意到我头上的伤。

“先不说这事。”我皱了皱眉头，“我刚来的路上，特地去BBC Tees网站看了看，世界杯的新闻凌晨时已经发出了，写得很好。”

“真的?”Jack掏出手机，想要查看BBC网站，“是你写的那篇稿吗?”

“不是！写得比我好很多。”我们踏上阶梯，即将到达主编办公室，“难道是主编自己写的?”

“Of course！靠你们我早就死了!”

我们一甩头就看到主编气势汹汹的脸。

“特别是你!”主编大声斥责Jack，“我让你写，你竟然让一个中国女孩写!”

“Sorry!”我和Jack一起道歉。

“昨晚发生了一些糟糕的事情，所以才……”Jack挠头。

“我从不听任何借口！只要进了BBC，你们就是其中一分子，永远不要当自己是实习生!”主编目光冰冷，“你们都进来，给我说说你们接下来的工作思路。”

主编推开了办公室门，我们随她而进。

“我有说让你坐了吗?”主编狠狠地瞪着刚坐下的Jack，怒发冲冠，“给我站着!”

“Sorry!”Jack惊弓之鸟般站了起来。

“正如你们所见，英格兰已经被踢出世界杯。接下来的赛事你们有什么想法，怎么报道?”主编正襟危坐，“别告诉我那些千篇一律的赛事赛程报道！我要的是新闻策划思路，我想听到有创意的点子!”

我们笔直地站在主编面前。她指了指Jack，“你先说!”

Jack醉意未去，神情恍惚，呆若木鸡。“我……我还没想好。”

“出去！想好了再进来!”主编怒不可遏，“还有把你的胡子给剃了！有工作任务在身就不该喝酒！滚出去!”

“Sorry！Sorry!”Jack推门离开办公室。

“你说说看。”主编看向我。

“我虽在英国的时间不长，但在我看来，英国是个包容性很强的国家。它不怕输，也有很强的自我学习能力。对于本届世界杯，英国开局连败，虽被踢出了本届世界杯，但四年后世界杯转眼就到，我们要做的是痛定思痛和未雨绸缪。”

“继续!”

“简单地说，我们将关注接下来的赛事，并以分析战绩优秀国家的战术为主题，对比分析英国本次失败的原因。邀请体育界专业人士做客BBC，总结他人的成功经验，以供我们学习。”

“例如要学习我们邻国，你觉得该学哪个国家？”

“我……我觉得德国不错。”

“噢？怎么说？”主编特意提高了语调，“为什么是它？我可非常不喜欢德国！”

“德国连续三届世界杯都打进了四强，是世界杯的常客。我记得，德国一共17次参加世界杯，11次打进四强，3次夺得冠军。我觉得他们一直有精密的备战策略和先进的战术思想。就目前的赛况来看，德国队战绩很不错，毫无意外的话，我觉得德国会连续四届打进世界杯四强！”

“Good！”主编竟拍手称赞，“看来你功课做得很充分，回去把这想法写出来。”

“好！谢谢！”我转身准备离开。

“Wait！”主编把我叫住，递给我一份手稿，“你写的文章我已经帮忙改过了，拿回去看看，我相信你下次会写得更好。”

“谢谢！”

“记住，一个优秀的媒体从业者，除了有扎实的专业基础，有创新精神，更要忠于事实并敢于坚持。”主编神情严肃，“你们可能觉得我很凶，跟在大学里和蔼可亲的教授完全不一样，可这是我的工作，既然我被安排到带实习生，我就要对你们负责。虽然你们提出的想法或写的文章我不一定会用，但这些我都是有用意的，请务必用心对待。”

“我很高兴能遇到像你这样的人生导师。”

“记住！永远不要把自己当实习生，否则你会一直容忍自己犯错。”主编碰了碰自己额头示意，“你受伤了就先休息两天！”

我愉悦地致谢，看着手稿上密密麻麻的批注，我突然觉得眼前这个不苟言笑的主编，其实也很可爱。

从BBC出来后，便直奔医院。

“你跑去哪了？”司机Matt见我回来，舒了口气。

“请诚实告诉我，昨晚一开始救我的那个人是谁？”我追问。

“……你是说有个高个子救了你？”Matt神情甚是疑惑。

"对，是他抱起我，后来才到你车里的。"我很肯定，那个怀抱有着我久违的熟悉。

"Oh！我想起来了！是附近的巡警，是警察！他确实长得很高！"Matt笑着拿起他的那顶帽子，"我要回去睡觉了，累死我了，Bye！"

看着憨厚的Matt笑着离去，我总觉得这笑声里藏着一些秘密。我跑去问了医生和护士，他们都摇头表示不知道。

回医院拆线那天，我又忍不住问护士是否看到我受伤那晚送我来医院的还有另一高个子，护士无奈地摇头。"别想太多！照顾好自己才更重要！你那晚眩晕得厉害，说不定是看错人呢！"

拆完线后，我独自走在医院漫长的走道里。我想也是，或者真的是我看错人了。

之所以会看错，是因为太想念。

之所以会留下，是因为有等待。

当初决定了留下，是因为对马特仍有期待，觉得他终有一天会回来，所以我待在英国默默等待。临时申请了研究生，在收到的几所学校Offer里，我挑了现在这所位于英格兰东北部靠近苏格兰的一间排名并不太靠前的学校，攻读我喜欢的媒体专业。它可以给我高额的奖学金，而我并不看重所谓的学校名次。

那年的世界杯英国惨淡收场，可这似乎并没泼灭英国人民对足球的热情。酒吧依然人声鼎沸，球迷不知疲惫地追随直至世界杯尾声，德国真的不负众望，得了冠军。

世界杯过后，英国又正式刮起了一场声势浩大的"闹独立"。苏格兰与英格兰的千年恩怨，即将展开一场"大战"。那年九月，苏格兰400万常住居民举行公投，以决定苏格兰是否将成为一个独立主权国家。

土生土长的苏格兰人Jack并不支持独立。用他的话说，明明靠得如此近却要闹成两个国家，以后上学或回家，都要拿护照，多麻烦！然而当我和他在爱丁堡采写新闻时，看到的两方对峙场面比想象中的还要严肃和霸气。

站在中国留学生的角度，英格兰和苏格兰是否要离婚，支持抑或反对，每人看法不一。有人希望苏格兰独立，是因为英镑贬值，留学费用更低。有人却持反对意见，只因往后去一趟苏格兰玩可以像现在一样无需办理签证。

李再镪一年半前开的留学生公众号“英伦邦”在大伙的努力下，现已积累了一定的粉丝，再加上暑假期间我主张依托李再镪的中英公司开设了“爱玩俱乐部”，在英国各大城市开展了各种好玩有趣的活动，也吸引了不少粉丝。因此在苏格兰独立公投之际，我在“英伦邦”上策划了一期公投特刊，发起了中国留学生投票，凡参与投票并写下自己看法的都将有机会获得中英公司提供的双人欧洲豪华游或是中英物资（如毕业回国行李）免费运输服务。

参与的人比我们想象的还要多，在公司网络会议上，K小姐心疼李再镪。“森妮你这样搞下去，‘你在抢’就会变成穷光蛋了！”

“不怕！这活动效应不错！”李再镪还是有做生意的头脑。

这一年多的时间里，李再镪的中英公司不断扩大业务范围，从运营公众号、建立英国华人论坛、出唐人报纸、拉广告等线上线下业务，到地接、欧洲游、物流等。

“K小姐，这你就不懂了。”牛鹏不禁揶揄她。

“时间不多了，进入下一个讨论点，新一批留学生即将抵英，我们要……”李再镪继续会议。

牛鹏和K小姐都在曼城读研，课后会到李再镪公司帮忙，而远在天边的我则通过网络视频和他们沟通。

这一轮“闹独立”，最终公投计票结果显示，55.8%的选民对独立说“不”。虽说是略略显胜，但毕竟分离不成，Jack无比开心地请我们这批实习生去吃Pizza，我们喝着可乐干杯。

这一小聚，也意味着我们在BBC为期四个月的实习即将结束。

2014年冬，随着实习报告和毕业论文的上交，我告别了研究生学习生涯，顺利取得硕士学位。在毕业典礼前的Gap Year（间隔年），我成功申请了去美国做国际志愿者。

“既然等不到你回来，那我就去找你！”

Chapter

13

启程

时间一直走，容颜随光阴变迁。
有的人再也不能若如初见，
再也回不到相识的最初，
但我们会记得，会一如既往地怀念那段时光。

1

2015年初，飞机从伦敦飞往芝加哥，我坐在窗边。舷窗外因寒冷露冻成霜，在玻璃上造化出各样冰花，很是好看。我猜想着，它可以滴答出怎样的天堂，例如我们都无法预知的未来。

抵达芝加哥后，我坐上机场大巴Couch USA前往印第安纳州，接待我的老师是来自当地的Elisabeth（伊丽莎白）。

“你可以叫我‘小白’或者‘大白’！”她微笑和我握手，“我刚从云南支教完回来，他们帮我起了个中文名字叫‘小白’。现在我常和他们视频，他们喜欢电影Baymax，因此喜欢叫我‘大白’！”

“我也喜欢叫你‘大白’。”我握着她的手，瞬间温和了起来。

“哈哈，我长得比较像‘大白’吗?”她取笑起自己肥胖的身材。

“你让我觉得很温暖。”我微笑。

“中文叫‘暖男’?”她竟然知道暖男。

“Yes！”

“可我不是男的！”

在印第安纳州的South Bend（南本德）安定下来，我住在当地的一间NGO机构宿舍，环境清幽，宁静致远。在经过专业培训后，我的工作主要以当地社区服务、难民救助，及儿童教育为主。

如同联合国国际志愿者的Slogan：“We are inspiration in action！”我们关注全球难民问题、关注贫困儿童健康成长、关注残障人士生活现状……在忙碌了整整一个月后，我突然感悟到这就是所谓的“聚一群有意思的人，做一件有意义的事！”。

休息的那几天，我飞去了洛杉矶，依着李乔治给我的爱丽莎家地址，沿路寻找。

二月的洛杉矶一般雨水量较多，那天却没有雨，阳光很好。我越过几条小巷，眼前一片生机盎然。

随着逐渐清晰的隆隆作响声，我看到爱丽莎瘦弱的身影，她正在院了前推着除草机除草。

曾经那个活泼调皮又洋气自在的爱丽莎有着母亲的宠溺和关爱，如今却剩下她形单影只地守着这偌大的房子，我不由得觉得鼻子一阵酸楚。

“Sunny！真的是你！”爱丽莎看见我，箭一样冲了过来，“我就知道你一定会来找我。”

“我想你了！”我紧紧地抱着爱丽莎，已快两年不见的她，纤瘦得似乎只剩下骨头。

“我也好想你！George说你来了美国当国际志愿者，我就猜到你一定会来看我！”

“原来他早就告诉了你！”李乔治果然多嘴，“我还想给你惊喜。”

“走！我带你去一个地方！”爱丽莎关上了房子大门，拉我上了车，“我早就想，等你来找我，我第一时间带你去！”

“什么地方？好像很神秘！”

“去了你就知道。”爱丽莎开着车缓缓向前。

二十分钟后，我们在一排连排屋子前停下。爱丽莎推开了大门，向保安打了声招呼，便拉着我往里走。

“回来的这两年，我都在这儿做义工。”

“这是……”越往里走，看着屋子里出来的形形色色的人，我突然明白了爱丽莎的用意。

“对！我想你也猜到了。”爱丽莎带我走进一房间，“这就是马特母子曾经住过的房间。这段时间刚好空着。”

我慢慢抚摸着这一砖一瓦，一桌一椅，万千思绪涌上心头。墙上还残留着幼稚的作画，画迹模糊的一家三口，马特在中间，被关爱簇拥着。左右两边写“爸爸”和“妈妈”，字体笨拙，歪歪斜斜。

“我看过记录，马特母子离开后，这里面住的都是黑人家庭。”爱丽莎微笑，“加上这中文字体，百分百确认这是马特小时候画的。”

“这是马特小时候常玩的跷跷板、滑梯、秋千……”爱丽莎领我到屋子后面的小花园，花园里有供小孩娱乐的设施。我坐在了跷跷板上，爱丽莎也一同坐了上来。

摇晃的视野里，放眼望去，花园虽小，可草坪修葺得干净整齐，绿意盎然。

不远处，我看见唯一一家独立的别墅，房子的前院种着一棵大树。

“我那时9岁，只是想给那些整天嘲笑我们中国人的鬼佬一份礼物。”马特坏笑，“一份‘忽如一夜春风来，千树万树纸花开’的礼物。”

“哇，你倒是诗意，人家院里的树就被你们害惨了！”

“后来我也惨了，被我爸揪着耳朵去清理纸巾。”

“谁叫你捣蛋！”

“在美国好正常啊，万圣节那天都是千树万树纸花开，我也就和那群当地小孩捣蛋了一会儿。但去清理纸巾的就我一个，累得半死，后来那树的主人给了我好多糖。”

“哈哈，他觉得你孺子可教！”

“我也一直这么觉得，认为他对我们中国人态度好了。”马特顿了顿，忽而冷笑，“直到后来我回了中国，我才知道是我爸买了糖让那家主人给我的。”

跷跷板一上一下地摇晃着，我似乎看到那院子里的大树，被一群小屁孩挂满了长长的纸巾。

“忽如一夜春风来，千树万树纸花开。”

回忆涌上心头，刹那间我泪如雨下。

“我就猜到带你来这，你会哭。”爱丽莎拍了拍我肩膀。

“马特现在在哪？”我擦干眼泪。

“我……不知道。”爱丽莎神色黯然。

“这两年你在美国有没有见过他？你们有联系吗？”我叹气，“他就像人间蒸发一样，我一直联系不上他。”

“……没有，我们也一直没有联系。”爱丽莎背对着我，“马特爸爸也就是我继父在前年冬天就走了，癌症去世，大肠癌。”

那晚我住在爱丽莎家，翌日清晨，到唐人街买了食材，路过花店买了一束白色的菊花。

回家做好早餐，爱丽莎便欣喜走来。

“美味把我叫醒了！有Sunny在，就有好吃的！”爱丽莎胃口大开，“饺子、皮蛋瘦肉粥、干炒牛河、酸辣土豆丝都是我喜欢的！”

“你全都知道名字？”

“他以前常做给我和我妈吃。”爱丽莎喝着粥嘀咕，我懂她口中的他是指马特爸爸也就是她继父。

“对了，你还买了鲜花？”爱丽莎瞧见我放在桌上的那束菊花。

“我想去拜祭一下伯母，可以吗？”

2

晨风微微徐来，雾气萦绕在林间，沐浴着清晨的曙光，春风摇曳。爱丽莎在林荫道上哼起了歌转起了圈圈，轻歌曼舞的她，格外动人。

“这里是好莱坞名人安葬的首选之地，其中最出名的是玛丽莲·梦露，她的墓地有很多口红印，很多粉丝给她送花。”爱丽莎娓娓道来，“许多美国娱乐圈名人在此长眠，当然这里也有普通民众的墓，例如像我妈。”

爱丽莎妈妈被安葬在这环境优美的洛杉矶西林村纪念公园墓地。走了好长一段林荫小路，抵达墓碑时，阳光格外灿烂，万丈光芒像是要驱走这萦绕已久的晨雾。我看到墓碑前爱丽莎妈妈年轻时的照片，笑容盈盈。年轻的她，确实要比之前在视频里看到的她更为俏丽。

“My dear Mum！”爱丽莎笑道，“你还记得Sunny吗？我在英国最好的朋友，来看你了！”

我把鲜花放在墓碑前，深深地鞠了个躬。

爱丽莎拍了拍我肩膀，示意我看旁边。我看见紧挨在爱丽莎妈妈坟墓旁的墓碑上，贴着一张中国男子的照片，中年模样，阳光把他的脸照得金黄。

“马特爸爸。”爱丽莎低头，“因为我的执意，我固执地不让他回国，哪怕尸体都不能！即便是躯壳也要陪在我妈身边，我妈是那么爱他，而他却欺骗了我妈的感情。我曾以死来威胁马特和他妈妈，伯母善良，马上答应了我。只带了马特爸爸一顶帽子回国，入土为安落叶归根。现在想来，我确实很任性，我感到很抱歉。”

我在墓碑前弯腰，深深地鞠了个躬。

“马特妈妈带着马特爸爸遗物，带着他的一顶帽子回国了。”离开墓地后，我问爱丽莎，“那马特现在也在国内？”

“No！”爱丽莎开着车，神情严肃，“他不在中国，你不要回去找他！”

“我怎么觉得听你这么一说，感觉马特一定在中国。”我笑道。

“No！ No！ No！”爱丽莎突然刹车，把车停到边上，“Sunny，听我说！认真听我说！”爱丽莎深呼吸，“有些事情，抱歉我现在不能告诉你，但请相信我，马特现在不在中国，他妈妈也不在中国。我知道你现在到处找他，可你不要为了找他特地回国！这简直是浪费时间，他根本不在中国。”

“OK！”我点了点头，“我相信你！”

爱丽莎送我去机场，一路上再也没说话。直到在机场安检处与她挥手告别后，她突然跑上来抱住我。

“Sunny！要相信自己的感觉，也许马特就在不远处，一直守护着你。”爱丽莎声音哽咽，“Bless you! My lovely girl!（祝福你！我可爱的女孩！）”

我带着疑问从洛杉矶飞回了芝加哥，回到了印第安纳州继续我的志愿者工作。往后的五个月，一放假我便往洛杉矶跑，到爱丽莎家帮她除除草，做做中餐给嘴馋的她吃。她时常会捎点我做的中餐给她的一个朋友，我笑她是不是男朋友，是的话就该带回家，我做更好吃的给他，爱丽莎笑而不语。

我也会独自到马特曾生活过的地方走走，做做义工，帮忙擦擦桌子打扫下卫生。一次趁着没人，偷偷地在马特画的那幅全家福前自拍。

时间一晃就大半年，当我结束了国际志愿者服务的那天，爱丽莎来找我。

“我非常需要你！”她一来就抱住了我。

听她道来方知是要帮忙拍一个小短片，录祝福视频帮癌症患者加油打气。这是爱丽莎最近的一个志愿服务，看到医院里无数饱受病痛折磨的癌症患者，她心生怜悯。

我用三脚架架好单反，一个个拍。联合国国际志愿者营刚好聚集了来自世界各地的热心人士，确实非常适宜拍这个祝福短片。

“It's your turn!（轮到你了！）”拍完各国的志愿者代表后，爱丽莎抢过相机帮我拍。

按照剧本的设定：自己国家语言+英文，我先用中文给他们加油打气，后用英文祝福鼓励。

“多说点!”爱丽莎示意，“说说你的故事，你现在在哪？你为什么来到这？你以后的计划是?”

我突然懵了，但看着爱丽莎热情满溢，我确实说了不少。

“Sunny的笑容最有感染力了！来，Smile!”爱丽莎最后拍了不少我微笑的模样。

配上音乐，加上最后大伙一起呐喊的加油画面。剪辑完后，我们把短片过了一遍。

“我还是觉得我说得太多了，要不我再剪辑一下?”

可爱丽莎似乎并没听见，我看见她满眼通红。

我以为她潸然泪下是心系千千万万的癌症患者，却全然不知这绕一圈拍短片的背后，她只在乎我的那段录像，她要带着它给马特加油打气。

3

2015年7月，我从芝加哥飞回了伦敦。在英国夏日阳光灿烂的艳阳里，我乘坐火车一路北上，回到我熟悉的学校，参加毕业典礼。

换好硕士服，刚从宿舍走出来，便看见主编，那天的她依然傲气凛然。

“Dear Master Sunny!”她捧着花向我走来，“恭喜！毕业快乐!”

“Wow！Surprise me!”我接过花，简直不敢相信，连声致谢。

“你是我带过的实习生中很优秀的一个，加油！相信你的未来会很棒!”主编微笑，“我要走了，赶一个新闻，你懂的。”

“Take care!”我突然不舍。

“对了，那个……”主编停下脚步，“那个让你放弃了BBC转正机会，跑去做联合国国际义工，去寻找的那个人，找到了吗?”

我抿了抿嘴唇，摇头。

主编突然上前抱住了我。“God bless you! Keep in touch!（愿上帝保佑你！保持联系！）”

看着主编匆忙离开，我真的觉得这个面相严肃又傲气的中年女人其实内心柔软又温暖。

抛帽子，拍合照，在一片片欢呼声中，我看到了洪恩、K小姐和李再镪。

他们在观众群里吹起了口哨。分别从伦敦和曼城远道而来的他们，已有两年没见，K小姐把头发留长了，小鸟依人地靠在成熟稳重的李再镪肩膀上。相反，洪恩又剪了个更短的短发，看来她是深受读博的“毒害”。

“就你没变!”K小姐揶揄我，“还是那样朴素、简单和美好!”

“你见着马特了吗？你一定见了他对吧?”洪恩见我后第一句话。

我紧盯洪恩，“意思是你知道马特在美国？他真的在美国吗？你们有联系?”

“没……没有。我猜的啊！你在美国大半年了都没找到他吗?”

“没有!”我扯开话题，“亲爱的Doctor Hong！读博的感觉如何啊？而且是在名校读博，我访问下亲爱的Doctor Hong!”

“忙忙忙!”洪恩长篇大论了起来，刚开始读博的她痛并快乐着。

“主角弄反了吧?”K小姐打断洪恩，“今天是森妮毕业，要访问也是访问我们的Master Sunny!”

“来来来，我帮你们拍照!”李再镪举起了单反。

“咔嚓”一声，瞬间定格成永恒。离别将至，不舍情愫暗生。

那年夏天，我抛着帽子与学生时代挥别的同时，K小姐和牛鹏已各自在曼城不同学校取得了硕士学位。K小姐读研路途较为曲折，毕业大论文第一次没过，在不懈奋斗后第二次终于通过了。而学霸牛鹏早在半年前就已顺利毕业，为了更好地照顾家人，他连毕业典礼都没参加就回国了，现就职于国内数一数二的互联网公司，年薪丰厚。

李再镪公司已上了轨道，K小姐继续留下帮忙，一副准老板娘的架势。

洪恩在LSE硕士毕业后，成功考进了也同在伦敦的帝国理工大学，开启了名校读博之旅。

丹哥硕士毕业后就飞回了迪拜，继承了庞大的家族企业。与洪恩时常联系，偶尔不正经地说一两句我想你了。洪恩心里就像是平静的湖面被石头掷下后荡起了浅浅的涟漪，久而久之，终归平静。

莎拉和穆罕默德依然是甜蜜的两人世界，他们似乎并没计划要小孩。

陈小芳生了个美丽可爱的女儿，现在都会说会走了。都说女儿是爸爸上辈子的情人，如今的高泰盛已是国内著名乐队的主唱，得知真相后的他立马飞来英国，接陈小芳母女回国。女儿早产，并且产后长期处于抑郁状态的陈小芳现在也算是否极泰来了。

李乔治毕业后，和小伙伴在伦敦唐人街合伙开了一家中餐馆，他把所学的媒体专业技巧充分运用到宣传推广中，中餐馆一度上了BBC美食栏目，生意越来越火爆。他常向我自夸："我这是在推动中华美食的融合与创新，传承与弘扬中华美食文化。"

柯奕琳嫁给了一个英国人，定居伦敦，看照片是越来越胖了。

而我在毕业典礼后，也来了伦敦。通过三轮面试，成功进入了帝国理工大学国际学生办事处工作，主要负责对接国际学生尤其是中国留学生。

"Cheers!"

"干杯!"洪恩带我在学校附近的酒吧庆祝。

"祝你事业爱情双丰收!"洪恩挑了下眉，示意我看旁边的帅哥，"这里富人多。"

"祝你学业爱情双丰收!"我也揶揄洪恩，帝国理工位于伦敦的South Kensington（南肯辛顿），英国的富人区，集聚高富帅。

"我早就想另找一个重新开始了!"洪恩瞪我，"就你死守在一棵树上，迟早吊死!"

"对了，如果，如果你再次见到马特你会怎样?"洪恩深有所思，又问。

"世上哪有那么多如果!"我喝起了以前在北安很爱喝的Cider果酒。

"嘿!快说!"洪恩逼问，"说不定真的遇见呢!"

“我会扇他一巴掌。”我大笑。

“这不像你！或许他有什么苦衷。”洪恩神色忽而黯淡，“例如，生老病死。”

“这话什么意思?”我疑惑。

“别说他了!”洪恩依然一杯威士忌，“干杯!”

4

缘分基于巧合，我和洪恩又同在一间学校，九月开学后我们又忙碌了起来。

帝国理工是一所名副其实的国际性大学，那年的统计数据显示，共吸引了来自123个不同国家的学生前来就读。我囿在国际学生当中，尤其关注中国留学生。看着他们一路走来，散落了一地的破碎记忆在恍惚间拾起，那年我们在北安的画面不自觉地涌上心头。

也许跟这样一群有梦想有干劲的年轻人在一起格外幸福，时间过得飞快。

2016年6月，在震惊全世界的英国脱欧公投中，脱欧派以52%的选票获胜。不少中国留学生发问，这场公投是否会影响赴欧旅行？答案是否定的。相反，英镑汇率一直下跌，对中国留学生来说，无疑是件好事，而勤奋的代购党洪恩也乐了一把。

2017年的英国“最受伤”，共发生了五起恐怖袭击，四起发生在伦敦，一起在曼城。素来以安全著称的留学首选之地英国，半年内事故频发，安全指数急速下降。

从三月的英国议会大厦威斯敏斯特宫外恐怖袭击，到五月曼彻斯特体育馆遭爆炸袭击，伤亡人数过百，全国恐袭级别升至最高。突如其来的恐怖袭击，让留学生焦虑万分，我特地在学校召开了中国留学生安全预防会议。

没想到，才20天不到的6月3日周六晚，我和洪恩招待了从曼城而来的K小姐和李再镪。晚饭后走在伦敦桥旁的河道上，盛夏晚风拂面。

K小姐说口渴，李再镠去买水。

“你们到底领证了没？”我问。

“没！矛盾还挺多的，他也还没向我求婚。”K小姐摇头。

“你真要改改你的脾气！”我正想教训她一顿，就被洪恩狠狠地推了一把。

“跑！快跑！”洪恩拉着我和K小姐跑了起来。

我回头见一辆白色货车突然冲上桥高速冲撞行人。

我们拼了命地奔跑，身后传来撕心裂肺的呼救声和惨叫声。

我又回头，见桥上多了三名持刀男子，一男子直接往一行人喉咙上割下去。

“啊！有人被割喉了！”K小姐一声哽咽，大叫了起来。

“别看！快跑！”洪恩边跑边吼。

我掏出手机，边跑边拨打李再镠电话。

“‘你在抢’呢！”K小姐急哭了，“‘你在抢’呢！”

电话还没打通，我就听到身后一阵巨大的爆炸声。桥上浓烟四起，有人被炸得浑身是血，痛苦地弯腰倒地。有人受了伤地尖叫着四处奔逃。桥下的人被吓慌了，惊恐的人群一窝蜂地往我们这边冲！

我慌张地拉起K小姐向前跑。

K小姐一手甩开，“我要回去找‘你在抢’！”

“森妮已经在打他电话了！你回去也不知道他在哪儿！”洪恩面露愠色。

“我不管！我现在就回去！”K小姐逆着人群往回跑。

洪恩一手扯住她，朝她脸上扇了一巴掌，“你要去死对吗！”

我愣住了，瞧见K小姐脸上泛着红印。

又一声爆炸轰响从桥上传来，更为巨大的爆炸快要震穿耳膜，引发了更剧烈的骚乱，凄厉的惨叫声四起。

警笛声突然响起，警方不停地高喊：“Keep Moving！”随即传来一阵猛烈的射击声。

我慌张地打李再镠电话，依然没接通。

桥上来了警车和救护车，刺眼的灯光一直闪烁。有直升机腾空而出，在顶上急速盘旋，警笛声响彻整个夜空。

“别愣在这了！跑！”洪恩大吼，“快跑！”

我们一直跑，一直跑，在觉得安全的地方找了间酒店住下，K小姐哭哭啼啼地打着李再镪电话。

“喂，你终于接电话了，你在哪？”K小姐哽咽，“Who？ Who are you？ Where’s my boyfriend?”

K小姐大哭，“他是警察！”

我抢过K小姐手机聊了起来，致谢后挂了电话。

“警方捡到了李再镪的手机，目前最新确认并无中国人伤亡信息，估计是李再镪在慌乱中丢了手机。现在警方已经封锁了现场。”

“铃铃铃”，K小姐电话响起。

“喂！真的是你！你没事就好！”K小姐笑中有泪，“我们都没事，在酒店，你在哪儿?”

“什么！你受伤了！”

拦截了几辆的士都不愿意去袭击现场附近，我们跑着赶到医院。跑了太久，我半蹲着喘气，抬头便见伤者无数，有家人围着遇难者痛哭，撕心裂肺的哭嚎声连绵不断。

据说目前袭击已造成至少7人死亡，48人受伤。

李再镪躺在病床上，虽然脚踝裹着纱布，却精神抖擞。K小姐箭一样扑过去抱住了他。

“我听到桥上一片惨叫，并传来爆炸轰响，正要给你打电话，就被人撞倒在地，被踩了几脚，手机也丢了。我本想借别人手机打给你们，可所有人都顾着跑。警察在现场附近疏散民众，要求所有人立刻撤离。我就来了附近医院通知你们。”

我和洪恩已累到不行，靠在椅子上睡着了。

我迷迷糊糊地似乎做了个梦，看见马特出现在医院里，理了理我凌乱的刘海儿，说了句你没事就好，声线温柔而有磁性。

早上醒来睁开眼，没看到马特，却看到许久不见的李乔治。

“你真是在哪儿都能睡！”李乔治痞子似的嘟起嘴，“猪！”

“你怎么会在这！”我惊讶。

“听说你们昨晚受惊了，特地带来了爱心早餐，我们酒楼新鲜出品！趁热吃！”

“谢了，老板！”

李乔治打开了盒子，是我最喜欢的小笼包和干蒸，我心里一愣。

“昨晚有没有其他人来看过我们？”我问K小姐。

“没……没有！”K小姐夹了个小笼包给李再镪，背向我。

三天后，我看到K小姐在朋友圈里晒结婚照，她和李再镪终于领证了。

十六天后，伦敦芬斯伯里公园又发生一起恐怖袭击。三个月后，伦敦帕森斯格林地铁站一辆地铁上发生爆炸。

四起伦敦恐袭后，伦敦人依然表现积极，没被恐怖分子吓倒，还通过正常有序的生活去表明伦敦的态度：正义永远压倒邪恶。很多地铁站贴有振奋人心的标语，这无疑增强了不少留学生信心。

恢复和平后的伦敦依然繁华，我时常请我可爱的学生到李乔治开的酒楼吃中国餐。李乔治依然死不要脸地闹着要我给他介绍女朋友，我被气得哑口无言。爱丽莎每逢假期都会飞来伦敦，这对欢喜冤家自然少不了吵闹。

2018年，洪恩在帝国理工读博最后一年，准备毕业论文的她忙碌又充实。而我辞去了工作，计划一场漫无目的的穷游，而这一趟旅途的终点是中国。

出发前，我一路北上回到读研的学校，去了BBC找主编告别。离开时我特地叫司机Matt来接我去火车站，并悉心准备了一份礼物，答谢他当年的救命之恩。

“太客气了！其实那天救你是举手之劳，那高个子才……那警察才……哈哈！”许久不见，他依然笑容憨厚，“这次真的要离开英国了？”

“我想家了。”我点了点头。

Matt并没继续搭话，放起了动听的音乐。

到了火车站，我与他挥手再见，他喊住了我。

“用心感受的或许才是最真的！”他用力拍了拍自己胸膛。“请相信自己的感觉，或许那年救你的真的是另一个Matt！”他笑着挥手。“好了，我只能告诉你这些了！Good luck！Bye！”

火车一路南下，途经北安，我看着熟悉的站牌，却始终没有勇气踏下车门。司机Matt的话萦绕耳边，如果当年救我的真的是马特，那他现在又在哪儿呢？

5

Life is about the people you meet，and the things you create with them.（人生就是关于你所遇见的人，以及你们所共同创造的事物。）

穿梭在陌生的国家与城市，看繁盛光景，与不同面目风尘相遇。

闲暇之余喜欢用单反记录自己走过的路途，看过的风景，相遇或擦肩的人。

剪辑短片在等渲染时，看着画面一帧帧闪过，发现有些人越走越远，终无处告别，但是那些短暂的意外相遇却刻在往后的记忆里，念念不忘。

时间一直走，容颜随光阴变迁。有的人再也不能若如初见，再也回不到相识的最初，但我们会记得，会一如既往地怀念那段时光。

我迷迷糊糊地感觉肩膀被拍了一下，睁开眼便看到马特的脸，耳边传来他低沉而温柔的声音，“到了，到苏尼翁了。”

我做了一个很长的梦，梦回那年我初到英国，在机场第一次遇见马特，从相识、相知、相爱到分离。现在眼前的他，同样熟悉的脸，依旧低沉温柔的声线。直到司机匆忙走过来，扬手指向车门，说着一口希腊语，我才从梦中回到现实。

到达终点站了，从雅典到苏尼翁，从上车后马特随我而来，我在车里睡着，梦回那年我们在北安的点点滴滴，到此刻被司机催促下车。梦再长，终归要醒来。

天涯海角苏尼翁，爱琴海中一个三面环水的岬角。

下车后，天色已暗，海风拂面，夜幕笼罩着渐行渐远的地平线。

身后的脚步追随而来并未间断，我站住一甩头，“请不要再跟着我。”

马特笑而不语，我刚走几步，他便又跟上。我无语，拔腿跑了起来。也不知道跑了多久，跑得我神清气爽，直到路上一对老夫妇向我招手，我停下听他们说了两句问候的话语后，便说起了西班牙语。我知道他们在问路，可我不知他们要去的地方在哪，尴尬地挠了挠头。老夫妇已然上了年纪，额头布满了皱纹，眼神略显失望。

马特悠然地出现了，颇有兴趣地和老夫妇聊了起来。没过一会儿，他竟强行拉起了我的手，走在老夫妇前面领路。我极力反抗，却还是被他紧紧握着。

“在老夫妇面前，给我点面子。”马特歪头冲我笑，“待会儿请你去吃希腊菜。”

“谁稀罕！”我不屑，想抽回手来，却被他握得更紧。

他回头对老夫妇笑了笑，虽然他一张口就满嘴西语，我却清晰地听到他在说我们新婚、蜜月和拌嘴的字眼，我突然气上心头，狠狠地瞪着马特。

老夫妇却在身后笑声朗朗。

晚上在海边与老夫妇共进晚餐，马特推开座位让他们坐。老爷爷搀扶着老奶奶让她坐下，然后走到服务台，回来时他手上多了一件披肩，轻轻地盖在老奶奶膝盖上。老奶奶笑称自己膝盖不行，长年累月若遇海风更是刺骨。

“这辈子都让她受苦了，结婚那天就承诺带她来这天涯海角，可我这一生啊都在瞎忙，忙到牙齿都快掉光了才有时间去践行曾许下的诺言。”爷爷拍了拍奶奶肩膀怜惜道。

晚餐吃得很简单，点了几道希腊菜，其中一道Paella Marinera海鲜饭里混着葱花，奶奶耐心地把葱花挑了出来，“他啊，这一辈子都不喜欢吃葱花！”

来自西班牙马拉加的他们口音很重，后面更深入的谈话我听得半懂不懂，马特笑着熟练地翻译了起来。五年不见，马特的西语已进步得不是我所能预料。一声不吭就走了的这些年，你到底去哪儿了？

送老夫妇回酒店后，我便前往预订的Air B&B民宿，马特紧跟身后，阴魂不散。

直到我Check in 完，打开房门，马特快步踏入，把包往沙发上一扔。

“你放心，我睡沙发！”

我甚是无语，拿起衣服便去洗澡。

哗啦啦的水声中，我听到手机振动的铃声。我瞄了一眼，是洪恩发来的微信，便随手点开看了起来。

“我实在憋不住要告诉你所有的真相，我知道马特去希腊找你……”

看着看着，眼泪就往下流，我分不清是花洒流水还是我的泪水。

不知过了多久，我从浴室出来，马特已收拾好衣服，见我出来就笑嘻嘻地往里冲了进去，“换我洗澡啦！希腊太热了，浑身臭汗！”

我愣在原地，听见哗啦啦的流水声，便忍不住靠近浴室偷偷打开门。小小的缝隙里，我看见脱下假发后的马特，光着头，格外清瘦。

我哽咽地跑到了床上，捂着被子大哭了起来。

“癌症”“大肠癌”“遗传”“化疗”等字眼像恶魔一样笼罩在周围，挥之不散。

清晨时分，我们登上悬崖等日出。

波塞冬之庙建在海角上，是祭祀海神的最佳地点，也称“海神庙”。与雅典卫城不同的是，这里只有一座仅剩十来根多安式石柱的神庙，孤单地立在海岬悬崖上。马特直直地站在前面，戴着假发的他似乎要与这庙融在一起，同样的孤独又无助，我瞬间心如刀割。

分开的这五年，你一直看着我，爱着我，保护我。而此刻，我就站在你眼前，却不知怎么做。

“为什么一个人跑来希腊？”马特回头问。

“回国前想来看看这个传说中满是爱情神话的地方。”我看向远方，地平线上开始浮出淡淡霞光，“你呢？”

天渐渐晕染起橙色的光，光色很弱，马特站在前面，好像那橙色的光只为照亮他一个人而存在。

“纯粹想一个人来走走，以后若真要跟不喜欢的人结婚，也没什么遗憾了。反正绝不会再来。”

我鼻子一酸，到现在他依然要瞒着我。

“我没想到会在希腊遇见你。”马特看向远方，声线平静，“此行不枉，足够珍贵了。”

霞光透过天边的云彩，忽明忽暗，忽隐忽现。

“你计划回国？”马特问。

“嗯。你呢？”

天空慢慢开始变得浅蓝，很浅很浅。远处依稀可见大海与天空的轮廓，大海很宽，没有边际。

“我申请通过了，即将去非洲做义工。”马特声调依旧，我听不出任何感情。

“恭喜你。”我看向远方，水天相接之处，红霞范围慢慢扩大，越来越亮。“去多久?”我声音忽而哽咽，眼泪止不住往下流。

“很久很久……”马特依然不动声色。

也就一刹那，红日从海上升起，霞光铺满了整片爱琴海。

“还记得那年在北安Sunnyside的圣诞驻唱吗?”马特看向我。

我点了点头，怎么可能忘记！那次你精心准备的驻唱，是计划向我求婚?而我因急事去了郊外错过了。

“给。”马特掏出一个盒子，掀开后是一枚戒指，“这本来是打算圣诞驻唱那晚给你的，可惜错过了。”马特轻笑一声，“平安夜我被打的那晚，也特别想给你，可惜……”

我突然想起那年平安夜，我依偎在马特肩膀，他让我闭上眼，原来是计划再次求婚？可惜被一通从美国打来的电话搅扰了。

“尺寸是为你而定的，既然遇见了你，物归原主。”马特把戒指递到我面前。

晨曦里弥漫着凉丝丝的雾气，海风迎面扑来吹起了我的头发，心里千丝万缕，浓墨重彩地渲染着眼前万物流逝的敏感。

我微笑，接过马特手上那枚戒指，扬手奋力往海里一扔。

世界突然归于宁静，静得我可以听见戒指沉入海底的声响。

那样的独特，唯一，自在，永恒。

《泰坦尼克号》里最后Rose把海洋之心蓝色钻石扔到海里，我想是因为Rose想把他们的爱融进那片浩瀚的海洋里，生生世世，永不分离。

你相信奇迹吗?

我相信。

End

后记　如初见

时隔六七年，当我再次敲下这个标题时，青春的清晰感深刻得如同纹路褶皱的花叶，易感而又动容。我承认它格外的真切。

距离《念时》首次出版，已有好些时日，我回头再看，会看得自嘲地发笑。那时的文字，矫情、稚嫩、仓促、炙热，亦如年少放纵的青春。

我相信曾看过《念时》的你们，如今再来看它，也会发自内心地笑，那种明朗的心情，证明我们在那段不可多得的青春年岁中不曾虚度，并得以成长。

关于念时

再版的《念时》删掉并改写了一些冗长的情节，并在原故事框架上进行了拉伸和续写，算是给曾经向我发过Email或在豆瓣评论里说期待看念时Ⅱ的朋友一个交代。你们的喜欢和支持，令我感激不已。

追溯青葱岁月里的过往，留学生活有的如同万花筒一样藏着五彩碎片，有的像烙印般投下不可磨灭的黑白影子。好与不好，都成了独特的留学记忆。你是否会问，《念时》里的一切是不是真的？

我把很多人的故事，听来的，看到的，经历的，真实的都糅合到一起，把时间和记忆都聚焦在笔端。我仍记得七年前，我着笔写《念时》的那个夜晚，书房窗外立有一堵墙，墙上能看见逐渐泛白的曦光，我那时觉得它是一堵积满了梦想与希望的墙；重回久违的写字时光，这样真切的感觉，依旧饱含着鲜活生机。

关于留学

在改写的日子里，往昔仿佛重现在眼前，彼时的记忆与当下生活交叉在一起，我时常觉得它们有重合。在最近的北安中国校友广州站和北京站聚会里，我看到了很多张熟悉的面孔。多年不见的他们西装笔挺，成熟睿智中多了几分灵气。许久不见的她们妆容精致，自信从容，神情自若中多了几分优雅。

不得不承认告别了青春时代，开启人生另一个阶段的我们改变甚多，唯一不变的是我们的眼神里有了光，是那种坚定的希望之光。从决定出国奋战雅思过关斩将，到漂泊在外独立应对各种挑战，再到而立之年迎接风云变幻，目光始终如一，从来不曾改变。

那种在异国他乡锻炼出来的独立能力，是海外求学过程中的一个额外收获。

在外读书工作的那几年，曾有人问过我父亲："怎么放心让一个女孩子在国外求学?""难道你不担心她出去了就不回国了?"……

如出一辙的问题，现在依然萦绕在许多父母心头，困扰着他们是否支持自己的孩子出国留学。父亲的初衷不是要我学到多好的专业知识，抑或是拿到多高的学历学位。他想让我经历过这世上的繁华与寂寥后，懂得努力与拼搏的含义，对自己今后的人生更加坚定和自信，更忠于自己的内心。

"你可以用几年的时间去体验生活，去增长阅历，去看看不同的人，去走走不同的路。一个人不该只囿在某个地方，而是应该走南闯北到更广阔的地方去。"

关于感谢

承载着多年美好回忆的Park Campus在去年夏天搬到了Waterside新校区。我们熟悉的Park Campus被拆掉。群里的我们既感慨又不舍，人往往在失去之后，才更懂得珍惜。

最近收到英国朋友发来的照片，满屏的夏日阳光沙滩。青春活力又爱搞怪的小伙伴，隔着屏幕我都能感受到他们的热情四溢。常年多雨的英国，夏天特别短暂，因此他们格外珍惜。感谢上天如此慷慨地馈赠阳光，他们的内心充满了愉快与惬意。

要感谢的人还有很多，感谢我的父母、我的先生和家人，感谢那些年在英国一起奋斗过的追梦人，感谢我的恩师以及陪伴我多年的朋友。

《念时》依旧不完美，然而它是我的一幅青春画卷，多年以后当我回首寻梦时，心情就像夏日的微风拂过你的面颊，拨动着我的心弦。

那是我们一起走过的日子，如初见。

冯杏婵

二〇一九年盛夏